Hasta que crezcan las flores

EVA ROJAS

Hasta que crezcan las flores

Grijalbo

Primera edición: noviembre de 2023
Primera reimpresión: noviembre de 2023

Printed in Spain – Impreso en España

ISBN: 978-84-253-6588-1
Depósito legal: B-15.726-2023

Compuesto en Comptex&Ass., S. L.

Impreso en Black Print CPI Ibérica
Sant Andreu de la Barca (Barcelona)

GR 6 5 8 8 1

A mi hijo que no fue.
A mi hermano, que será siempre.
A mi familia, por los jardines.
A ti, por las flores

1

Dice mi abuela que ojos que miran no envejecen. Bueno, decía.

Bajo del avión como puedo, sorteando a familias con niños y arrastrando el cable de mis auriculares atado a una almohadilla de viaje. Nunca me he atrevido a comprarme unos inalámbricos para no perderlos. Evitar la pérdida es mi gran propósito en la vida. Sea lo que fuere que atesore, con alta probabilidad terminará perdido en mi bolso, agenda o memoria.

Los de mi amama, de ochenta y siete años, lo vieron casi todo; incluso lo que nadie quiere ver.

Se reconstruyó como el que riega un árbol para verlo crecer, de a poco, y se casó con un hombre bueno. «Los tiempos han cambiado y ya no quedan como él, Carmen», decía.

Mi abuela sonreía todo el rato, hablaba alto, exhalaba fuerza. Ha sido catártico comprender que, a pesar de todo (o precisamente por eso), estaba hecha de lo que le quitaron: paz. Si es verdad que ojos que miran no envejecen, yo ahora soy más pequeña y un poco mejor gracias a ella.

Termino de escribir este párrafo en las notas del móvil y lo envío por correo —todavía en modo avión, pero con wifi— para pasarlo a limpio al llegar a casa. Gracias, 2023, por recuperar internet en los aviones. Alguna cosa buena has tenido. En concreto, dos, y tendría que contratar a un detective privado para encontrarlas entre tanta catástrofe.

Es curioso lo de los años. Todo el mundo a los dieciocho cree que al acabar la década se acaba también la vida. Que existe un ministerio del señorío que te entrega una placa: «Ya es usted adulto. Y sí, amigo. Era una trampa».

Es como una de esas teorías terraplanistas, como si la existencia cayera al vacío a medida que adquieres responsabilidades. Aunque hay gente que, más que adquirirlas, las elude, como si fuera un torero de cartel fijo en Las Ventas.

Con un capote en forma de excusa se han librado mis padres de muchas de sus responsabilidades para con su hija, por ejemplo. Qué mala suerte haber heredado alguna debilidad física, como esta piel blanquísima, y no la capacidad —extraordinaria, la verdad— de no afrontar la funcionalidad en la vida.

De que no iban a estar ahí me di cuenta a los dieciocho. ¿Demasiado joven? Depende de para qué. Yo ya pensaba que llegaba tarde a todo. Como buena milenial, me come la ansiedad, pero los cuatro años de carrera en Donosti me han servido para recibir un título y para aprender a controlarla contando números impares. Ahora soy psicóloga y consumidora ocasional de ansiolíticos.

Eso tampoco me hace especial. Los de mi generación estamos todos parecidos. Lo compruebo diariamente en mi consulta.

Decía que cuando te acercas a los treinta, vas pidiendo disculpas a cada una de las personas a las que llamaste vieja en un arrebato de sinceridad e inmadurez porque la verdad en sí a veces es una falta de respeto como un piano de cola. Llamar mayor a alguien de treinta y cuatro años debería estar castigado por ley. Lo sé porque uno de los niños a los que acabo de adelantar en el avión ha pronunciado la palabra maldita, y no ha sido «crucio», no. Ha sido «señora».

La cara de ese pequeño ser vivo se proyecta de nuevo en mi cabeza, pegada a las retinas. ¿Cómo no sabe pronunciar bien su nombre pero sí la contraseña de mi desgracia? Para que os hagáis una idea, en los talleres de escritura creativa siempre te piden que escribas sin adjetivos. Bajo el pretexto de que «el adjetivo arruga». Digamos que para ese ser humano diminuto yo estoy cargada de adjetivos y algún que otro epíteto. Me encanta escribir, y en ello estaba en este vuelo hasta que ese «SE-ÑO-RA» me ha despertado del trance.

Mientras asimilo que soy mayor porque me lo ha dicho un niño y los niños no mienten, recuerdo otro fragmento de mi… proyecto. Llamarlo «libro» todavía se me hace demasiado grande. Además, no es mío del todo, sino de las dos. He corregido tantas veces estos textos que podría repetirlos con la exactitud de un notario que recita la misma ley todas las mañanas frente a los compradores del piso número 50.

> *Me acerco a la edad maldita, los cuarenta, pero he llegado hasta semejante tramo vital así: desactualizada y sin un talento definido. Me encantaría ser la Hendrix de la alfarería, la Janis Joplin de la jardinería; no me importaría apellidarme Morrison, Cobain o Winehouse…, pero soy Carmen Zubieta Martínez y solo se me da bien una cosa: perderlas todas.*

Por concretar un poco más mi bio, soy vascandaluza. Mi padre, de provincia, y mi madre, de capital. Un *mix* que no siempre termina siendo un cóctel de diseño en un bar modernito. Los que no somos ni de aquí ni de allí siempre tenemos predilección por el centro. Por eso hace muchos años decidí instalarme en Madrid.

«Lo bueno de esta ciudad», le he dicho a la madre del pequeño Chucky cuando me ha mirado, «es que nadie te juzga, aunque lleves un kilo de explosivos encima. Es broma», he añadido muy seria, y un «Te va a encantar Madrid», porque tenía cara de horrorizarse con poco.

Dos meses de los largos después, con gesto cansado y consciente de que mi aspecto me delata (un moño mal hecho y el último chándal limpio encima), aterrizo de nuevo en este aeropuerto de nombre compuestísimo que hasta los puristas siguen llamando Barajas. Mis ojeras suscitan compasión.

Vuelvo a abrir las notas. Escribo.

> *En mi cabeza tiene sentido: es en los aeropuertos donde más azar se reparte, ¿no? Son comienzo o final, pero casi nunca punto y coma. Efectivamente, tiene sentido solo en mi cabeza: ¿qué tendrá que ver el azar con los signos ortográficos?*

Me quedo ensimismada pensando en las últimas semanas. «¡Vaya verano!». Suspiro. Vengo de estar en «casa» en sentido literal y figurado; una casa que ya no parece la mía, aunque en realidad nunca lo fue, y ahora, sí. A lo que me refiero es a que mi nombre completo consta en la escritura.

La casa es y siempre será en realidad de la otra Carmen, mi abuela. La verdad es que preferiría ni aparecer en ese papelucho que tantos problemas me ha traído con mi familia, pero algo se enciende en mí al saber que mis cinco primas pluscuamperfectas se han quedado fuera de los dominios familiares. Tenía miedo, aunque nunca lo verbalicé por si se hacía más grande que yo, de que ellas cumplieran su objetivo:

vender el caserío de piedra en el que hemos crecido rodeadas de tantos verdes que no sabrían distinguirlos ni los que hacen las cartas de colores de Pantone. O lo que es peor, convertirla en casa rural de *influencers* para presumir de hijos que parecen criaturas hechas con una impresora 3D.

Desde que mi abuela murió no he podido atender a ningún paciente. Todos los problemas ajenos me parecen nimios si los comparo con los míos. Vuelvo a la pantalla blanca de mi dispositivo. Tecleo.

«Hay parte de culpa en el dolor», he pensado mientras veía que las luces de la ciudad se hacían grandes desde la luna redonda de mi asiento del avión. «Y hay un tipo de felicidad fortísima en la ausencia de eso».

Los aviones me obligan a pensar, y ahora lo que necesito es disociarme. Lo escuché en un vídeo de YouTube de una *coach* que me pasó mi prima Irene. «Cocoach Chanel». Sí, yo, Carmen Zubieta, con DNI no especificado y entradita en los treinta, veo vídeos de YouTube.

A mí siempre se me ha hecho un poco bola esa filosofía tan palatable de Instagram en la que todo es feliz y la vida es maravillosa. Mi familia vive un poco de eso y yo… yo siempre he estado fuera. No supe surfear la ola de perfeccionismo y aires *cool* de mis parientes más próximos en edad. Mi abuela lo sabía y me premiaba la originalidad. La última vez que hablé con ella se abrió una habitación mental para nosotras dos.

Me citó hasta a Mairal: «Si no podés con la vida, probá con la vidita». Y luego añadió: «Pero tú puedes con todo, Carmen. No te conformes con lo que otros quieran darte».

Y hala. Piti en boca a toda vela. Quedaban tres días para no volverla a ver y la verdad es que ya entonces la extrañaba. Sí, antes de que se fuera. Esos ojos verdes que miraban hasta el fondo de los míos y esas manos que eran como mapas y que siempre me llevaban al mismo sitio: a casa.

Una casa ahora tan estúpida, tan llena de primos, tan vacía de verdad desde que mi abuela no está. Ya ni huele a lo mismo. «La abuela olía a pan», les dije en la última cena familiar de este verano, y después encontré el silencio del resto. Tenía ese carácter panacea. Todo lo arreglaba porque casi nada no tenía solución en la vida de ese espectáculo de ser humano. Vaya junco, la tía. Lo sobrevivió todo. Siempre erguida. Todo lo compartía con los suyos. Todo, salvo un cuaderno de notas que nunca enseñó. Ni siquiera a mí, la «hija predilecta» de su cerebro. Por eso en la lectura de los bienes regalados a la familia todos querían la casa, y yo, las notas de la abuela.

Y al final canté premio doble, bingo y línea; vamos, que me quedé con las dos. Lloré de lo que no había llorado nunca: de orgullo. Lloré rozando la precipitación. Lloré una DANA y media. Y esa sensación de que alguien te quiere tanto como para confiarte su mayor secreto se me ha clavado como la astilla de un barco, pero al menos es de lujo, hacia las Maldivas.

O sea que a la corta duele, pero que me quiten lo sentido.

Su ausencia trajo vacío. Toneladas. Había que vaciar la casa, los cajones, los espacios que ella un día había habitado. La razón literaria es que las familias, felices o infelices, siempre reparten las herencias de la misma manera: peleándose. La justificación personal es que quise dolerme allí, donde había estado ella.

Sigue en mi cabeza a medida que esquivo a varios críos y maletas con evidente sobrepeso.

Mientras intento respirar la pesada atmósfera del septiembre madrileño, me planteo si existirá algún cacharro, una *app* teletransportadora más popular que Instagram que me permita hacer el viaje desde Donosti sin desembolsar los doscientos euros que me ha costado el billete.

No es un tema que ahora mismo me preocupe, pero no me gusta despilfarrar. No cuando sigo de excedencia en el centro privado en el que estoy contratada desde hace tres años.

No tengo previsto volver al ruedo de la psicología hasta que mi herida cierre. «¿Y le crezcan flores?», como decía la amama cuando me caía siendo niña, pienso. «Y me crezcan las flores», contesto al aire. Si supiera mi abuela que sigo siendo eso: una niña que se cae y cuya caída más difícil hasta la fecha ha sido a la que ella no ha podido responder. A la que no ha puesto su voz como vendaje.

Lo pienso en medio de un aeropuerto, que es un no-lugar y un casi antónimo del «jardín» del que hablaba mi abuela. En mi cabeza suena mi voz con cinco años, con la que he firmado una tregua hasta nuevo aviso. Soy optimista moderada y sé que la vida no ha dejado de sonreírme, aunque le falte algún diente.

Cojo el móvil y llamo a Inés desde la pista. Tres largos tonos después, oigo la voz ronca de mi mejor amiga:

—¿Sí?

—Ya estoy aquí —le confirmo mientras sigo el recorrido hasta el autobús que me llevará a la terminal.

Al otro lado del auricular, se oye solo silencio y un susurro de tela que, tras muchos años de amistad, ya sé identificar. Suspiro, resignada, porque sé lo que está por llegar.

—Inés, te dije el DO-MIN-GO de esta semana.

Inés es una tía de esas. Llevarla al lado es como ponerte una capa de invisibilidad. Salir con ella implica entrar en la discoteca y que todo el mundo la mire como si acabara de llegar alguien importante. Es como mil planetas. Cuando la conocí llevaba el pelo corto, componía canciones que luego colgaba en redes sociales y era todo incertidumbre porque estaba saliendo de una de esas rupturas que parece que te van a durar toda la vida.

Lo sigue siendo. No me gusta emplear estos términos porque soy de ciencias, pero tiene un poder especial. En ocasiones pienso que se carga con energía solar. Si alguien puede permitirse altas dosis de adjetivos *pink* es Inés, porque ella es todo lo contrario. Pura personalidad. Se autoproclama «trisexual». Dicho por ella misma: «Si pudiera me liaba hasta con una farola». ¿Y encima canta como los ángeles? Confirmamos.

Como todos, tiene defectos también. Manos frías y, como las mejores personas, una memoria horrible. A veces es anticiclón y lo ve todo clarísimo, y otras es pura niebla. Nadie esperaba que se fuera a acordar de recogerme, pero la verdad es que hoy consigue molestarme.

—Tía, TE JURO que tengo diez alarmas, pero ahora no las veo... —exclama—. Además, de las que levantan a un muerto, ¿eh?

Va bajando la voz porque sabe que no es comentario para este momento de mi vida.

—Inééééés —repito alargando esa letra como cuando la regañaban en el colegio.

—Lo que quiero decir es que no es ningún canto celestial de esos que pones tú. Oh, no, mierda... Carmen, las puse para el domingo que viene y tengo que llevar a un cliente de mi padre hasta Toledo en diez minutos.

—Eres lo peor. Fin. Nos vemos luego en casa. Que no se te olvide que existo. Tímbrame, porfa —me despido un poco enfadada, y con más ganas de llegar a casa. Todavía.

Lo mejor o menos peor de vivir pared con pared con una amiga, pero en distintas casas, es que nos hemos convertido en perseguidoras de la anécdota. O son las historietas las que nos siguen a nosotras. Creadoras de contenido, pero a nivel vital. Mismo portal. Mismo piso. Diferente letra. Así somos, parecidas en lo importante y contrarias en todo lo demás.

—Carmen, tía, ¿sabes dónde he dejado las llaves del taxi? —añade Inés al otro lado del teléfono mientras la oigo moverse. Siempre corriendo. Su existencia transcurre como en una cinta estática: está en movimiento constante, pero casi nunca llega a ninguna parte. O, al menos, a tiempo.

—Inés, llevo dos meses sin pisar nuestro edificio, pero mira en la mesa de tu salón. —Me quedo con las palabras colgando de los labios y el móvil de la oreja. Esta chica se cree que soy el maestro Joao y puedo localizar sus enseres perdidos con la mente. Suspiro porque le estoy hablando a nadie.

Inés ha colgado.

Mi amiga ha decidido continuar con el negocio de su padre, Emilio, otro «tardolescente» al que la ley ha obligado a traspasar la licencia de taxi con la que han comido él y familia durante más de treinta años. Ella estaba terminando Arte Dramático cuando su madre falleció. Eso fue hace cinco años y, desde entonces, se ha tenido que poner volante a la obra.

Antes de este verano, que ha sido como una mancha en el historial de mi año, Inés se había empeñado en enseñarme a conducir. Tarea encomiable y bien intencionada que acabó, como acaban casi todas nuestras historias, con el coche averiado siendo remolcado por la grúa del seguro mientras nosotras mirábamos muy serias a través de la cristalera del bar más cercano. Hay cosas que no son para mí: la primera es esa, y la segunda, perder la esperanza en que algún día llegará puntual a alguna de nuestras citas.

Continúo esquivando pasajeros a medida que me deslizo con rapidez hacia las cintas de equipaje. Cuidar de la ingente cantidad de retoños de mis primas no ha sido la definición exacta de descanso reparador (es más que posible que necesite un fisio, o un chamán) y la ínfima esperanza de que Inés apareciese para llevarme a casa se ha esfumado.

Todo en lo que alcanzo a pensar es en una ducha caliente y ropa limpia. Mis expectativas de placer han bajado mucho el listón este año. Lo único que se interpone entre mi objetivo y yo es una hora en taxi y la maleta de mano, que he tenido que facturar y que se niega a emerger de las profundidades de este aeropuerto.

Finalmente aparece el *trolley* negro heredado de mi padre, de cuando el hombre empezó la universidad. La pobre maleta ha visto mejores tiempos y no anda para muchos trotes, casi tan pocos como yo ahora mismo, pero cumple su función y ha sido de las cosas que mejor he mantenido en mi vida.

He tenido que facturarla, aunque es de cabina. Las aerolíneas cada vez reducen más el tamaño del equipaje. Lo siguiente será cobrarte treinta euros por llevar un hatillo y que te digan que «es por el palito».

El contenido de mi maleta es mucho más que valioso para mí: mi conato de libro, los cuadernos de mi abuela, las escrituras de la casa de Donosti, tres sudaderas, los vaqueros cortos, un retrato de cuando era niña que he robado de la casa familiar y dos «blísteres» de embutido envasado porque mi frigorífico es el desierto de Gobi ahora mismo. Debería sonar gracioso, pero no lo es; simplemente es lo que llevo encima para retomar mi vida donde la dejé. ¿Dónde la dejé? Ya ni me acuerdo.

Cuando la veo girar sobre la cinta y la recojo, casi la acuno. Extiendo el mango y me voy, siguiendo los carteles, hasta la puerta de salida. Se me ocurren más de tres patologías clínicas graves de las que me podrían acusar si la abriera un desconocido.

Mientras salgo de la terminal 1 y me dirijo a la parada de taxis, observo a varios grupos de adolescentes que, tirados en el suelo, se pasan móviles, se hacen selfis y se ríen. Algunas familias lloran al abrazarse a sus seres queridos. Todo en mí pide llamar al primer número que tengo en la agenda: AA Abuela Carmen. La más importante alfabéticamente hablando, también en el corazón. No serviría de mucho porque ese móvil ya no pertenece a ese nombre. ¿Se lo habrán adjudicado a otro ser humano? Son esas pequeñas cosas las que se me clavan todavía. Aunque ese «todavía» ahora parece un infinito.

Viendo a toda esa gente cruzarse sin tocarse, como si fueran hilos de colores en la misma caja en busca de emociones, levanto la mano y paro un taxi.

—¿Puedo bajar la ventanilla? —pregunto ya rumbo a mi piso madrileño.

El conductor asiente y sube la radio. Saco la mano y estiro los dedos como un pianista. Tapo las luces de las farolas a mi paso. Sonrío y señalo los edificios. Suena Joe Crepúsculo. «Rosas en el mar».

Abro y cierro las manos como saludando a la noche que empieza a encenderse.

Como acariciando la ciudad.

2

Me despierto pensando en una frase que leí hace un tiempo: «Aprender a volar exige muchas horas de suelo». Creo que es de Carreño o de Benedetti. No lo tengo claro, pero me persigue.

Sigo pensando en eso, en alturas y pavimentos, cuando me levanto de la cama.

Es lunes. Son las 9.47. Una hora templada. No es ni tarde ni temprano.

El suelo de casa es de madera. Agradezco que no esté demasiado frío porque siempre, sin excepción, voy descalza. No tengo ni un solo par de zapatillas, y mi pijama consiste en una camiseta que me queda corta y un pantalón que compré para hacer ejercicio y con el que he hecho de todo menos ejercicio.

Subo la persiana de mi cuarto retomando mi antiguo ritual diario como el que se pone las mismas cremas desde hace veinte años. Soy un animal de costumbres.

Mi habitación, que da al patio de luces, es la única estancia de todo el piso que tiene una ventana normativa: no es grande ni pequeña, y el cristal es nuevo, para aislar del ruido. La abro ligeramente. Septiembre en Madrid sigue siendo un mes caluroso. Por suerte, se genera una corriente que renueva el aire de la habitación y con la que siento algo de alivio. Me doy cuenta enseguida de que me he vuelto vulnerable a las temperaturas de más de veinticinco grados después de mi verano en Donosti.

Desde el ombligo del edificio se elevan, como globos de helio que se escapan en la feria, varias voces. Son mis vecinas. En el BOE (Boletín Oficial de la Entreplanta de mi casa) se informa de que no ha habido cambios sustanciales en la vida de los inquilinos durante estos meses de verano. Como primer tema a tratar lanzan un «Ha vuelto la chiquita del cuarto». Esa debo de ser yo.

—La que vive al lado de la hija del taxista. —Efectivamente, lo confirmo.

El asunto que desmenuzan cada mañana en el patio interior, reservado para tendales y maquinaria, se cuela como el sonido de una radio por la abertura de mi ventana. Este punto de la casa tiene una acústica excelente; no sé cómo no se organizan conciertos o recitales. Hoy he sido prota de la tertulia, pero casi siempre hablan de Inés.

Miro por la ventana y veo a las tres mujeres, las mismas de siempre, con sus batas de casa y sus rulos en la cabeza, hablando con la seguridad de quien cree que no le están escuchando. A veces las pillo cantando mientras cuelgan la ropa mojada. Siento curiosidad por lo que van a decir, pero la situación me pone algo incómoda.

—Sí, Euse, vino un día diciendo que las niñas del cuarto, Inés y Carmen, eran pareja de hecho. Lesbianas, vaya —concluye la primera.

—En estos tiempos… no es de extrañar, también te digo —se oye una segunda voz—. Es que la vida avanza, Josefina. Ya las cosas no son como antes… Si llego a nacer yo ahora, estás tú que me caso con el Paco.

—Pero, bueno, mujer —añade la otra sin prestar atención a su reclamo—, luego la Conchi dijo que a la de pelo largo,

Carmen, sí que se le conocía novio. A su amiga, no —concluye.

—Esa chica debe de estar enseñando la casa para alquilarla, porque sube mucha gente. Mujeres y hombres, ¿eh? —replica la tercera.

—Desde luego —contesta Euse—, en ese piso se debe ver cada cosa...

Sin necesidad de tener contacto visual, me jugaría un órgano a que en esa pausa alguna de las tres mujeres se está santiguando.

—En fin, que lo que te puedo contar es que Carmen ha vuelto ojerosa y desgarbada —prosigue la primera—. Ni rastro del chavalito melenudo con el que vivía.

Siguen:

—¿Qué habrá pasado? Hacían buena pareja.

—No sé —dicen al unísono.

—Llegó anoche, no muy tarde. Serían las diez cuando cerró la puerta del ascensor.

A estas alturas ya no alcanzo a distinguir quién dice qué, así que abandono el radiopatio. Lo que no saben es que, al cerrar esa puerta anoche, quería cerrar también la de todo el mundo. Igual me pasé con la intensidad del portazo. Bien mirado, eso es justo lo que necesito. A ver si esta señora va a ser mi nueva gurú espiritual.

En ocasiones siento no ser más mística y menos terrenal. Tendría un montón de dogmas a los que agarrarme como si fueran la última tabla del Titanic. Aunque a la postre, ya sabemos lo que pasa: hay argumentos en los que solo entra uno. O sea que eso de salvarse muy bien, pero a qué precio.

Mi vuelta a la ciudad «ojerosa y desgarbada» podría deberse a muchos factores, no necesariamente relacionados con mi vida sentimental, pero sí, no eran indicadores de bienestar.

Después de escuchar a estas mujeres, me incorporo a media asta.

Veo que tienen todos los datos de mi estado anímico. La fragilidad que desprendo en esta última temporada de mi vida me asusta. Podría decir que se está rodando una nueva temporada de una *shitcom* basada en mi existencia. Un show de Truman de bajo presupuesto en el que todo el mundo pinta algo menos yo.

Vuelvo a la cama, dejándome caer sobre el colchón repleto de cojines. Algo tiene que ocupar este espacio. La cama es enorme y a esta hora de la mañana la luz entra desbocada, aunque la estancia es interior. Lo bueno, y lo caro, de estar en el último piso. Al otro lado del colchón solo hay ropa que, más que arrugada, parece estar dislocada, y actúa como potente recordatorio: tengo que retomar lo de ser una persona ordenada.

Empecemos por lo primero. Por lo de ser persona.

Tengo todos los hábitos destartalados tras la muerte de mi abuela y algunas de sus frases grabadas a fuego: «Carmelita, nadie lo va a hacer por ti: ni el amor, ni la guerra, ¡ni la cama!».

Un rayo rojo se dibuja en el techo. El sol rebota en las contraventanas de madera y ese color se extiende por la pared. Las grandes vorágines de mi vida han precedido los momentos más luminosos. En la carrera nos explicaron lo mismo, aunque con palabras más formales. No nos han educado para saber descifrar el dolor, pero hacerlo tiene su recompensa. Es nuestra manera de ir puliendo la roca común para descubrir la piedra preciosa.

A veces pienso en cómo sería yo si mi abuela me siguiera acompañando en todo lo importante. Otras, como hoy, puedo sentir incluso que lo hace. Como si la llevara integrada en los huesos. Vuelvo a escribir en el móvil.

Mi abuela fumaba como si al encender el cigarro sona-
se un trueno: con euforia. Así que es casi poético que fuera
un día de tormenta de verano cuando se apagó. Ella sabía
que sus hábitos le iban a pasar la factura más cara de su
vida, pero siempre respondía que nunca había sido tacaña
y se reía ronca, mientras subía dos puntos el sonido de la
música porque no quería enfrentarse a hablar de lo que
nadie sabe: la muerte. Tampoco conmigo.

Disfruto de no haberme olvidado todavía de esos deta-
lles. No tenía miedo a la muerte, sino a morirse antes de
tiempo, y supongo que eso la define. ¿Qué describe a un
ser humano? En el caso de mi abuela diría que su olor
cuando llevaba puesto el pijama, una mezcla de tabaco y
pan, su manera de boquear cuando bailaba y su humor,
que era como una sonda que nos entraba a todos por la
boca y acababa en el estómago en cada carcajada.

Nada me gustaría más que compartir de nuevo una charla
con ella; aunque mi única opción ahora sea hacerlo a través
de sus diarios. Pero para eso tengo que deshacer la maleta.

Genial, ahora no sé si lo que siento es pena o hambre. Igual
la respuesta es la combinación de ambas en distintos porcen-
tajes. Voy a probar a prepararme el desayuno. Abro una *app*
y activo el mecanismo remoto que conecta mi dispositivo con
la cafetera. Me la regalaron mis amigas en mi último cumpleaños: «Es más inteligente que alguno de tus exnovios y no necesitas levantarte de la cama por ella». No les faltaba razón.

Fue una gran mejora en mi calidad de vida descubrir cómo
funcionaba después de tenerla guardada en circunstancias que
nunca les revelé. Me llamaban vaga y escogedora preferente
de novios regular. No soy directora de casting, *sorry*. Y resultó ser que el amor era otra cosa, con los años me di cuenta,
y estoy tratando de desaprenderlo como yo lo entendía.

En esa noble tarea me hallo después de romper con Sebas.

Cuando le conocí no siempre estaba triste, pero no sé en qué punto de los tres años que pasamos juntos empezó a estarlo casi siempre y sin justificación. Era su modo avión y, claro, en ese estadio no me dejaba acompañarlo.

Yo no sabía qué hacer con su tristeza y también tenía la mía: la pandemia repartió su dosis de oscuridad en todas las puertas. En esta casa llamó al timbre. Cuando vi lo que le pasaba le recomendé que fuera a terapia. Nunca llegué a saber si fue o sigue anclado en uno de sus «no, Carmen. Todavía no».

Lo que sí sé es que se hizo algunos retoques estéticos en un intento de sentirse mejor. De mejorar la relación que tenía consigo mismo. De la que tenía conmigo no se ocupó, en cambio. Teníamos que dejarlo y los dos lo sabíamos, pero nos faltaban las ganas de asumir la realidad. Sebas tenía poca iniciativa y, en general, dejó de tener también intención.

En todo.

El sexo pasó a ser algo incómodo. Algo malo.

Mi abuela un día intervino, pero sin meter presión: «A veces la forma más inteligente de acabar con algo sin que parezca que quieras hacerlo es simplemente esperar». Y no sé si fue una premonición o un consejo, pero eso es justo lo que pasó.

La ruptura duró lo que duran los procesos importantes. Una toma una decisión y luego hace varias paradas en el camino. Te detienes en cada una de las dudas que surgen como hierbajos en el sendero de tu firmeza.

Así que agradecí el distanciamiento y me acostumbré a que ya nadie iba a prepararme el café mientras yo remoloneaba sin más. De ahí que mis amigas ayudaran comprando ese electrodoméstico revolucionario que es una cafetera autónoma.

La casa está casi vacía porque no he tenido tiempo de decorarla desde que él se mudó. Sus cosas, aun sin ser demasiadas, ocupaban gran parte de los setenta metros cuadrados en los que vivo.

No está mal para ser Madrid. Dos habitaciones de tamaño medio, baño y cocina nuevos, y un salón que es la joya de la corona. Ya puede serlo con lo que cuesta. Más de la mitad de mi sueldo se va en esto de tener un techo en la capital.

Sebas era un entusiasta impulsivo. Ese es un patrón muy concreto de la personalidad que corresponde a la gente que se viene arriba siempre y cuando sea el de al lado el que tire del carro. Vivía económicamente holgado, por eso no dudó en alquilarlo en cuanto lo vimos.

Nuestra segunda cita fue la primera vez que Sebas se sintió enamorado de alguien. Yo le pregunté que quién era, que si leía o prefería la versión en película de las cosas y que si creía en Dios. Él me contestó que nadie se lo había preguntado, ni siquiera él mismo. Mucha intensidad y vino entre lo que llegó después. Un beso que le robé yo en el coche de su hermana y una relación. No es de extrañar que no se tomara muy bien lo de que a los años nos comiera simple y llanamente la nada. La tarde en la que me di cuenta de que ya no, me corté el pelo y al volver de la peluquería hice lo propio con la relación más duradera que había tenido hasta entonces.

Sebas se fue un viernes por la noche y yo solo abrí la boca para pedirle que cerrara al salir. Ahora nos llevamos todo lo bien que te puedes llevar con alguien con quien no te llevas. Mensaje en Navidad y un «buena suerte» muy salteado según los acontecimientos que dicte Instagram. El caso es que no ha vuelto a este piso desde que hizo la mudanza y ahora que he vuelto yo, la verdad, solo siento alivio. No sé si también es indiferencia. Digamos que cerrar esa puerta me abrió los cinco balcones de mi casa. Aire fresco.

Me falta asumir lo más tétrico: alguien a quien has querido se vuelve el mayor de los desconocidos. Al final, de tanto consumir teoría sobre las relaciones tóxicas por trabajo, me he hecho un máster en rupturas. Dejo de divagar y me reactivo.

El día vibra en una escala de azules de la que no puede presumir mi ciudad natal. En mi mesilla tengo las gafas poliédricas antiguas que utilizo para escribir en el ordenador. Mi padre siempre me dice que tengo la cara alargada y que no me pegan. De Guadalajara para arriba ese comentario es equivalente a un cumplido. De todos modos, me parezco a él físicamente. Alta, delgada, con la cara afilada. Ojos grandes, nariz no demasiado en proporción con el resto de mis rasgos. No soy lo bastante guapa para no necesitar tener conversación si quiero ligar en una discoteca.

Me levanto y recojo el café que tenía programado. Con la taza de metal ya tibia en las manos, cierro la puerta de la cocina con un golpe de cadera y entro en el salón. Es el espacio más grande de la casa. Mi color favorito es el blanco, así que evito la saturación de tonos en la decoración a toda costa. Los pocos muebles que tengo son de madera o contrachapado, y el chéster de cuero antiguo que preside la sala está colocado mirando hacia la galería de cristal. Mi sitio mágico. Mi cripta de la escritura: un balcón cubierto que da a la calle Fuencarral, la más grande y ruidosa del centro. De vez en cuando veo a la gente pasar, apurada, de un lado para el otro y eso, contra todo pronóstico, me relaja. Así es mi cabeza: como mi casa. Un espacio en el que parapetarme del caos externo.

Cojo el bloc del móvil y escribo:

Me siento reparada cuando entro en esta casa. Me siento en paz cuando estoy aquí. O me siento alegre. Una cosa

es estar alegre, y otra, feliz. Lo primero es algo involunta-
rio, para lo segundo hay que remar. Última lección para la
vida jocosa: no es la misma cosa perder que soltar. Saber
qué se merece. Merecerse la pena. Dejarla ir.

En eso estamos.

Tengo que pasar todo esto a limpio para mi no-novela. Se llama así porque es el proyecto conjunto con una persona que ya no está y a la que no pedí permiso. Así que, hasta que no lleve la mitad, no pienso llamar «libro» a todo ese amasijo de frases y recuerdos. Creo que me costará mucho enseñársela a alguien sin sentirme más desnuda que un recién nacido.

Mientras me siento en el sofá, oigo el timbre de la puerta. Al otro lado se oye la misma voz que ayer me había dado largas por teléfono. Las paredes son como papel de fumar. Es ella. Es Inés.

—¡Caaaaaaaaarmen! —dice en tono suave e infantil.

Antes de que pueda responderle, Inés aparece en sudadera, bragas y unas zapatillas con forma de pescado. Nadie ha logrado adivinar todavía de dónde carajo saca esas reliquias. Suele bromear, espero, con que de la *deep web*. Hay que quererla así porque, si no, pides una orden de alejamiento.

—¿Llegaste bien a casa anoche o la señora de Donosti requería ser trasladada únicamente en mi calesa? —pregunta con retranca.

Resoplo pero me río.

—Hola, ¿eh? —saludo—. Por cierto, si no encuentras las llaves, ¿cómo has entrado? ¿Con algún hechizo de Harry Potter? —Me pongo irónica porque me debe una. Me debe mil, en realidad.

—Ah, tía, estaban en el bolso rojo. —Se abalanza sobre mí y me achucha, sabiendo que necesito que lo haga y no se lo pienso pedir.

Después del abrazo se sienta a mi lado y coloca las piernas —¿cómo si no?— sobre las mías. Entiendo por su cara que después de varios meses acumula un buen arsenal de batallitas poliamorosas. Es como una reina de las *apps* de citas. Podría hacer una tesis sobre el ser humano solo a través de los ligues de mi amiga. Le pregunto:

—¿Qué? ¿Cómo fue ayer? —La excusa del cliente de su padre y el viaje a Toledo me la ha puesto ya varias veces, así que no sucumbo.

—Con esta me convalidan tercero de Sociología, Carmen. Te lo juro. —Se hace un moño mientras mira al suelo—. El tío llevaba unos pantalones de felpa y el pelo cortado a capas. Medía 1,64, pero, como cualquier persona con la combinación de cromosomas XY, en su perfil de Tinder ponía 1,84. —Nos reímos en alto.

Me acomodo aún más en el sofá: es como un animal deshuesado.

—Fuimos a una farmacia a medirnos. 1,64. Resultó ser superfán de Bomba Estéreo y me invitó al concierto —añade subiendo la intensidad del discurso.

La verdad es que la visita de mi amiga me saca por completo del letargo. Sus conversaciones suelen ser como ella: caóticas e hilarantes, porque nunca sabes por dónde va a salir o cuándo va a cambiar de tema.

—Podría ser el príncipe bajo de *Shrek* —dice.

—Lord Farquaad —interrumpo y pongo los ojos en blanco. Se lo he repetido mil veces.

—Eso. —Asume que nunca se acuerda de mis correcciones y, moviendo mucho las manos, prosigue—: Qué manera de bailar tenía. En el bar lo llamaban El Llaverito. Movía los índices como si fueran hélices al tiempo que me explicaba que ese paso de baile se llamaba «hacer el dron».

La dejo hablando en alto y me acerco hasta la entrada

contestándole con onomatopeyas. Recojo la maleta. Deshacerla mientras mi amiga termina su experiencia apocalíptica me da menos pereza.

—Bueno, ¿y qué?, ¿qué tal con la santísima primada? ¿Ya has grabado tu primer *haul* montañés? —vacila sobre mis primas *influencers*, su tema favorito, y se ríe.

—Que sepas lo que es un *haul* y no dónde has dejado las llaves de casa dice muchas cosas de ti, y no sé si son buenas. —Le lanzo un cojín de esos que se usan para descansar en los vuelos que llevaba atado a la manija de la maleta.

Sé que Inés está intentando evitar por completo el tema de la muerte de mi abuela. Ya nos desahogamos en una de esas llamadas eternas aquella tarde de verano. Inés me suele llamar cada vez que cena sola. Es como tener a un teleoperador a domicilio. Tras recibir una hilera de mensajes inconexos vía WhatsApp que terminaban con un: «cónclave, xfi», decidí llamarla. Lo que no esperaba ella es que en esa conversación le fuera a contar que mi mayor miedo se había cumplido: la muerte de mi abuela.

Apoyo el *trolley* en el suelo e intento introducir los dígitos: cinco, nueve, cinco, cinco.

—Madre mía, amiga. Carmen sin haber ordenado su maleta nada más llegar. Sí que estás mal, sí —dice.

—Cállate, Inés.

No hay manera de abrirla. Pruebo una y otra vez, sin éxito. Repito cíclicamente desde el principio: separo las manos, muevo la rueda esperando ansiosa el clic que me lleve al interior de esta papelera con ruedas, pero no hay forma.

—Quita, tía, que yo de esto sé bastante. Siendo la más disfuncional de este código postal, no te sorprenderá que TU AMIGA haya buscado alguna vez en YouTube «Cómo abrir la maleta si te has olvidado del código».

Sin mediar mucha palabra, se levanta, deja las llaves en la

mesita de cristal que hay al lado del sofá y coge un boli de un bote sobre la repisa de la pared.

—¡Cómo desestresa! Es mejor que el *mindfulness*. ¿Habré nacido para el pequeño y mediano delito? —dice mientras trata de abrir mi equipaje con un boli escolar como si fuera un cerrajero criado en zona de conflicto.

—Inés, eso son las empresas; no los robos.

No me preguntéis cómo, pero ya tiene la maleta medio abierta. Suelta el boli al tiempo que anuncia en un acento francés imitado:

—*Voilà, la inspegtoga Ineg ha guesuelto otgo gaso gon égsito.* —Suspira—. Pues sí que ha sido raro tu verano, sí... Te has llevado a Donosti un traje de hombre... —Inés continúa inspeccionando el contenido de la valija como si fuera policía forense. Recoge el boli del suelo para sacar algo que hubiera preferido no tener que ver nunca.

3

—¡¿Calzoncillos usados?! ¿Hay negocio en esto? Yo pensaba que solo funcionaba en el mundo braga. —Me mira preocupada, creyéndome capaz—. Si estás tan mal de pasta, puedo dejarte algo —concluye.

—Inés, evidentemente, no es mi maleta —replico casi al borde del ictus—. No me lo puedo creer.

Me levanto histérica del suelo. No puede ser... ¿Qué es toda esa... basura, nunca mejor dicho? ¿Dónde están los diarios de mi abuela? Siento como si me cayera una toalla mojada sobre la cabeza. Es el sentimiento de culpa. Inés coge un bote de colonia que hay al lado de las camisas y juega a esparcirla como si fuera una pistola de agua. Toda la estancia se llena de ese olor como a jabón neutro, madera y testosterona.

—Madre mía, es potente, ¿eh? *Eau* de desconocido. Me gusta. Huele a guapo, ¿no? —Inés es especialista en pensar en alto. Si fuera espía del CNI duraría dos nanosegundos en el puesto. Ahora camina en círculos leyendo unos folios que ha encontrado en el fondo de la maleta suplantada—. Esto sí que no me lo esperaba. —Se queda quieta—. Topografía —dice mientras consulta en su móvil el nombre de los membretes de los folios—. Le has robado la maleta... a un topógrafo.

¿Esa gente cobra bien? Tengo muchas dudas al respecto.

—No puede evitar la intensidad ni en los peores momentos.

—Inés, no he robado nada, por favor. No todas las personas somos como tú. —Le suelto la pullita porque está acabando con mi paciencia. Desde luego, está potente la jornada.

—Eh, eh… No me acuses. —Inés ha cogido de nuevo el móvil y ha puesto el altavoz. Al tercer tono suena la voz de Elena, la tercera en discordia—. Helen, tía, si robas una maleta, ¿puedes ir a la cárcel?

La admiro porque siempre encuentra la forma de despreocuparse antes de ocuparse de un asunto serio.

Elena balbucea al otro lado de la línea.

—No tengo ni idea de la que habéis liado, pero diré que, si está llena de cocaína, sí, claro. —Elena es jueza. La más joven de España de su generación, de hecho. Una de esas personas a las que le pega tener una serie—. Estoy llegando a casa y todavía tengo que pasarme por el juzgado a por unos papeles. Ya sabes cómo funciona la Administración; somos capaces de encarcelar a trece corruptos, pero no de mandar un e-mail a tiempo.

Entretanto Inés coge aire hondamente, así que la respuesta se prevé apoteósica.

—Helen, tu amiga Carmen está tendida en la alfombra de su casa como si fuera una piscina de barro. Me encantaría decirte que en biquini, pero lleva la camiseta roñosa de siempre, vaya… —Inés pone los ojos en blanco y abre uno de los balcones.

El ruido casi tangible de diez coches circulando se cuela en la estancia y hace que el tono de la conversación se eleve.

—PERO VAMOS A VER, INÉS, ¿POR QUÉ ME PREGUNTAS LO DE LA MALETA? —Elena está gritando a través del altavoz.

—Tía —me atrevo a abrir la boca por primera vez desde

que ha empezado la conversación—, vente con toda la paciencia que te quepa en el bolso y te lo cuento.

Sigo tendida. Inés empieza a abrir ventanas sin parar porque nota que me falta el aire. La escena se vuelve del todo surrealista. La mera idea de haber perdido mi tesoro me noquea por completo. Siento un miedo que nunca había sentido. Un miedo que me deja en evidencia: sigo de luto hasta las cejas.

Inés cuelga el teléfono y se acerca para sentarse a mi lado. Me acaricia el pelo como si fuéramos niñas.

—Sé que suena manido y que te he dicho mil veces esta frase durante el último mes y la mayoría de las veces no se ha cumplido, pero estoy segura de que todo va a salir bien —concluye.

No puedo evitar enfadarme bastante. Sé que lo hace con buena intención, pero me molestan los mensajes irracionalmente positivos cuando estoy hundida en la miseria. Si pudiera quemaría la central de Mr. Wonderful.

—Y una mierda, no tienes ni idea de lo importante que era para mí el contenido. —Inés suspira—. Estaban las escrituras de la casa de Donosti y la herencia de mi abuela —digo mientras me miro las manos como si me fueran a echar la bronca.

Se hace el silencio y, cuando por fin alzo los ojos, veo que Inés está trasteando con el móvil y me indigno porque me está ignorando sin ningún tipo de disimulo.

—¿Qué haces? —le pregunto.

—Pedir desayuno, Carmen, que tienes el frigo más vacío que el metro de Madrid en agosto. —Y sujetando el móvil con la pantalla hacia mi cara como si fuera algo que reprocharme continuamente—. Y comprobar si hay algún número de teléfono asociado con GEOSPAIN.

La verdad es que, para lo desastre que es, Inés siempre encuentra la manera de actuar en el instante en el que todo salta por los aires. Cuando el tiempo se queda suspendido y el siguiente *frame* va a ser una caída estrepitosa desde un octavo, aparece ella en una avioneta, arregla el asunto y te recoge.

En el sentido figurado.

En el literal le cuesta más acordarse de las cosas.

—Apunta —dice lanzándome el boli con el que ha recogido los calzoncillos del desconocido que tiene una maleta igual que la mía—. Nueve, uno, dos, dos, dos...

Estoy tan nerviosa que mi pulso parece el de una anciana.

—¿Otro dos?

—Sí, hija, otro dos —espeta—. Siete, cinco, uno.

—Me falta uno, ¿no?

—Ay, por favor, Carmen...

Inés me mira la cara y la interpreta. Entiende que estoy cagada y enfadada a partes iguales. No, si al final la psicóloga va a ser ella.

—Tranquila, lo vamos a arreglar —me dice.

Me agarra la mano, cómplice, y algo dentro de mí se enciende como si tuviera razón. Mi cuerpo me manda señales de que estoy conectada a esos diarios como si fuera un iPhone a una aplicación de rastreo.

—Además, una de tus mejores amigas es jueza —añade mientras se recoge el pelo con la mano que le sobra en una coleta. Otro de sus superpoderes—. O te devuelven la maleta o es capaz de avisar hasta a la Interpol.

Inés no puede evitar ser Inés. Ella tiene una forma diferente de abordar las cosas. Aunque los suyos no son métodos muy lícitos, a veces son incuestionables.

Suena el telefonillo. Me levanto y voy corriendo hacia la puerta. Normalmente siempre pido una contraseña porque nos gusta jugar a que tenemos doce años. De cuando en cuando tenemos incluso menos, pero hoy estoy demasiado preocupada para hacer bromas.

—Dime que eres Elena. —Voy directa y sin tono cuestionable.

Se hace un silencio cortito y la voz de mi amiga brota entre los pitidos de los coches y las conversaciones de los que pasan al lado del portal.

—Soy Mercurio retrógrado y vengo a joderte… —Es Elena. No hay duda—. Ni salud, ni amor, ni trabaj…

Cuelgo y pulso el botón sin dejar que acabe. Escucho cómo sube el ascensor y voy notando cómo se me relaja la presión arterial. Su rapidez para arreglar conflictos se despliega en mi imaginario como un tríptico, actuando de bálsamo de tigre para mi preocupación.

—Ni maleta —le respondo cuando sale del ascensor, y la abrazo todo lo fuerte que sé hacerlo. La sigo abrazando porque quiero, necesito, sentirme protegida por las mías. Aunque, como buena vasca, no he sabido medir mis fuerzas.

—Tía, cuidado con el diafragma, que esta mañana he estado en yoga y tengo los chacras como los muelles de un colchón viejo: hacia fuera.

Me mira y me sonríe tantísimo. Nadie puede explicar que una tía como Elena, rapidísima mentalmente —nivel trabajador de la NASA—, haya decidido apoyar todas sus dudas existenciales en pilares poco empíricos. Es adicta al tarot y al horóscopo, acude a una cosmóloga cuya casa huele a algo que ella denomina «palo santo» y que a mí me recuerda a un matorral quemándose. Una cosmóloga es alguien que interpreta la cosmología personal de cada uno y para hacerlo se basa en su fecha y hora de nacimiento. Y la cosmología «es la rama de la astronomía que se ocupa del estudio del origen, la evolución y la estructura del universo en su conjunto». Lo he buscado en Google, sí. En otras palabras, que te dice lo que es probable que te pase y con qué probabilidad te va a pasar.

Supongo que con ella no recita el orden de los astros junto al código penal, pero me consta que se lo sabe.

Deja el abrigo en un perchero de pared que tengo en la entrada. Oímos a Inés maldecir, supongo que porque ha vuelto a saltar el contestador.

—Carmen, por esta casa no corre bien la energía —suelta al tiempo que enfila el pasillo hacia la voz de nuestra amiga como si fuera una polilla que va a la luz.

—Ni la corriente —contesta Inés desde el salón—. Cuando he entrado olía a cerrado que flipas.

Inés continúa probando con varios números de teléfono, pero todos comunican.

—¿Qué pasa hoy en Madrid? —refunfuña mientras Elena la saluda con mímica al verla afanada en esa tarea—. ¿Soy la única que trabaja todos los días del año?

Estoy a punto de contestarle cuando del móvil de mi amiga emerge el tono aséptico de un recepcionista.

—Eh… ¿Hola? ¿Sí? —Inés carraspea y busca en su registro de tonos uno más formal. Para eso estudió arte dramático—. Sí, ¿qué tal? Hablo con la empresa de topografía, ¿verdad? —Ya ha conseguido estar cómoda. Se le nota en la voz: le empieza a brotar como si estuviera delirando—. Soy Carmen Zubieta y tengo su maleta.

Inés suele hablar mucho y muy rápido. No solo habla del motivo por el que ha llamado, sino que es capaz de ponerse a hablar del tiempo, del vecino con el que se ha cruzado en el ascensor, de esa noticia rocambolesca que ha leído en Twitter. Miro al techo y pido al aire que esta vez sea concisa. Porfa. Porfa. Porfa.

—No es un pareado, pero si quiere recuperarla… —prosigue.

Miro a Elena, que no articula palabra y se limita a negar al aire como repasando todos los posibles delitos que hemos podido cometer en el rato que lleva en casa. Habrán pasado cinco minutos cuando las dos nos giramos de golpe al oír una voz de hombre que responde a nuestra amiga a través del altavoz del móvil. Lo acaba de conectar.

—Mire, no sé de qué maleta me habla, la verdad. —Por el tono rígido de la respuesta, las tres sabemos que al otro lado hay alguien a quien no le va lo de esperar al teléfono—. Quizá se haya confundido —contesta cortés, pero con notable prisa por colgar. La paciencia no es el don de ningún recepcionista después de muchos años en activo.

Inés se pone mis gafas de lectura para meterse más en el papel. Le encanta hacer este tipo de cosas. Dice que lo aprendió en la carrera. Yo creo que venía así de fábrica. No ve nada, pero no le importa.

—Ayer en un vuelo Donosti-Madrid alguien de su empresa confundió su maleta con la mía —suelta—. Entiendo que ha sido una gravísima equivocación y ansío recibir unas disculpas y la maleta extraviada en menos de veinticuatro horas. —Lo del matiz del tiempo nos deja a Elena y a mí afirmando al aire como si nuestra amiga fuera un pastor evangélico que suelta un sermón que merece una ovación—. Si no…, lo tendré que hablar con mi amiga Elena Garzón. —La cosa se tensa—. Le suena el apellido, ¿verdad? Pues no es familia, pero ella también es jueza.

Elena se levanta directamente del sofá y lanza con la mano izquierda un triple imaginario, porque no se apellida Garzón. Es Mur Martínez, la doble eme de «Menudo Marrón ser siempre la tutora legal de este grupo».

Como queriendo desentenderse, recorre el pasillo y va hasta la cocina. Escucho cómo abre el grifo. Mientras Elena trastea en el armario de los vasos, oigo el timbre, pero antes de que pueda levantarme, mi amiga ya se dirige hacia la puerta. Desde el móvil de Inés vuelve a salir esa voz impostada, como de locutor de radio retirado, que desde luego no quiere ayudarnos.

—Bueno, mire, yo soy Carlos, me apellido Boyero y no soy crítico de cine. —No nos esperábamos la respuesta.

Inés sonríe.

—Es gracioso —dice bajito y tapando el auricular del móvil.

—Y no tengo ni idea de lo que me está hablando —continúa el hombre. Se calla para tomar aire como si estuviera acostumbrado a recibir llamadas de todo tipo, pero al segundo sigue hablando—. De todos modos, déjeme consultar con el equipo, porque creo que ayer uno de nuestros compañeros sí cogió ese vuelo, pero hoy no está trabajando porque, como comprenderá usted, que tantísimo sabe de leyes —Elena aguanta el sorbo de agua que acaba de tomar para no expulsarlo como una ballena al reírse—, tienen que pasar unas cuantas horas si viajó anoche para volver al trabajo. De lo contrario, sería explotación laboral. —Se calla un segundo—. Además, señora, acabo de confirmar que tiene el día libre.

Todo el sarcasmo del mundo, concentrado en una subordinada. Inés acepta y deja pasar lo de «señora», cosa que me parece reseñable siendo ella. Inés acuerda con el Otro Boyero que la llamará en cuanto tenga noticias. Mientras eso pase voy a tener que tranquilizarme como sea. Cuando nos giramos Elena está poniendo la mesa. Parece que quien ha llamado al timbre era el repartidor del desayuno que ha pedido Inés, porque en la mesa hay un despliegue de comida que parece obra y gracia de la Virgen de Lourdes. Vamos, un milagro.

—Sentaos. —Es una orden, no una sugerencia—. Contadme qué está pasando. Aunque, por lo que he podido deducir, Carmen ha perdido la maleta. —Suspira—. ¿Por qué no podéis ser normales durante un rato? Gracias.

De pronto somos tres tristes treintañeras comiendo trigo en un trigal. Una falsa taxista, una jueza que ha aplazado lo de ir corriendo al juzgado para hacer un *brunch* en Malasaña tan tranquilamente y yo.

Ella tampoco está pasando por un buen momento, la verdad. Anda metida en un tratamiento de fertilidad que la tiene con las hormonas como el Ibex: arriba, abajo, *repeat*. Así que entiendo que está haciendo un esfuerzo por ocuparse de la situación que se ha encontrado en esta casa.

Me siento a la mesa y con un hilillo de voz digo algo inteligible parecido a «necesito ayuda». Inés ya se ha abierto una kombucha con mil gramos de azúcar porque ella es sana pero no mucho, y Elena sigue achicando su vaso, aunque tiene cara de querer dos barriles de vino. Con el tratamiento está haciendo un proceso de depuración de aguas, como dice ella. No sé si juntas nos hacemos más fuertes, pero sí más laxas. Juntas somos elásticas a lo que viene. Si no nos reímos, pues lloramos, pero en esta comunidad indivisible de mujeres se nos remolca siempre, pase lo que pase. Por no hablar de la calidad del contenido que sube Inés a sus redes sociales, que se multiplica por mil cada vez que nos vemos las tres. No sabemos si su objetivo es hundir nuestra imagen pública, pero en cualquier caso se hundiría con nosotras.

Por primera vez nos miramos serias desde que estamos las tres en mi casa y, acto seguido, la situación nos produce risa. No nos da tiempo a abrir la boca cuando de pronto suena de nuevo el teléfono de Inés.

—Hostia, es Carlos —dice.

—¿Quién es Carlos? —le pregunto.

—Qué mala rima tiene ese nombre, desde luego…

Se me abren los ojos como sombrillas de playa. En mis pupilas se puede leer un «no me vaciles, que te mato» en tonos neón.

—¿No lo habrás agendado como «Carlos, el de los cojones largos»? —dice Elena con la cucharilla entre los dientes—. ¿Trabajas en la obra ahora?

—Pues fíjate, no me vendrían mal unos euritos de más, porque lo del taxi está saliendo regular —explica antes de contestar al teléfono.

Inés me hace señas mientras atiende el teléfono. La miro extrañada, sin entender qué intenta decirme, hasta que finalmente lo capto y le doy el boli que ha utilizado para abrir la maleta. Se lo lleva a la boca mientras contesta al interlocutor con monosílabos.

Cuando cae en que se trata del mismo utensilio con el que hemos recogido los calzoncillos de un desconocido empieza a tener arcadas como si fuera un gato que se acaba de tragar una bola de pelo. Elena escupe el té encima de la mesa y empieza a reírse con el sonido de un ave exótica. Y yo no sé dónde meterme.

—Sí, perfecto. —Esta vez no ha puesto el altavoz y gesticula (con muy poca gracia, porque es malísima haciendo mímica, la verdad) para que le pase algo donde apuntar.

Le paso uno de los folios de la empresa. Inés garabatea un nombre: BRUNO MENA MENDIETA y después una arroba, como si los perfiles en redes fuesen la puerta real a cualquier persona en el mundo.

—@geobruno al rescate de la maleta perdida —dice Elena repasando lo que acaba de escribir.

Inés cuelga y coge su móvil como si acabara de descubrir una verdad universal. Se dispone a destripar esa cuenta y, en efecto, va directa al perfil del muchacho en Instagram.

—¿Cuenta cerrada? —Incredulidad en el ambiente—. ¡¿Topógrafo y cuenta cerrada?! Me juego cincuenta euros a que hace siglos que no liga.

Le manda una solicitud de seguimiento sin consultarnos.

Me atrevería a decir que sin saber bien si es lo correcto y sin ninguna gana de reconocerlo.

—¿Qué haces? —le pregunto mientras intento quitarle el móvil.

—Tengo más experiencia en pedradas masculinas que un cantero. —Lo dice segurísima y satisfecha.

La dejo hacer. Para cuando me doy cuenta, he vuelto a coger el bote de perfume que yace encima de la ropa de la maleta equivocada destripada en mitad del salón.

—*Eau* de desconocido —repite Inés y me la pasa—. Ya que roba, al menos que huela bien —añade.

Repaso los bordes del frasco como si fuera un espejo mágico que me devolviera la imagen de la persona que lo usa. Las dos me miran. Me siento mucho más tranquila. Tenemos un hilo del que tirar para recuperar mi equipaje. El hilo de un globo que ninguna de nosotras piensa soltar hasta que podamos pincharlo.

Las apunto con el pulverizador, guiño un ojo y, como si fuera a disparar, pulso dos veces —pssst, pssst— dejando que la esencia de ese tal Bruno se cuele y vuelva dueña de mi casa.

Lo que no sabía entonces es que mi salón no era lo único que su olor iba a invadir.

4

—Me acabo de cerrar la cuenta de Instagram, tío. Bueno, la he hecho privada. Paso de más mierdas.

Termino de mandar el audio a mi hermano. Archivo mis fotos con Jimena, que son la mayoría. Bloqueo el móvil y lo lanzo como un frisbi encima de la almohada para no estrellarlo contra la pared.

Me incorporo en la cama. La sábana bajera es azul oscuro y el iPhone se camufla sobre ella cual pez abisal en el fondo del océano. Me encanta el buceo, por eso lo sé.

—Por mí como si desaparece —me digo en alto, mintiéndome a mí mismo.

Apoyo las manos en la cabeza y doy paseos cortos por la habitación. Es mi forma de meditar en movimiento. Lo uso mucho también en el trabajo, solo que esta vez no funciona.

No sé contabilizar la de problemas que me ha traído el teléfono en los últimos meses. Lo estamparía, pero tendría que comprarlo de nuevo. Vivo «iphonizado» por trabajo y, hasta ahora, también por amor.

«La verdad es que no creo que haya mucha gente interesada en seguir a @geobruno cuando se enteren de que ya no sales con Jimena. Jimena, la *influencer* buenorra, macho. ¿Quién te iba a decir a ti que la ibas a dejar? ¿Tú a ella? Mamá

es su mayor fan. Joder, te va a matar. Para una que le gusta».
Mi hermano nunca se refiere a Jimena como una «*influencer
buenorra*», sino como la novia con años de antigüedad que
ha pasado todas estas Navidades cenando en casa con nuestra
familia. Esta vez ha hecho una excepción.

Ese es el primer y último mensaje que he leído al despertarme, y ha encendido la chispa justa para que me dé este arrebato. No tengo la mecha corta, pero, joder, estoy harto del temita.

El viaje de anoche fue un coñazo y, con la discusión de este mes con Jimena tan reciente, se me hizo un puto suplicio trabajar este finde. Durante los últimos diez meses no hemos parado de discutir. Esta casa era un infierno, y no precisamente por la temperatura.

Es un bicho insaciable. Insaciable en el mal sentido.

Cuando quiere acabar con tu energía concentra todo su empeño y vocabulario en destruirte. Cada frase cae como una bomba de racimo. Su discurso moralista es peor que una patada en los huevos. Eso sin tener en cuenta el tema estrella que nos ha traído hasta aquí. Quería ser madre antes de los treinta y cinco. Dejó de tomar la píldora y ahí viene el delito —creo que lo es realmente—: nunca me avisó de que había dejado de hacerlo.

Vamos, que el hecho de que no haya puesto mi moto a la venta y ahora lleve un cartelito de BABY ON BOARD en un SUV oscuro es todo un milagro. Aun así, ella dice que no lo entiende. Hasta miró cómo apuntarnos a un cursillo de esos de una universidad católica en los que te dan recomendaciones para salvar tu relación.

—¿Crees que en ese curso enseñan a no mentir a tu pareja en las cosas determinantes? —apostillé en tono irónico.

—Se me olvidó decírtelo, Bruno —se excusó.

—Pues por ese precio te sale mejor comprarte una agenda.

La que la ha cagado hasta el fondo eres tú, Jimena. No yo.

—No me parece tan grave querer tener un hijo, Bruno. Tenemos más de treinta años. No sería un embarazo adolescente.

Ha habido un poco de todo en nuestra relación, pero, sobre todo, lo que no han faltado son reproches. De idas y venidas también hemos ido sobrados. El último adiós, el de hace quince días, no es nada nuevo, así que por eso esta vez se lo he contado a mi hermano. No quiero que vuelva a ser solo un puto «hasta luego».

Ella siempre termina queriendo volver. Yo siempre acabo volviendo.

Me parece que todavía no ha hecho público en su perfil que lo hemos dejado, pero por si acaso prefiero poner barreras mediáticas antes de la avalancha de mensajes o, quizá, algún *link* que otro de páginas de cotilleos. Esos me los mandará mi madre cuando se entere, para que haga penitencia.

No creo que mi vida genere interés, la verdad, salvo por lo de que soy el exnovio de una médica estética con más de tres millones de seguidores en Instagram. Y eso ha atraído a mi existencia a unos cuantos *voyeurs*. Calculo que unos veinte mil, aproximadamente. Son personas de todo oficio y beneficio que se han empezado a interesar en mis movimientos. O, bueno, en mis movimientos con respecto a ella. No sé qué coño esperan de mi cuenta, si tengo el *nickname* de lo que parece un personaje de Pixar. G-E-O-B-R-U-N-O.

Qué gran idea tuvo al abrírmelo.

—Es con fines profesionales, Bru.

Recuerdo a la perfección su tono didáctico-ofensivo. No sabía que con «profesionales» se refería que a las tres semanas íbamos a estar montados en un avión con destino a Cancún, con los gastos pagados por una agencia que lo único que pedía eran diez publicaciones diarias. Mías también. Ahí empezó todo un despliegue de «Ponte justo ahí, junto a la palmera», «No te muevas, que es tu perfil bueno» o «Recuérdame que te ponga un poquito de bótox en la frente cuando volvamos. El "hachazo" que tienes en el entrecejo te afea el gesto».

Todavía me culpo por no haber imaginado desde el principio que yo también iba a acabar metido en un foso de publicidades que, la verdad, no me ha reportado nada bueno. Prefiero pagar mis viajes y no tener que hacer el parguela en cualquier palmera de turno.

No soy un *mall*, joder. Soy un tío normal.

De mi imagen pública se ocupaba Jimena. Yo no buscaba ni *enguinchen* o *engainchment* o como se llame, sino simplemente ser feliz con mi novia. Toda esta palabrería la he aprendido gracias a ella, claro.

Y la gran pregunta es: ¿cómo es Jimena? Bueno, Jimena está muy buena, la verdad. La sociedad la reconoce como una mujer exitosa. Tiene una fama de esas que lleva a que la inviten a estrenos y fiestas locas de la capital. Su cara sale en los medios y mucha gente quiere consulta con ella y, de paso, consultar banalidades sobre ella en las redes.

«¿Cuánto mide y pesa?», «¿Cómo os conocisteis?», «¿Le gusta la dieta crudivegana?». He recibido muchos mensajes así cada día.

Las *jimeners* son insistentes, pero yo soy muy pasota y nunca contesto. A veces ni leo. He intentado eludir por completo *photocalls* y chorradas de esas durante estos años. ¿Quién quiere una foto de alguien como yo? Pero por fin se acabaron todas esas estupideces.

Muerta la relación, se acabó la rabia. O el show. O lo que sea.

Soy un tío sencillo. Al menos así es como me definiría. Del montón. Tengo la barba y el pelo negros, como la media en este país. Mido 1,95, eso sí. Tampoco es que esté fuerte; me gusta el deporte, así que me mantengo en forma, pero no soy el cachas del grupo. Bebo más vino que batidos de proteínas y creo que es un buen epitafio. Además, mi familia se dedica al sector vitícola, así que es normal que me guste, sin ser Rajoy. También salir con los amigos, ir a cenar con los de la universidad. Lo que os digo: NOR-MAL.

Lo digo porque mis seguidores se han multiplicado por cien desde que estoy con ella y eso me genera ansiedad. Todos los días me sigue gente nueva y de todo tipo, y yo no sé qué cojones ofrecerles.

Recojo el móvil de donde lo había dejado tirado y entro por inercia en la aplicación de la que llevo hablando un rato. Tengo una nueva petición de amistad. Claro, como acabo de hacérmelo privado, ahora tengo que aceptar a la gente que quiera seguirme.

—«Inés Fanjul Pérez» —leo como si fuera un hombre con presbicia.

Por su foto de perfil parece una modelo sueca de pelo negro afincada en Ibiza. Seguro que es de Murcia. Estoy malhumorado de la hostia. Pienso unos minutos y termino aceptando su solicitud, pero al instante ya no sé si he hecho bien. Contradice mi discurso. Bah. Total.

Estoy enfadado.

Me la sopla todo.

Yo qué sé.

El viaje de anoche fue un tormento, y recuperar la maleta, ni te cuento. Odio el momento de salir del avión. La gente apelotonada como si en la puerta les fuesen a dar un cheque de doscientos euros («No es una rifa, señora», me dieron ganas de gritar).

Mi maleta parece un animal tullido en el suelo. La recordaba vieja, pero ya está para tirar, aunque me niego a comprarme una nueva. No hasta que la empresa asuma que forma parte de mi equipo de trabajo, que es material fungible, y colabore con la causa. Estoy harto de remar a favor de los ingresos de mi jefa y encontrarme solo vientos en contra.

Sé que están contentos con mi trabajo; incluso podría optar a un ascenso, porque, de los últimos seis proyectos que ha tenido la empresa, cuatro los he resuelto yo. No tengo ínfulas de Batman, pero tampoco me puedo quedar quieto viendo cómo los malos nos comen el terreno. O nos lo miden, mejor dicho. Los malos de la historia son los de la competencia, que nos vienen quitando proyectos desde 2022, cuando se reactivaron trabajos después de la pandemia. Aunque, en realidad, ¿quiénes son los malos? Todos lo hemos sido alguna vez en la historia de alguien.

Soy topógrafo y, sí, los topógrafos a menudo trabajamos en empresas como la mía, una de las más grandes de este país en el sector de la construcción. Mido y mapeo la superficie terrestre, y luego eso se utiliza para construir edificios, carreteras, puentes, túneles u otras infraestructuras. No dibujo topos…, como me preguntaron una vez de fiesta en la calle Ponzano.

Soy de Logroño, estudié en Bilbao y me establecí donde pude. Conocí a Jimena en el BBK y, bueno, lo demás fueron gerundios hasta la fecha. La carrera se me dio bien teniendo en cuenta que estudiar no era lo mío. Soy más de proyectos manuales, de movimiento. El caso es que conseguí terminarla antes de que aquello terminara conmigo y luego no me costó mucho encontrar trabajo en Madrid.

Es lunes, mi día libre según acordé con mi jefa, y el pesado de Carlos, su asistente, ya me ha llamado tres veces. No pienso contestar ni una llamada hasta que me dé una ducha.

Salgo del cuarto y me acerco al baño. Abro el grifo y pongo el agua muy caliente. El espacio es diáfano, las puertas correderas de cristal que separan la zona del dormitorio de lo demás empiezan a empañarse ligeramente.

Las cosas de Jimena siguen en su sitio, invadiéndolo todo. Calculo que haría falta un transatlántico tamaño Ever Given, aquel que colapsó el canal de Suez, para llevar todo esto a otro punto de la ciudad. Justo enfrente de mi armario, como echándole un serio a mis camisas, hay un abanico de vestidos de colores colocados de tal forma que parece que si los tocases sonaría un xilófono.

Jimena es pija. Como pija, tiene lo que tienen casi todos los pijos: dinero, gusto innato y ganas de destinar ambos a proporcionarse experiencias caras y contactos. Siempre encuentra la mejor combinación de vestimenta y con dos calcetines y un palito te hace un traje para una velada de noche en un hotel caro. Creo que durante nuestra relación subí seis puntos en el ranking de peores personas, pero ocho en el de mejores vestidos.

Me miro en el espejo del baño. Al fondo veo todos esos cuadros con manchurrones fosforitos sobre una tela beige que presiden nuestra cama. Quizá debería decir «mi cama». No lo sé. Cojo el móvil de nuevo para escribirle un WhatsApp mientras el agua sigue corriendo.

—Escribir un mensaje a Jimena, emoji de fuego —le dicto a mi móvil.

Suspiro mientras dicto.

—Eh, Jime… Jimena —titubeo—. ¿Cómo estás? No he sabido nada de ti desde hace bastantes días. Espero que estés bien. —Mensaje de cortesía. No se lo cree nadie—. Oye, sin prisa, solo para recordarte que tienes todas tus cosas aquí y que, bueno, no sé, quizá las necesites cuanto antes.

La realidad es que me da angustia que estén aquí. Sobre todo así, inertes. La casa no es muy grande, pero parece un museo dedicado a una gran tragedia. Por un lado, siento que no soy el mismo que hace varias semanas. Por otro lado, ahora soy más yo. Más normal, ya sabéis.

Vuelvo a repetir el dictado y con un tono más conciliador digo:

—Tienes llaves y ya sabes que puedes venir cuando lo necesites —prosigo, y pulso el icono de enviar mensaje como si se tratase del de lanzamiento de una bomba nuclear.

Vivo en singular, vivíamos en plural, en un piso alto muy cerca del parque del Retiro. Su padre es arquitecto y ella se empeñó en hacer reformas en un piso alquilado. El resultado es bueno. Hay más ventana que pared y eso, en una ciudad como esta, se agradece. Todavía no hemos decidido quién se lo va a quedar, pero de momento ella se ha instalado en otro piso que su familia tiene vacío en la zona de Almagro. Creo. Jimena no sabe lo que es querer y no poder, y eso nos ha llevado a discusiones cíclicas sin retorno.

Dermatóloga. Número 558 en el MIR. Cuando el boom de los rellenos de labios llegó a la vida del noventa y siete por ciento de la población, hizo un máster de Medicina Estética en una escuela en Londres. Me acuerdo de su graduación. Recogió el diploma y dijo en el discurso en nombre de la clase: «La medicina estética es el nuevo "hacer las Américas"».

Acto seguido empezó a llover. Dinero también.

Suena el móvil. Confirmo lo del lanzamiento de bomba nuclear, pero esta vez en mi cabeza y un poco en los genitales. Es ella.

Pulso para reproducir el audio.

«Voy la semana que viene. Necesito un coche grande y, de momento, en el Smart no me caben ni las plantas», responde mucho más seca de lo habitual.

Supongo que es lo que toca. Así que cojo el móvil de nuevo y contesto con un emoji y ya.

Levanto el asa del *trolley*, que sigue en el suelo. Introduzco el código tres veces. La maleta me devuelve una peineta. Si no fuera porque dentro llevo los informes para la reunión con el cliente más importante de la década, juro que sería capaz de tirarla por la ventana. No los tengo en digital por una serie de catastróficas desdichas de esas que solo pasan en los libros: ordenador descargado, cargador en Madrid, domingo tarde en obra. Desastre.

Es imposible que haya olvidado el código porque tengo el mismo para todo; busco lo pragmático. Vengo de una familia en la que eso brilla por su ausencia, así que soy organizado casi por rebeldía.

Salgo a la terraza e intento respirar antes de destrozar algo del mobiliario. Vuelve a vibrar el móvil encima de la cama. En la pantalla aparece un nombre que no me ayuda precisamente a cambiar el *mood*: de apellido Beltrán y de nombre, Raquel. Clienta empedernida de Jimena, por cierto, y dueña y señora de la empresa para la que trabajo. Mi jefa, vaya.

—Dime, Raquel —digo en tono directo.

No tengo ganas de invertir más tiempo del debido en esta conversación, sobre todo, porque este marrón llevaba su nombre, pero ella prefirió irse a esquiar con unos clientes en vez de irse a Donosti. Clientes con los que comparte cena y regalos del amigo invisible. Vamos, que se fue con sus amigos de la universidad. Le desearía una luxación o un esguince si no fuera porque soy buena persona.

—Sí, bueno, fui al terreno e hice lo que pude —le explico después de que ella me pregunte directamente por el proyecto casi sin saludar antes—. Quedaron en pasarnos más informes, pero tendríamos que volver a verlo. —Apoyo la mano en la barandilla mientras le respondo.

A lo lejos puedo ver el Palacio de Cristal. Empiezo a notar como una cápsula de humo se instala en mi cerebro y lo ocupa todo. La ansiedad es como un gas y creo que todos la hemos sentido, aunque no nos hayan enseñado a identificarla.

—Sí, Raquel, ya sé que es un proyecto en el que nos jugamos miles y miles de euros... —estiro la palabra clave—, pero hoy es mi día libre y tenía que hacer gestiones importantes.

—Concluyo que sigo siendo el metapringado de este sitio, porque, para sorpresa de nadie, me ha vuelto a liar.

Raquel es una mujer cuya presencia y voz comprimen a su interlocutor. Una especie de máquina creada para ridiculizar al prójimo. Es verdad que tras su aspecto de *killer* hay una historia durísima. Digamos que siente que el mundo le debe algo constantemente. Y yo formo parte de ese mundo, claro, y, además, me paga. Así que siempre consigue lo que quiere, y por lo general quiere como muy tarde a la segunda lo que no consigue a la primera.

—Me visto y voy a la oficina con los informes, claro.

Ahora tengo dos problemas: la maleta no se abre y necesito con urgencia que lo haga o la voy a tener que romper. Cuando ya estoy maldiciendo hasta en lengua de signos y a punto de colgar añade algo que cambia el rumbo de mi día.

—Sí, mi maleta es negra, ¿por?

Su voz cambia de registro.

Pongo el altavoz porque me ha pedido que mire el WhatsApp mientras hablo con ella.

—En efecto, es esa.

No sé qué más decir. ¿Cómo no lo había visto venir? Y lo que es peor: ¿qué tipo de persona conserva una maleta destartalada como la mía? Analizo una y otra vez la foto. Raquel me dicta un número por teléfono.

—Seis, nueve, dos... —Intento memorizar hasta que caigo en que lo puedo escribir en notas del móvil.

Le pido que repita, pero ya es tarde, ya me ha colgado.

—Espera, Raqu... —La nada.

Al parecer los clientes interesados en el terreno de San Sebastián se van a personar en un plazo de cuarenta y ocho horas para cerrar la oferta millonaria. Y esa oferta millonaria no se cierra si no recupero mi maleta.

Cuelgo y me voy hacia la ducha rápidamente.

Vuelve a sonar el móvil.

—Qué asco te tengo ya, Raquel, en serio —maldigo.

Todo en la escena se vuelve un capítulo de Benny Hill. Voy corriendo de un lado a otro mientras me voy desnudando para no perder ni un minuto más.

—¡¿Sí?! —contesto desde lejos y en un tono más alto de lo normal porque he puesto el altavoz.

—¡Qué poca vergüenza tienes...! —Una voz de mujer fuerte y grave, con un tono enérgico y un toque de acento del norte de España, emerge del altavoz como si fuera un vociferador.

—Ah, mamá... Eres tú... —Me viene fatal esta llamada ahora porque, como siempre, cuando llama quiere saber el qué, el cómo, el cuándo y el con quién de todo lo que hago. Tenemos varios puntos que tocar que van desde mi ruptura hasta los preparativos de la boda de mi hermano.

—Dime que no has estado en Donosti este fin de semana y no has avisado —responde haciendo caso omiso a mi saludo, borde—. Bueno, mejor no me lo digas, porque ya lo sé. —Ahora utiliza otro tono. Finge la voz tomada como de después de llorar.

No está tan afectada como parece, pero iba para actriz revelación.

¿Género? Drama, siempre drama.

Mis padres se acaban de separar y bueno, ha sido un proceso inesperado y complejísimo, como todas las separaciones sin divorcio. Llevaban cuarenta años juntos, pero mi padre se fue a hacer el Camino de Santiago y, como si el mismísimo apóstol le diera el chivatazo, volvió diciendo que se le «había bajado el amor».

Supongo que, a raíz de eso, también se bajaron otras cosas. Mi madre no quería abandonar su vida comodísima, adineradísima y llena de facilidades, así que le propuso una relación abierta. Vamos, un «separarse y hacer lo que se quiera» de antes. No se lo esperaba ninguno de ellos: ni mi madre lo del divorcio ni mi padre lo de esa oferta. Mucho menos a los cincuenta y nueve años, pero algo fallaba en la ecuación. Por mucho que dos trenes salgan de distintas estaciones a la misma hora y circulen en direcciones opuestas, si uno descarrila ya no se encuentran, y mi padre se salió del raíl claramente.

Este ejemplo de mierda me sirve muy bien para ilustrar el campo de batalla que es mi casa de vez en cuando y falta sumar el hecho de que mi hermano es el enólogo y yo, en cambio, no quiero saber nada de la empresa familiar: Bodegas Marqués de Mena.

Ella sigue hablando por el altavoz de mi móvil mientras me ducho. No le presto demasiada atención porque estará ahondando en más detalles de la boda, que, según ella, será el evento del año, hasta que oigo un nombre propio.

—Jimena irá monísima, como siempre. —Ahora sí tiene mi atención—. Por cierto, pregúntale si para la boda de tu hermano me podría hacer algún arreglito.

Mientras la escucho pienso que es hora de colgar lo antes posible.

—Mamá, no sé si Jimena podrá ir... —Toda la sangre del cuerpo se me cae a los pies. Tenía razón Guille: me va a matar.

—Hijo, pues claro que irá. ¿Cómo no va a ir tu novia a la boda de tu hermano? —espeta mi santísima madre.

No me llevo mal con ella porque es mi madre, pero tiene

54

ese carácter narcisista que de pequeño me desconcertaba y ahora me causa un poco de pereza.

Mi padre es lo contrario. Siempre me ayudó en la elección de la profesión que iba a ser mi tarea de vida. Pero mi madre… mi madre, sin duda, lo lleva peor.

—He visto un tratamiento muy bueno —sigue en lo suyo—. Al parecer se lo hacen todas las celebridades. Incluso Carmen Lomana, y te deja el cutis divino durante cincuenta y cuatro horas.

Miro al suelo. No puedo decírselo. No quiero que el siguiente vehículo que coja mi madre sea una UVI móvil.

—Mira, Bruno, no nos la líes. —Ella es especialista en hacer a los demás vivir sin presión—. Suficiente hemos tenido en esta casa con los delirios al estilo Ortega Cano de tu padre. —Mi madre enfila a su víctima y, sin mediar palabra, clava la última daga sobre mi cometido en el evento. Mi hermano me ha pedido que hable yo—. No nos dejes en ridículo con el discursito.

En mi cabeza suena al ralentí. Su voz está configurada en mí para que el cortisol me suba como si fuera un conejo que va a ser atropellado de forma inminente.

—Vienen clientes de todo el mundo, también los franceses. —No para. Su discurso no tiene fin—. Ya sabes que esa gente es especial. Si hace falta ponerles una calesa tapizada con las iniciales de su empresa, lo haremos.

Me consta que estará toda la familia y que llevan meses trabajando duro para que todo salga perfecto.

Trago saliva, me despido con brevedad y cuelgo sin dejarle seguir. Me visto rápido con un vaquero y una sudadera gris. Me seco un poco el pelo con la toalla.

Cojo las llaves de la moto. Lo último que suena, al cerrar con un mando, es la confirmación de que la alarma está activa.

Atrás queda el mundo estático de colores vivos y etiquetas caras que ya no me representa.

Salgo y me miro en el espejo del ascensor.

La ropa perfectamente planchada y perfumada.

La cabeza perfectamente desordenada y rota.

5

Con un suspiro y algo frustrado, salgo del portal y espero a que suene la puerta.

Todas las mañanas sigo ese ritual: siempre compruebo que he cerrado y sigo mi marcha. Soy cuidadoso y por eso me jode especialmente no haber podido abrir la maleta, la verdad. Imaginaos lo que siento al haberla confundido.

Mi padre asegura que soy más intolerante al fallo propio y ajeno que a la lactosa. Al principio pensé que exageraba. Luego uno ya va cogiendo edad suficiente para admitir lo que se le dice.

Estoy cabreado conmigo mismo, sí, pero tengo un temporal que capear en las próximas horas y no va a ser fácil.

Había planeado la reunión con los clientes de Donosti de otro modo, la verdad. Pensaba lucir el traje más elegante que tengo porque la reunión es, sin duda, la más importante a la que me he enfrentado y sé que, en cuanto entre por la puerta acristalada de la oficina, todos los detalles van a contar. Pero como no pienso presentarme ahí, delante de esa gente, sin los documentos, me ahorro la camisa, los zapatos de borlas y la americana. Así que, si esto fuese una novela o un anuncio de servicios varios, la descripción diría algo así como: «Chico alto y moreno, algo nervioso pero con mucha esperanza, emprende su camino dispuesto a afrontar lo que le venga con entereza y determinación».

O lo que es lo mismo: mi jefa, Raquel, me quiere matar. Y si no lo hace ella, ya lo hará mi madre.

Me acerco a mi moto. Es una Vespa roja que pillé hace tres años, cuando llegué a Madrid. La carrocería carmesí está desgastada por el paso del tiempo y las aventuras vividas desde que me instalé en la ciudad. El asiento es de cuero oscuro y tiene pegatinas en las esquinas.

Me coloco el casco. Siento el peso en la cabeza. No es lo único que llevo encima. Un aspersor de culpa me mantiene alerta. Entonces enciendo el motor. El ronroneo suave y armonioso de todas las mañanas me acompaña mientras la pongo en movimiento.

A diferencia del noventa por ciento de los habitantes de esta ciudad, no me tengo que comer diez atascos para llegar al trabajo cada día. La moto ruge con cada giro de acelerador, haciéndome sentir como si estuviera a punto de despegar.

Cruzo la Puerta de Alcalá como si pasara de una dimensión a otra, dejando atrás la calma de mi barrio, el Retiro, para adentrarme en el corazón de la ciudad. Conduzco rápido y ágil. Me siento un bisturí motorizado.

Avanzo por la calle Alcalá y los edificios se hacen cada vez más altos y majestuosos. El sol brilla y la gente se apresura de un lado a otro de esta avenida que no descansa. Yo me siento bastante ajeno a todo eso. Voy concentrado en el ruido de la moto y en llegar lo antes posible.

Estoy a unos pasos del kilómetro cero del país. En el número 1 de Gran Vía se levanta majestuoso un edificio blanco e imperial donde se encuentran las oficinas de Atlas Construcciones, adonde me dirijo.

Todavía no me acostumbro a trabajar ahí. El edificio es de esos en los que te harías una foto si no fueras de Madrid. Mi jefa llegó a un acuerdo con la Comunidad y nos concedieron ese espacio en uno de los edificios adyacentes al de los famosos neones de Rolex. La arquitectura es impresionante, y su fachada divide las dos arterias principales del centro de la ciudad: Gran Vía y la calle Alcalá.

El trayecto de mi casa a ese punto es de apenas seis minutos. El tiempo justo para repasar todo lo que me ha pasado esta mañana. La voz de mi madre me agrieta el frontal del cerebro. Es como si tuviera un carrusel de reproches grabados en mi cabeza desde la infancia. Su preferido siempre ha sido Guillermo, mi hermano.

Además de ser rubio como ella, siempre supo acatar órdenes mucho mejor que yo. Me llevo bien con él, pero nuestra visión de la señora Mercedes es distinta. Con él siempre fue cariñosa, le cambiaba el humor cuando lo veía aparecer a la vuelta del colegio. A mí también me quiere mucho, pero creo que le recuerdo demasiado a mi padre. Mi padre es un tipo genial. De actitud vitalista y ánimo inquebrantable, solo ha habido dos cosas que le han entristecido tanto como para llorar: la selección española y mi madre en fase explosiva. Por eso siento tanta presión con el discurso. Es el típico encargo que le harían a Guille, pero… se casa él. Igual queda feo, ¿no?

Aparco justo en la puerta y me tomo un minuto para admirar lo que me rodea. No sabría describir esta ciudad en movimiento, pero tiene algo magnético.

Pongo el cepo en la rueda delantera y agarro el casco y unos papeles que tenía en el maletero de la moto y que quiero guardar en la oficina. Saludo al portero, que me mira desde su garita mientras se esconde detrás de la pantalla de su móvil. No será la primera vez que le pillan viendo porno entre semana y a cualquier hora del día.

Subo la escalera hasta el primero y meto el código en la consola del lateral.

—Al menos esto sí abre —me digo mientras reconfirmo que mi contraseña habitual sigue siendo la misma. El problema, efectivamente, es que la que está en mi casa no es mi maleta.

Al girar la puerta antigua de la entrada aparece Carlos. Va hablando por el móvil, su forma de estar en el mundo, mientras gesticula mucho y bebe más café que agua. Recuerdo entonces que no he atendido su llamada, lo que ahora mismo me sitúa en el epicentro de su ira.

—Te digo que tiene que estar para mañana —insiste en tono amenazante por el teléfono—. Mira, chaval, habla tú con Raquel. Yo lo último que querría sería tener un problema con ella hoy —añade con una sonrisa.

Es un lunes muy lunes en Atlas, por lo que veo.

Todo el mundo en la oficina sabe que, además de llevarle la agenda y los horarios, la lleva del sofá a la cama cuando se queda dormida viendo una serie. Están liados y se lo montan en el despacho. Es Carlos el que se la monta a horcajadas cada vez que le lleva unos documentos impresos. Llevan una racha estupenda: en lo laboral y en lo sexual.

Carlos cuelga y lanza el móvil hacia su mesa, rebota y cae en la papelera.

—Mira, para lo que me han solucionado... ahí está mejor —dice mientras se agarra el puente nasal con el índice y el pulgar en forma de pinza.

La oficina es circular, ocupa toda la primera planta y está llena de balcones. El ambiente diáfano está dividido únicamente por la gran mesa de trabajo a la que nos sentamos los que no somos jefes. Es un oasis de luz y espacio. Una cúpula de cristal sostenida por pilares plateados envuelve el despacho de Raquel, que ocupa toda la parte izquierda de la planta.

El interior está pintado de tonos blancos y grises, y la gran mesa en el centro parece flotar en la estancia. El ruido de las teclas al ser pulsadas y el rumor de las conversaciones de mis compañeros parece sacado de un sonido ambiente que viene incluido en el paquete de oficina perfecta. Somos referentes en el mundo de la construcción, no hace falta que aclare que Raquel no quiere ni un utensilio en su oficina que no case a la perfección con el diseño.

Saludo a Teresa, una buena ingeniera de caminos, y a Pau, un buen arquitecto, pero mejores borrachos. Al menos eso reza en nuestro grupo de WhatsApp conjunto, y yo suscribo cada una de las palabras de ese título. Lo bueno de trabajar aquí es que es imposible eludir las cañas de después como mínimo una vez a la semana. Es casi un motivo de incentivo salarial. Somos once personas trabajando codo con codo en la misma mesa, literalmente, y ninguno supera los cuarenta y tres años.

—Hoy está que echa fuego, hermano —me dice Pau.

Dejo la carpeta en mi asiento y retiro mis utensilios de trabajo mientras despeino a Tere. Afirmo con la cabeza mientras levanto la mirada hacia el sitio de mi amigo.

—Es la tercera vez que llama en lo que va de lunes —le respondo.

Pau coge un folio y escribe «suerte» con letra de médico de cabecera. Dibuja algo similar a una polla y me lo da. Teresa coge el papel y niega con la cabeza como calibrando nuestra inmadurez a través de la caligrafía. Tere y yo hemos tenido nuestros más y nuestros menos. Pero más nuestros más. Era la típica chica que destacaba en cualquier entorno. Su belleza era innegable, pero lo que de verdad sobresalía en ella era su ingenio. Siempre había sido una estudiante brillante, luchando por destacar en una carrera dominada por tíos.

Fue en uno de sus proyectos donde la conocí. Yo tenía que valorar la viabilidad de un terreno en Ámsterdam. Me estuvo dando la chapa durante horas sobre el género de las palabras y por qué llamarle Tere era más inclusivo que Teresa. No opiné demasiado, pero me reí muchísimo con su explicación porque tenía lógica.

«Así que Te o Tere, sí, pero Teresa, no». Fue a la única conclusión a la que llegué.

En algún momento de la noche, tras darle el último trago a aquella copa en la fiesta de final de proyecto, nos acercamos tanto que juraría que sus rasgos empezaron a bailar como si llevara un filtro de Instagram de esos que te dejan la cara como un folio en blanco. No nos morreamos de milagro. Ahora sale con un youtuber que hace humor y cuenta a sus fans en autobuses escolares. Descubrimos que éramos amigos y mejor dejar de jugar con fuego, aunque hablando de fuego...

—Bruno —ahí viene el miura—, *ongi etorri Donostitik*. Entra en mi despacho. ¡Ya! —dice mi jefa desde la esquina, haciendo gala de que es políglota.

Miro a Tere como si me acabaran de dar la extremaunción.

Ella se levanta y va al baño. Está claro que no quiere tener nada que ver con el tema. Dejo las cosas en mi parte de la mesa y me dirijo hacia la zona de las cristaleras donde está el despacho de la jefa. La puerta está abierta, pero invita a irse a las antípodas.

—Raquel, antes de que digas nada me gustaría... —empiezo mientras cojo un lápiz con el logotipo de la empresa. ¿Cuándo vamos a dejar de gastar pasta en esas atrocidades que nadie quiere?

Iba predispuesto a contarle la verdad, pero su lenguaje no verbal me empuja a tomar otro camino.

—Me gustaría que sepas que el proyecto no pinta bien —termino por soltar, mientras me maldigo a mí mismo por haber elegido, de entre todas las oraciones, esa. A veces no puedo evitar ser demasiado sincero con estos temas, aunque sé que me iría mejor si dulcificara según qué veredictos en algunos proyectos para que Raquel no se estrese de primeras, pero no soy ese tipo de trabajador y ella lo sabe.

Raquel está de pie, vestida de negro, como casi siempre, lo que contrasta muy bien con su pelo naranja, a juego con su estado anímico de hoy. Es una mujer delgada, con un *display* en la frente que dice «No me vas a vacilar», sea cual sea el contexto. Me quita el lapicero de la mano y lo deja en su sitio.

—Ya lo sé, Bruno. Pero por eso te mandé a ti y no a cualquiera de tus compañeros. Y por eso te hemos llamado hoy no una, ni dos, sino TRES veces entre Carlos y yo para que nos honraras con tu presencia. —Está más enfadada de lo que creía—. ¿Sabes, Bruno? Todos tenemos problemas..., pero yo, más. —Modo «El mundo me debe algo» ON—. Y no nos podemos permitir que esa obra se la lleve la otra empresa, así que por mí como si tienes que subir el Igueldo en tanga de Borat y katiuskas de madera...

—Gracias por esa imagen, Raquel —le respondo.

—Vas a conseguir que nos firmen los permisos, ¿entendido? —Parece conciliadora, pero quiere cancha.

Terminé la carrera hace seis años y, tras varios *pit stop* en capitales europeas, acabé aquí. No cobro lo que merezco, sobre todo psicológicamente hablando, pero sé que este puesto me puede llevar lejos. O cerca, a una empresa mejor, así que esquivo el temporal como puedo.

—Vale, Raquel, revisaré los informes que tengo en la malet...

Raquel niega al aire, llamándome inútil sin necesidad de pronunciar una palabra.

—Dile a Carlos que te dé el número para recuperarla, anda. —Me mira altiva—. Deberías ser más responsable con ese tipo de documentos, llevar el material adecuado para poder digitalizarlos y, sobre todo, no meterlos en una maleta que vas a facturar si los puedes llevar encima —me recrimina apuntándome con el dedo índice—. ¿O es que acaso no te ves capaz de conservar una carpetita durante un vuelo de dos horas?

Miro al suelo. El efecto Raquel ha vuelto a producirse. No sabría cuantificar cuántos compañeros han entrado en ese despacho sabiéndose con la razón y han salido dando las gracias en cuatro idiomas y con las manos en posición de plegaria porque les haya perdonado la vida. Al menos, la laboral.

Salgo del despacho arrastrando los pies. Me doy cuenta de que es la primera vez que esta mujer me ve en Converse y que incluso la moqueta del sitio luce demasiado elegante para pisarla sin zapato. Ese tipo de detalles estéticos me los ha pegado Jimena, la verdad. Le encanta verme en traje. El último que eligió para mí es azul marino y tiene una americana cruzada. Lo escogió porque decía que ese sí se puede llevar con zapatillas y camiseta, pero nunca me atrevo a dar el paso y liberar mis pies del infierno terrenal que son los mocasines de borlas. Hay que valer para todo, y yo, desde luego, no tengo ningún interés en valer para eso.

Me acerco a la mesa de Carlos, que alza sus ojos de ardilla hacia mi frente. Es bajo, cosa que se evidencia más a mi lado, y siempre lleva el pelo engominado. De cara redonda y común, es la típica persona sobre la que no se puede decir nada en cuanto al físico. A priori no se le nota que lleva dentro una auténtica fiera. No quiero saber qué es lo que sucede cuando a Raquel no le cuadra un evento o, yo qué sé, cuando se enfrenta a algún problema cotidiano, como que se le pase el punto de cocción de la pasta, y Carlos está delante. Jimena lo define como hípster, supongo que por su forma de vestir, pero a mí me la pela bastante cómo sea o lo que lleve puesto. Simplemente me parece demasiado preguntón.

—¿Vienes por lo de tu maleta? —Lanza espuma por la boca. No ha podido dirigirme la palabra al entrar en la oficina, pero tenía el dardo preparado—. Espero que no llevaras cosas de valor, y que tengas mucha suerte, porque la chica que ha llamado parecía sufrir varios trastornos mentales simultáneos. —Se lleva un dedo a la sien y lo gira como para enfatizar la descripción.

Está clarísimo que él no es ningún ejemplo de nada y, además, la broma está fuera de lugar. Me acerco un poco dejando claro por el gesto de mi cara que no tiene ni puta gracia.

Odio a la gente que hace bromas sobre la salud mental. Creo que capta rápido el mensaje porque enseguida baja las manos y se pone a buscar un papel en el escritorio. Aprovecho que se ablanda un poco y le pregunto por los pormenores.

—Ha sido una tal Carmen y me ha dejado su móvil. No sé bien cómo han conseguido descifrar que trabajabas aquí, salvo que lleves un cartelito puesto en el asa por si la pierdes —vacila—. Qué rico, como los niños de campamento. Aunque tampoco me extrañaría, ¿cuántos añitos tienes? —Se recrea en su propia broma.

»Aquí tienes el numerito —añade despreocupado, como si el tema no fuera con él, y extiende un papel cuadrado y amarillo con las nueve cifras.

—Menos bromitas, Carlos, que los informes del proyectazo de Donosti estaban en esa maleta —le respondo. Ya empieza a prestar más atención—. Y ya sabes lo que significa eso, ¿no? Informes de vuelta, Raquel contenta. —Me mira atento, agarrándose al pupitre como si cogiera impulso para saltarme a la cara. Prosigo—: «Informes perdidos» creo que es la contraseña para activar toda la furia de tu jef...

Me corta. Yo me dirijo hacia la puerta antes de que pueda extenderse en la réplica.

—Sí, lo he entendido. Mucha suerte, Bruno. En la vida, en el amor, en tod… —La voz de Carlos se desvanece mientras cierro la puerta.

Cojo el ascensor y me observo en el espejo. Saliendo de Atlas en sudadera y vaquero. Inmortalizo el momento haciéndome una foto con el móvil y la costumbre me lleva a querer mandársela a Jimena, pero no quiero que entienda cosas que no son. En cambio, decido subirla a Instagram porque quiero que la vea. En desquerer a alguien se tardan más de tres meses, pero las ganas de que el otro sepa que estás bien duran eternidades.

En el *story* de la foto escribo: «Desafié la ley. He pisado territorio sagrado en bambas festivaleras». Pongo también emojis y añado: «Espero que se descomponga el suelo a mi paso. Aunque luego lo tenga que arreglar yo».

Subir. Mientras pulso el icono pienso en Jimena viendo la foto y riéndose. Tengo que esforzarme por no sentir que, en parte, la echo de menos. Ser constante al dejar ir a alguien es jodidísimo, la verdad.

Soy idiota.

El portero se extraña de verme marchar tan rápido, pero está demasiado ocupado con la pantalla de su smartphone. Salgo a la calle y respiro.

Soy un hombre de acción-solución, así que, en vez de preocuparme más, paso a ocuparme del asunto. Marco uno a uno los dígitos del número que me ha dado Carlos y espero a que dé tono. Entretanto me acuerdo de que esta tarde es la despedida de Ignacio, el tercer integrante de mi círculo más cercano, de mi núcleo duro, y quiero aprovechar la previa de la fiesta para intentar un cambio de maletas lo antes posible. No tengo tanto tiempo libre como me gustaría. Al tercer tono suena la voz ronca de un hombre al que acaban de despertar.

—Oh, eh, he, ¿hola? —Me parece recordar que Carlos me dijo que era una chica—. Soy Bruno…, el dueño de la maleta. —Espero una respuesta.

Al otro lado de la línea se oye a alguien que tose como si se fuera a ahogar. Me contesta un tal José Ramón. Al segundo dudo de si me he equivocado yo o ha sido Carlos, que quería joderme por no haberle respondido al teléfono antes.

—Lo siento mucho, José Ramón. Me he confundido, me han dado mal un número de teléfono y, bueno, pensaba que tenía usted un equipaje extraviado.

El hombre cuelga sin preámbulos; habrá pensado que era un teleoperador.

—Me habéis llamado hoy ya quinientas veces. Que no quiero ni fibra ni fibro, joder.

Repaso el papel que me ha dado Carlos y he marcado bien el número. Abro WhatsApp, dispuesto a escribirle un mensaje para evitar volver a subir. Veo que tengo una notificación de Instagram. Empiezo a dar pasos cortos en la acera mientras trazo un plan y balanceo el casco como cogiendo impulso para pensar mejor.

Jimena me ha contestado con un emoji de queso al *story*. Se habrá confundido.

No quiero volver a la casilla de inicio. Esta vez no. Repaso mentalmente uno a uno los motivos que me llevaron a dejarlo con ella. Igual no ha sido buena idea subir esa fotografía. Por mucho que me cueste admitirlo, iba dirigida a ella.

Mientras miro con vergüenza el postureo al que me he sometido en el ascensor, me salta otra notificación de Instagram.

La chica que me ha agregado esta mañana, @soyinesdesastre, me ha escrito un mensaje:

Tengo tu maleta

Estupendo.

Me quedo mirando esas tres palabras entre la incredulidad y la risa. Han secuestrado mi maleta y la ladrona me ha escrito por redes sociales. Es verdad lo de que la sociedad se va a la mierda. Al menos, podría disimular.

Si quieres recuperarla acepto Bizum

Te dejo mi número

Entiendo que la tal Inés está buscando hacerse la graciosa en un momento de caos. No creo que se vaya a fugar del país con un informe que no le interesa y que a mi empresa le costaría cientos de miles de euros. Si ella supiera que tiene un documento que equivale a un billete de lotería premiado igual directamente me escribía solo para despedirse.

Lo necesitarás para la transferencia

Releo el mensaje y bloqueo el móvil. Sopeso si volver a llamar a José Ramón y contarle para que vea que mi día está siendo peor que si te llamaran de doscientas compañías de teléfono.

Me pongo el casco mientras me acerco a la moto. Meto la llave. Escucho el crepitar del tubo de escape, que se solapa con el resto de los sonidos de la Gran Vía madrileña. También con el ruido de mi cabeza.

«Ok, Bruno. Va a ser un día muy largo».

6

—Solo tiene fotos en mallas y posando entre palmeras —dice Inés mientras mira la pantalla del móvil, y le da al dedito hacia arriba como si fuera un animal de tierra excavando—. Mallas y bicis…, pero está buenín. En ninguna marca paquete.

—Donde no hay, mejor no enseñar —contesto.

Mi amiga hace *zoom* sobre la zona genital en una foto del susodicho en bañador.

—Ay, Inés… —Me tapo los ojos—. Me importa cero el tamaño que gaste, la verdad.

—No sé qué más decirte, Carmen. Estoy intentando trazar un perfil lo más completo posible de este profesional del hurto —se disculpa con ironía—. Hay que saber a qué tipo de armamento nos enfrentamos. —A pesar de lo tenso del asunto nos hace gracia ser tan pavas.

Estamos tumbadas en el sofá. Son las cuatro de la tarde y la luz casi corta la estancia a través de los balcones. Elena se acaba de ir después de escuchar los pormenores de nuestra historia durante más de dos horas. Tenía una cita, pero no ha dejado muy claro si era con sus movidas cósmicas o médicas. Últimamente combina las dos a partes iguales.

Está loca con la astrología, pero la ayuda a desconectar, ¿y quién soy yo para meterme en sus decisiones irracionales?

¿Su psicóloga? Desde que decidió empezar con el tratamiento para ser madre se está dejando una pasta en las inyecciones, y parece que no están funcionando. Ir a este tipo de sitios hace que se sienta más en paz. Cuando recibió la noticia de que su reserva ovárica era baja se le vino el mundo encima. Como si todo lo que había planeado para su vida se desvaneciera ante sus ojos. No podía evitar sentir una mezcla de emociones. Aunque estaba agradecida por tener esa posibilidad, se sentía triste por tener que recurrir a esta alternativa. Siempre ha soñado con tener hijos y formar una familia, pero ahora se enfrenta a la posibilidad de que eso no suceda.

No habla mucho del tema, sin embargo, sabemos leer sus pensamientos. Que no se me olvide enviarle un mensaje después. Después, por ejemplo, de recuperar mi maleta.

—¿Le has escrito? —Mi amiga asiente con aire distraído con la cabeza—. Entonces te perdono por el abandono máximo de ayer en la T1 —le recuerdo, para que tenga presente que me debe una.

—A ver, sí, no sé… Tiene cara de simpático. No se ha dejado etiquetar en ninguna foto —continúa con su discurso ignorando por completo lo que le acabo de decir, mientras nuestras piernas forman un triángulo y nuestras cabezas se apoyan en ambos reposabrazos del sofá.

Por un momento vuelvo a 2019. A mi vida antes de caer, de besar la lona. Mi mente se sumerge en un mar de recuerdos y sensaciones, como si las olas de un tsunami me arrastraran hacia atrás en el tiempo. Cierro los ojos con fuerza, reposando en la risa de mi mejor amiga e intentando no dejarme llevar por el batiburrillo de emociones del último verano. La imagen de mi vida AC (antes de la muerte de mi abuela Carmen) emerge ante mí como el iceberg que hundió el Titanic y de forma ineludible e irrevocable mi cerebro se choca con ese montón de recuerdos.

La voz de mi amiga Inés me pone de nuevo en contacto con la realidad.

—Carmen, ¿estás bien? Pareces como en otro mundo —comenta, preocupada—. Aquí tiene una foto con otros dos amigos y pone «mi núcleo duro» —analiza como si fuera una *hacker* de alto nivel—. No me importa tanto su núcleo como su glúteo, la verdad. —No tiene remedio.

—Estás fatal.

—Anda que tú… —En efecto, siempre certera y algo cabrona, Inés Fanjul.

Miro a mi amiga, embobada. Dentro de esa hermosa cabeza solo hay grandes ideas. Además de ser una obra de arte en movimiento, siempre encuentra el comentario correcto que te reconecta con la realidad. Es, como dirían los argentinos, una auténtica potraza. Es alta y tiene un cuerpo normativo con una cara acorde a su personalidad. El pelo negro le cae sobre los hombros y, cuando se mueve, dibuja una especie de aura que la hace aún más seductora.

Forma parte de ese siete por ciento de la población con los ojos verdes, pero ya os aseguro que es la excepción en otras muchas cosas. Es un ejemplo de lo que significa ser una mujer poderosa: una potencia en todos los sentidos de la palabra.

—Le he dado tu número, ¿vale? —suelta de repente mientras bloquea por fin la pantalla de su dispositivo.

—¡¿QUÉ?! ¡¿CÓMO…?! NO, no, no… —Ya no me parece tan poderosa—. ¿Puedes hacerme el favor y decir que la maleta es tuya? —Más que pedírselo se lo estoy suplicando—. Ese era el plan. —O al menos, lo era en mi cabeza.

—Vamos a ver, Carmen, tienes más años que el hilo negro, eres psicóloga, sabes detectar a un pirado solo con olerlo… —Enumera poniendo los ojos en el techo y contando con los dedos como un preescolar—. ¿Por qué tendría que hablar yo con él? —sigue mientras se incorpora en su sitio.

—Principalmente porque a ti te da igual... —No me falta razón—. Eres más lanzada que yo. En todo —añado estirando la paciencia de mi amiga como si fuera un chicle.

—Soy lanzada, pero no lanzadera para todas tus movidas.

—No le ha sentado muy bien, creo—. Pero ¿sabes qué? Tienes razón. Voy a poner un anuncio en Wallapop: «Aquí llega Inés, la chica trescientos sesenta: lo mismo te lleva en taxi a Avenida América que te recupera una maleta que has intercambiado sin querer con el Señor Bicicletas».

No puedo evitar reírme.

—Y la otra en la cosmóloga.

Suspira.

—Venga, no me jodas. Es que la más normal soy yo y soy la que se lleva la fama de lo contrario.

Me dispongo a contestar con un buen listado de taras cuando mi móvil empieza a vibrar. Está en la cocina. Me acerco inocente pensando que es Elena, que ya ha terminado la sesión, o alguna prima para pedirme de todo menos permiso, pero...

—Número desconocido —anuncio proyectando la voz hacia mis clavículas y empiezo a dar vueltas sobre mi propio eje como si se hubiera declarado un incendio en el edificio—. ¡Inés! ¡ME LLAMAN! —grito, pero no mucho—. ¡Inéééééééééééés! —Saco la voz de donde no me queda cuando veo que no me responde.

Corro al salón, donde Inés está bicheando en la tele. Ella no tiene pantallas en casa salvo la de su móvil y nunca sabe descifrar cómo se usan los mandos cuando viene a la mía. La tele la compró mi ex, que, por cierto, tiene que venir a recogerla.

—¡TÍA, INÉS! ¡QUE ESTO ES IMPORTANTE!

Ella está tan pichi, en su mundo, como metida en una pompa o, lo que es peor, en la trama de una película de sobremesa donde la protagonista soy yo, y ella, una espectadora interactiva que puede decidir pulsando tres botones cuál es mi porvenir.

Cuando estoy a punto de dejar pasar la llamada, se levanta y me arranca el móvil de la mano.

—Será publicidad, hija…, que no aprendes —dice mientras se dispone a descolgar. Empieza su discurso—. Qué bien se te da hacerte la tonta sin tener un pelo de eso. Por el láser, digo.

Su cara cambia por completo cuando escucha la voz de su interlocutor. Acto seguido lo pone en altavoz.

—¿Hola? ¿Me oyes? —La voz emerge del móvil, envuelta en un eco tenue. Tiene matices de voz rota, como de malote de película de Netflix. Sin querer nos quedamos pegadas al altavoz como dos quinceañeras que se escapan por primera vez de la casa de sus padres—. Soy Bruno. ¿Tú eres… Carmen? ¿Hola?

Se hace un silencio que roza lo incómodo y que no nos esperábamos. No nos esperábamos esa situación en general. Me coloco las manos en jarras y escudriño a mi amiga en busca de una solución.

Inés me devuelve la mirada y me hace una seña invitándome a que conteste. A través de algunos gestos sin disimulo logro que mi amiga entienda mi mensaje: «NO PIENSO HABLAR CON ÉL».

Inés titubea y finalmente, mirándome a los ojos y haciendo una mueca de disgusto, cede a mi petición.

—Eh, sí, soy yo. —Carraspea y añade en un tono más bajo—: Supongo.

Le doy un codazo. Que se note ahí, hombre, que no quiere dejarme en evidencia.

—Eh, vale, me ha pasado tu contacto tu amiga Inés por el tema de una maleta —responde.

«Por el tema de una maleta», dice. «LA MALETA más preciada del mundo», me gustaría matizar, pero dejo que mi amiga continúe.

—La verdad es que ha sido toda una sorpresa que alguien siga conservando un ejemplar de ese modelo jurásico en pleno 2022 —añade.

—Sí, yo, CARMEN —enfatiza mucho para joder—, no es que sea muy moderna, la verdad. —Y añade—: Oye, ¿los topógrafos cobráis mucho? Porque he estado buscando en internet y para otra maleta te da. —Sonríe mientras sujeta el móvil con una mano y con la otra se agarra el codo para que le descanse el brazo.

No sé dónde meterme. Esta chica no tiene filtro, a pesar de todos los que se pone en las redes sociales. Bruno se ríe. Le ha caído bien. O le he caído…, porque, claro, se supone que Inés soy yo. O Carmen es un poco Inés hoy, no lo sé. El caso es que responde.

—No te creas, ¿eh? No cobramos lo que merecemos. ¿No te lo ha explicado Carlos? En mi empresa tiene fama de contar lo que se le pregunta y lo que no. —Dardito al recepcionista.

—No sé si le he caído bien o si pensaba que iba a secuestrar a sus hijos a cambio de una jugosa recompensa. —Inés entra al trapo sin problema. Es el principal problema de mi amiga: no sabe hacerse a un lado. Si mi abuela nos estuviera viendo diría que es una «catacaldos». Vamos, que Inés es a la discreción lo que el reguetón a la historia de la música clásica: un cero a la izquierda.

Tengo la sensación de que esta conversación va a durar años. Qué digo. SIGLOS.

—Oye, ¿qué tal si nos vemos en el centro? —Bruno ataja terreno—. ¿Quedamos a las ocho y media de la tarde en Malasaña?

Inés y yo nos miramos. Que Mr. X nos ofrezca quedar en

nuestro barrio es una baza a nuestro favor se mire por donde se mire.

—Hay un bar que se llama Varsovia, que...

No ha terminado la frase cuando empiezo a hacerle más gestos a Inés, negando con la cabeza, moviendo las manos y dando saltitos. Inés, que no entiende por qué me he vuelto loca, se pone algo nerviosa. Algo muy poco habitual en ella.

—Eh, vale, sí, pásame la dirección por WhatsApp, que no lo localizo ahora. Bueno, o también se lo puedes pasar a Inés por Instagram. Y devuélvele el *follow*, hombre, que es de muy mala educación. —Disimula tirando balones fuera mientras me mira frustrada.

Yo le escribo en una de esas pizarras para apuntar recados que tengo en el salón: «¡¿ESTÁS LIGANDO CON EL HURTA-MALETAS, TÍA?!».

Inés me ignora por completo y se despide de Bruno, que ha aflojado tres tantos el tono desde que ha descubierto que al otro lado hay alguien que es rápido de mente. Hombre, puestos a que te roben, siempre es mejor que sea alguien como Inés. Aunque no te haga gracia haberla perdido, probablemente te acabes echando unas risas.

—Tiene una voz bonita —me dice, y no le quito razón. La verdad es que me he quedado durante varios minutos hipnotizada en el *podcast* que era esa llamada de teléfono.

Sin esperarlo, Inés agarra un cojín del sofá y me lo lanza con fuerza a la cara, haciendo que se me agite el pelo como en *slow motion*. Me lo quito enfadada de encima.

Lo cierto es que no estoy para tonterías ahora mismo, aunque reconozco que la cabrona tiene puntería, porque la escena desde fuera habrá sido bastante graciosa. Evito reírme y me acerco a mi amiga en un *mood* totalmente diferente.

—PERO ¿ES QUE NO TE ENTERAS? —le grito.

—¿DE QUÉ? —me contesta también alzando la voz.

—Nos ha citado en un bar JUSTO AQUÍ AL LADO —digo—.
¿Y si es un loco?

—Ay, Carmen, ya. Pues le damos el palo y nos llevamos
las dos maletas. Si, total, del bar a casa hay cinco minutos…
Además, que no se te olvide lo de las fotos en mallas. —Sonríe
mientras vuelve a buscar la foto en el móvil y me la enseña—.
¿Tú crees que ESTA PERSONA es un delincuente internacional
buscado por la INTERPOL?

Nos reímos tanto que se me escapa una lagrimita. Solo me
ocurre con las buenas películas y con ella. Es la primera vez
que me pasa desde hace meses y suspendida en esa sensación
me quedo un buen rato.

Podría vivir ahí. En ese instante feliz, recuerdo la grandeza
de los seres humanos buenos que al caer nos recogen y nos
recuerdan que hay que darle gracias al suelo. Al fin y al cabo,
estamos hechos de personas.

Ah, que no se me olvide llamar a Elena.

7

Llego a casa algo confuso después de la conversación con Carmen. La verdad es que Carlos no iba muy desencaminado. Tiene un punto histriónico, pero es divertida. Hablar con ella ha sido como abrir la ventana en la habitación de un adolescente después de una noche de fiesta.

Eso es lo que pedía yo después del día que llevo: aire fresco. Aunque una copa tampoco me vendría mal. Vuelvo a dejar la moto donde la he recogido esta mañana y repaso la conversación en el grupo que tengo con mis amigos para cuadrar horarios para la despedida de Ignacio.

Estoy algo agobiado porque siento que tengo demasiadas tareas pendientes que no solo dependen de mí. Entre ellas, recuperar la maleta, conseguir que mi exnovia recoja las cosas de casa y descubrir si realmente quiero que lo haga. Luego está ya lo de la fiesta de mis amigos para despedir a uno de los del núcleo duro: mi grupo desde que llegué a Madrid hace años. Cojo el móvil. Pongo la clave. Es la misma desde que tengo este móvil. Muevo el dedo índice hacia arriba hasta encontrar el nombre del grupo que estaba buscando.

Ignacio
Chavales! A las nueve en el Varsovia

Leo que Ignacio se me ha adelantado. De todos los que tengo, él es mi colega más fiel. No sabe no ser atento y, la verdad, sin que suene moñas, voy a echarle de menos. Estoy contento por él, porque durante la pandemia estuvo jodido y metido en su piso de veinte metros. Empezó a replantearse su existencia hasta que se dio cuenta de que trabajar fuera podría ser como vivir un segundo Erasmus. Después del mío y a estas edades, yo ya no tengo cuerpo para algo así, pero resulta que a él le apetece perderse por Europa para encontrarse, y eso se nota en el tono que utiliza en los mensajes.

Ignacio
Poneos guapetes

Bruno, ya he visto que le has pillado el vicio a lo de las foto-ascensor de Instagram. ¡Espero que no le cojas el mismo gusto a las dick pics! JAJAJAJA

Qué cabrón. Ignacio sabe que es un blanco fácil, pero, aun así, siempre las tira por el grupo. No puedo evitar sonreír mientras lo leo, porque sé que realmente le hace ilusión lo de esta noche y no me la perdería por nada. Sigo leyendo mientras pienso en cómo organizarme. No quiero contestar hasta que entre en el portal, pero ya se me han ocurrido varios comentarios legendarios que hacerle sobre su nueva foto de perfil. Ha quitado la que tenía en una boda y ha puesto la que le hice frente al mar con su camisa de piñas en el último festival al que fuimos juntos.

Vivo tan rápido que siento que mi entorno se entera de mi situación vital por lo poco que cuelgo en las redes sociales y me da pena. No sé en qué momento lo de subir vídeos cortos de chorradas se ha convertido en una especie de *newsletter* de mi rutina.

Tres o cuatro *stickers* no aptos para todas las conversaciones después, contesta el otro en cuestión: Lorenzo.

Cuando usa esas tres palabras mágicas quiere decir que va fuerte esa noche. Aunque él siempre va fuerte. En ese momento hago una pausa para encomendarme al mismísimo Baco.

Lorenzo es uruguayo, del barrio de Carrasco, en Montevideo, y vino de su país en una quiebra vital. Un episodio de esos de cortar con todo y coger (aunque él emplearía este verbo para otra cosa) carretera. Lo que pasa que se le fue la mano con los kilómetros de distancia y la autopista no le bastó para llegar a Madrid.

Montevideo se le hizo tan pequeño como uno de esos calzoncillos slip que se te meten por el culo. Él sintió que se volvía mentalmente minúsculo y mi amigo de pequeño no tiene nada (algunos de sus motes son El Trípode, El Elefante o El Cabezón). Y tiene solo dos piernas, una nariz pequeña y una cabeza bien proporcionada.

Es un tipo que ha desaprendido una vida acomodada que

ya sabía llevar para construir un nuevo hogar al otro lado del océano. Estuvo casado durante un año con una presentadora de televisión. La rutina les fue alejando y enfriando. Tanto que un día se levantaron estando de acuerdo por primera vez en meses: tenían que divorciarse. Ella rehízo su vida con un profesor de yoga. Lorenzo desactivó su corazón. O lo reprogramó, porque desde que ha llegado a España no ha hecho otra cosa que cardio. Así llama él al sexo sin amor.

> **Bruno**
> Igual llego un poco más tarde a la quedada, pero contad conmigo al 200 %

Tengo mucho que explicarles y poco tiempo para hacerlo, así que intento ir al grano por escrito. Ya me explayaré cuando los vea. Espero que se activen los dos tics en la conversación de WhatsApp para seguir escribiendo algo más.

> **Bruno**
> Luego os cuento, pero soy un borderline y me confundí de maleta ayer en el aeropuerto

> Me he llevado la de una tía a casa

> No sabéis la movida

Se van a quedar pasmados con lo del intercambio de maletas porque es la típica anécdota que no me corresponde. Soy demasiado cuidadoso con mis cosas como para dejarme algo importante así que esto podría ser perfectamente un episodio de la vida de Lorenzo, pero en esta ocasión el que la ha cagado soy yo.

Recibo respuesta casi de inmediato y, como era de esperar,

es en clave de mofa. Nos queremos mucho, pero en mi grupo de amigos no se perdona ni una ida de olla para vacilar al prójimo. No puedo evitar reírme mientras leo las contestaciones de estos dos figuras.

> **Ignacio**
> JAJAJAJAJAJAJA

Cuando Ignacio contesta en mayúscula es porque le ha hecho gracia de verdad, de no ser así ni se molesta en utilizarlas. Ya ni hablamos de poner comas y tildes. Pierde poco tiempo con el móvil, pero hoy está especialmente comunicativo. Serán los nervios.

> **Ignacio**
> No me digas que te vas a presentar en mi despedida
> con la maleta rosa llena de braguitas y sujetadores usados

> Joder, qué detallazo, tío

Suspiro hondo mientras respondo para ponerme al nivel. Me viene bien echarme unas risas con ellos, la verdad.

> **Bruno**
> Claro, tío. Si quieres te hago precio por los sujetadores,
> que con lo que hace que no se te acerca una tía
> te vas a olvidar hasta de abrocharlos

> **Ignacio**
> Abrocharlos nunca supe

> Y desabrocharlos con grandes dificultades

> **Lorenzo**
> Jajajajajajajajaja. Yo te enseño de nuevo, Nachito

> No hay que perder la esperanza ni una maestría
> tan básica para la vida como esa, pelotudo
> del orto

Lorenzo es de largo el que más triunfa en el sector de las citas. No sé si es el acento, las manos, su capacidad para parecer un tío serio pero dispuesto a entrar al lío en cuanto le das el ok y una cerveza de apoyo. Su técnica magistral importada de otro continente debería de estudiarse en algunos foros sobre sexo y seducción.

> **Ignacio**
> Lo que me flipa es que tú, siendo don perfectito,
> te hayas EQUIVOCADO CASUALMENTE DE MALETA

> Coges la de UNA EXTRAÑA

La verdad es que visto así parezco más un perturbado que un desgraciado con mala suerte. Y, pensándolo un poco, casi que lo prefiero. Me concentro mucho en la conversación mientras apoyo la frente en el panel con botones del ascensor de mi casa.

> **Lorenzo**
> No sé, Rick, parece falso…

> Me suena más a fantasía guarra, la verdad

> Siempre fuiste un poquito fetichista

Ignacio

Objetivamente y desde el aprecio que te tengo, si esto fuera la coartada de un asesinato tendría todas las papeletas de acabar en el calabozo

Chico que no conoce a chica roba maleta vieja alegando que es igual que la suya y, a cambio de una papelera con ruedas, se trinca un maletón de bragas usadas

Bruno

Ya lo sabía, pero lo habéis confirmado

Enhorabuena por el premio

Lorenzo

Ah, nos tocó algo

Yo si se puede elegir algo prefiero que me pagues las rondas de esta noche

Bruno

A gilipollas del año

Ahora a por la portada del Men's Health

Ignacio

Yo no cambio mis diez comidas al día por salir en una foto, lo siento

Llega cuando y como quieras, princesa

No nos vamos a mover

De hecho, no sé si sabremos caminar a partir de las ocho de la tarde

Sé que lo dice de verdad porque, además de que siempre vamos al mismo bar, el Varsovia se ha convertido en una especie de túnel del tiempo. Tú entras, se empieza a llenar de amigos y, como si de un agujero negro se tratara, el resto del mundo desaparece. Hemos vivido tantas cosas ahí que la marcha de Ignacio va a dejar la silla que es este grupo coja, pero todavía tenemos una oportunidad más de atravesar las puertas de ese antro como si fuéramos los protagonistas de una comedia española y salir dando bastante pena.

Bloqueo el teléfono mientras llamo al ascensor para subir a mi casa. Cuando salgo, veo que alguien ha dejado cuatro macetas con flores en la entrada de mi piso. Soy muy observador y juraría que no le caigo tan bien al vecindario para que hayan tenido este detalle. Además, no hay más vecinos en el sexto. El piso ocupa toda la planta.

Meto la llave y la giro. La puerta cede en la primera vuelta. Hay alguien en casa, porque soy demasiado cuidadoso para no cerrar al salir. Entro acojonado.

—¿Hola? —Elevo un poco la voz sin titubear, aunque estoy cagado—. Ey, ¿hay alguien en casa?

Hay algo de eco. Me doy cuenta ahora porque solo me responde mi propia voz.

Oigo un ruido. El sonido de objetos moviéndose viene de la habitación que está al lado de la cocina.

—¿Oye? ¿Quién está ahí?

Se me acaba la paciencia. Avanzo despacio por el pasillo adelantando el tronco en cada puerta para investigar. Dejo el casco y las llaves en la entrada, cojo un jarrón y voy hacia el barullo. El recipiente es de diseño y, la verdad, no sé bien por dónde cogerlo. Pincha. Joder, qué incómoda es esta mierda.

Si es un ladrón, estoy jodido. Si es quien creo que es, lo estoy aún más.

Cuando estoy a unos metros de la puerta de mi habitación, oigo el sonido del grifo. Entiendo que si fuera un delincuente no se preocuparía por su higiene en pleno robo. Joder, solo puede ser ella.

—¿Jimena? Eres tú. —Me ahorro las interrogaciones porque ya sé la respuesta.

Es la única con una copia de las llaves y con una adicción clara a comprar plantas exóticas, entre otras cosas. Efectivamente: blanco y en bañera. Cuando entro en el baño, Jimena está en la ducha, de espaldas a mí, y su cuerpo desnudo bajo el agua amenaza con provocarme un cortocircuito, como si yo fuera una máquina conectada a la corriente.

La verdad es que no debería estar ahí, y menos sin avisar. Cuando le dije que podía venir a recoger sus cosas cuando quisiera, no me esperaba la literalidad del asunto, y menos cuando llevamos sin hablar varias semanas.

Ya es tarde para buscar interpretaciones.

Mejor preguntarlas directamente.

—¡JODER! —grita cuando entro en el baño—. Qué susto.

—Coño, susto yo, Jimena.

El cuerpo de Jimena es perfecto. Un milagro con piernas largas. Me doy cuenta de que, además de enfadado por el allanamiento, estoy un poco cachondo con la situación.

—¿Qué haces con el jarrón en la mano? —Hace un gesto mientras continúa enjabonándose.

Me doy cuenta entonces de que sigo con ese estúpido adorno en la mano y, sin decir nada, vuelvo a la entrada para devolverlo a su sitio.

No entiendo nada. De un día para otro, ha cambiado por completo su manera de actuar. Ayer me odiaba y hoy seguro que también, pero lo está disimulando.

—Tranquilo. He venido a recoger unas cosas para un evento que tengo aquí al lado y he aprovechado para ducharme, que llevo todo el día de un lado a otro. Espero que no te moleste —añade cuando ve que no le respondo.

Vuelvo a entrar en el baño. Del interior de la ducha emana vapor. Se aclara el pelo con la cabeza echada hacia atrás. Por su cuello caen el agua caliente y el jabón. La piel le brilla mientras algunas gotas le resbalan por la cadera. La espuma tapa en parte sus tetas perfectas. Todo huele como olía cuando ella vivía aquí.

Tengo que tirar ese jabón si quiero salir de esta.

Juraría que ha puesto la bomba de calor que usa apuntándome al pecho. Y a lo que no es el pecho. No puedo evitar bajar la mirada y ver su culo de perfil. Me siento extraño haciendo esto, principalmente porque ninguno de los dos deberíamos...

—Tú siempre tan oportuno, Bruno. —Sonríe con esa sonrisa blanquísima imposible de esquivar. La frase del genio de la lámpara no me trae, por las circunstancias, ningún recuerdo infantil. Jimena se gira y hace un gesto con el dedo, invitándome a entrar.

Quiero creer que, en otras circunstancias, mi cabeza tomaría las riendas, pero ya es tarde para domar a la fiera. Me ha cogido por sorpresa y no puedo pensar. Mis ojos resbalan por su cuerpo y se entretienen entre sus piernas.

Sin decir nada, cojo el móvil y conecto el Spotify al hilo musical de la casa. Suena «Long Live the (D)evil», de Moriarty. La puerta de la ducha está abierta, y el mármol, empapado. El cubículo de más de dos metros se abre ante mí como el puto Edén.

Del amor al odio hay un paso, pero del odio al sexo hay incluso menos.

Jimena y yo siempre nos hemos entendido bien. Al menos,

en esto. De hecho, recuerdo más de cuatro o cinco crisis solventadas por esta vía, que no es precisamente la diplomática. Nuestra vida sexual ha sido más fácil que nuestra vida a secas. Una ráfaga de recuerdos más explícitos que una porno me invade la cabeza.

Me quito la camiseta blanca y el pantalón batiendo mis propias marcas y entro en la ducha. Nos miramos. No hace falta decir nada.

Mientras la agarro del cuello, suavemente pero con firmeza, le digo:

—Me has puesto muy cachondo.

Me acerco mucho a su cuerpo para que lo note. Los dos estamos a punto de explotar. Su mano empieza a acariciarme. Noto como la baja por mi espalda y me agarra del culo para apretarme aún más contra ella. Tengo el cuerpo tensionado y dispuesto a empotrarla en cuanto pueda.

—Necesito tocar tu piel... —me dice mientras noto que desliza la mano. Sabe que la tengo muy dura.

La música sigue sonando.

No quiero pensar en el lío que puede suponer este polvo, solo quiero dejarme llevar. Desciendo besándola por el cuello mientras introduzco una mano entre sus piernas y la acaricio. Me pide que continúe, pero yo paro un poco y la contemplo.

Otra vez en la casilla de salida. Aunque para salidos, nosotros.

Vuelvo a retomar la tarea aún con más fuerza. La noto muy mojada y eso me pone más aún. Consigo que se dé la vuelta y empiezo a morderle el cuello y la espalda. Quiero metérsela, pero no puedo.

—¿No piensas seguir? —Lo dice con una voz entre inocente y todo lo contrario que me pone todavía más. Me conoce bien. Sabemos provocarnos placer casi tan bien como hacernos daño. Hoy estamos demasiado concentrados en lo primero.

Salimos de la ducha empapados y caemos encima de la cama, deshecha desde esta mañana.

Me incorporo y la veo sobre las sábanas resbaladizas. Podría empalmarme con solo mirarla. El ambiente está cargado de humedad y sexo. La habitación huele a jabón caro y a su perfume.

Ella está esperándome, tumbada boca arriba, con los pies apoyados en el borde de la cama y las piernas abiertas. En cuanto acerco la lengua, reconozco ese sabor que antes me volvía loco.

Intento controlarme. Lamo suavemente sus labios, despacio. Cuando empieza a jadear, me centro en su clítoris, hasta que se pone a gemir, momento en el que aumento la presión mientras con las manos le acaricio las tetas.

Joder, echaba de menos esto.

Levanto la cabeza, la observo y continúo durante unos segundos ejerciendo presión sobre sus muslos para mantenerla en esa postura, pero Jimena se resiste y consigue apartarme.

—Bruno, más.

Obedezco y cojo un condón de la mesilla. Es ella quien me lo pone de forma ágil. Siempre se le ha dado mejor que a mí. Después de ponérmelo, me acaricia. Sabe cómo llevarme al límite. Supongo que en todos los sentidos.

Vuelvo a tumbarla y me apoyo sus piernas en los hombros. Me acerco a ella y, un instante más tarde, recuerdo de nuevo el calor y el placer de tantas otras veces. Empiezo a moverme, cada vez más rápido. La música parece sincronizada con este momento. Suena «Handle With Care», aunque estamos siendo de todo menos delicados.

Cambia de postura y se coloca boca abajo, y yo me pongo detrás de ella. La embisto con fuerza mientras ella empieza a tocarse. La agarro del pelo, le muerdo la espalda. La escena no dura mucho más, para celebración de todos los vecinos.

Me dejo caer sobre ella, perdido todavía en el orgasmo. Sonríe y se extiende en la cama, estirando los brazos y las piernas como un gato. Yo me incorporo y me siento a un lado.

Me paso las manos por el pelo, acomodándomelo detrás de las orejas y pensando en lo que no me gustaría tener que pensar: la hemos vuelto a liar.

—No ha estado nada mal —dice.

Me guiña un ojo y se acerca para darme un beso en la mejilla que no puedo rechazar. Me levanto y voy a refrescarme la cara. Hemos sudado como animales. Jimena empieza a vestirse lentamente, eligiendo con cuidado cada prenda, charlando sobre cosas intrascendentes mientras se seca el cuerpo con su toalla morada. Todo en ella desprende aires de lujo, incluso en este momento. Sin embargo, no puedo quedarme mirándola sin sentir que la he cagado hasta el fondo. Esto no me va a ayudar en absoluto a hacerle entender que lo nuestro se ha terminado, y es algo que tengo muy claro. Es un hecho. Pero, por lo que veo, va a ser algo más complicado de lo que pensaba.

Estoy jodido.

—Te lo he comentado antes, pero no sé si te has coscado: esta noche tengo evento. Otra vez. —Se acerca a mí, ya vestida, luciéndose ante mis ojos.

—Sí que me he enterado porque me lo has dicho dos veces —le respondo seco. Soy un capullo.

—Quiero pasarme por la clínica antes para finiquitar un par de casos y luego entregarme a la noche y lo que surja. —Me observa mientras mueve los tacones como si llevaran cascabeles.

—¿Y qué puede surgir? —pregunto sin poder evitarlo.

—No te pongas celoso. Ya me pensaré si vengo a dormir. Total, tengo las llaves y ya no vas a hacer la cama, ¿no? —Echa una mirada de reojo al cuarto.

Su respuesta me pone en alerta. Esto es a lo que me refería.

No puedo darle esperanzas de nuevo, no deberíamos repetir esto. Ha sido un desliz, y en eso debería quedarse todo.

—Yo también tengo plan esta noche. Tengo la despedida de Ignacio. No sé a qué hora volveré —opto por decirle, con la idea de que pille la indirecta.

Veo que Jimena me ha escogido la ropa mientras buscaba la suya, como hacía antes. Me ha dejado sobre la cama unos pantalones cargo, una camiseta básica y una sobrecamisa vaquera.

—¿Y esto?

—Es solo una sugerencia de *outfit*. Tómatelo como una recompensa por los servicios prestados. Me voy, que no llego —añade, y sale apresuradamente de casa.

—Chao —digo de forma fuerte y contundente para que me oiga. Como si fuera una declaración de intenciones.

Miro la ropa que me ha escogido y me la pongo. Tiene mejor gusto que yo.

Me da tiempo a comer algo mientras termino de cerrar algunas reuniones para la semana que viene. Es probable que tenga que volver a Donosti. Esta vez sin publicar *stories*, para que a mi madre no le dé un ictus. O quizá la solución pase por bloquearla. Aunque es una *hacker* de la hostia: lo descubriría y la peta sería todavía mayor. Descarto la idea en cuanto la pienso. Hay que joderse. Para lo poco que uso las redes sociales, la de problemas que me dan.

Cuando miro la hora, ya es un poco tarde y tengo que ponerme en marcha si quiero llegar a tiempo para arreglar lo de la maleta antes de irme con los chicos. Cojo el móvil y le envío un audio a Lorenzo.

—Loren, he quedado a las ocho y media en la puerta del bar con la chica de la que os he hablado esta mañana, la de la maleta. Os veo allí directamente. Y tío, acuérdate del regalo para Ignacio, que a mí no me da tiempo a recogerlo.

En mi grupo, para cumpleaños y despedidas, solo nos regalamos lo mejor: *merchandising* con nuestras frases más célebres. Tazas, cojines, camisetas y, en alguna ocasión, incluso algún calzoncillo con fotos o perlitas dichas en algún combate de las tres de la madrugada en adelante.

Lorenzo contesta:

—Dale, boludo, yo me encargo. ¿Te acompaño a lo de la maleta? ¿Qué necesitás? Hoy tiramos chancleta, ¿eh?

Lo que en su jerga significa que salimos de fiesta asumiendo todas las consecuencias. Lo que a su vez en la mía significa que cualquier cosa puede pasar.

Decido pedir un Uber porque cargar la maleta en la moto sería imposible. Hoy no quiero más problemas, así que opto por la opción más sencilla. Pido el coche y espero. Tres minutos.

Tres minutos en los que me dedico a observar el mundo a mi alrededor. La calle de mi casa bulle con gente corriendo de un lado a otro. Me pongo los cascos, conectados al móvil mediante Bluetooth.

Suena «Call It Fate, Call It Karma», de los Strokes.

Lo de esta tarde, ¿habrá sido el destino o el karma? ¿O simplemente una demostración de que Jimena puede dominarme cuando quiera? Asiento, callado, mientras miro serio por el ventanal del salón. Joder, si lo tenía decidido.

La música fluye hasta que mi móvil emite un zumbido. Mi conductor ha llegado.

Dejo que termine de sonar la canción y cojo la maleta como si fuera una duda.

Salgo cerrando, una vez más, con llave.

8

He sudado tanto que temo por mis constantes vitales.

Al retomar mis hábitos preverano, he tenido que volver a ese sitio repleto de hierros y testosterona: el gimnasio. Cuando me pongo en fase *fit*, en el grupo de amigas pasan a llamarme Adriana Lomo. Soy la típica que necesita una motivación extra para probar esas máquinas inventadas por alguna mente perturbada. Y la verdad es que, a pesar de que han pasado tres meses desde que hice deporte por última vez, salgo mejor de lo que he entrado, pero siempre pienso que tendría que haberme quedado en la cafetería de al lado.

No hago deporte por el físico. Lo hago por higiene mental.

Inés no ha querido acompañarme. Y, con todo el lío de la maleta, no me he atrevido a pedirle más favores hasta nuevo aviso. Se ha quedado en casa aprendiéndose su mejor papel: hacer de su mejor amiga. O sea, yo.

Encima hoy he recibido un mensaje de Sebas. Estaba cambiándome en el vestuario y he pegado un salto más grande que cualquiera de los que he dado en la clase de Body Pump.

Estamos hechos de personas. Siempre lo he pensado. Me refiero a los que nos habitan. Los que nos acompañan. Nuestros esenciales durante un tiempo, pero que pueden dejar de serlo. Es un poco lo que me pasa con Sebas.

Él ha entrado en ESA fase. Le dura la ruptura.

Su audio decía:

«Hola, Car. He pasado por el cine de Jacinto Benavente y he visto que están proyectando aquella película que vimos juntos por primera vez». Querrá decir «la primera película que vimos juntos». «Qué coincidencia».

No quiero interpretarlo mal, pero *Her* es una superproducción vista por millones de personas en el mundo que reponen todos los años. Me suena más a excusitis aguda. Como por ejemplo un «Es que estaba respirando y, como tú también respiras, me he acordado de ti» o «Justo estaba pestañeando y qué coincidencia que tú también lo estabas haciendo».

No me gusta ser así, porque Sebas no siempre fue la persona de la que me despedí.

De todos los años que estuvimos juntos, hubo varios que me los pasé a la carrera: persiguiéndolo. Con lo poco que me gusta correr. Para cuando empezó a pensar que tal vez yo debería ser un asunto más prioritario que sus escapadas nocturnas, yo ya estaba entrando en otra fase. Así que estos arrebatos de manual no me hacen gracia. Intento contestarle todo lo aséptica que sé ser.

«Ese tipo de cosas tienen un nombre según la cosmóloga de Elena: "serendipias". O igual es simplemente fruto de la globalización. Sea como fuere, nunca nos apuntamos a claqué como acordamos cuando empezamos a salir. Lo que quiero decir con esta frase es que nunca cumplimos nuestras metas como pareja. Cuídate».

Si me viera de esta guisa, con el pelo mojado y en esta actitud de persona decrépita, el mensaje no le sonaría tan digno. Como en todo desencuentro amoroso, supongo que lo que Sebas fue para mí se irá transformando. A él nunca le gustó tener la sensación de ser el pringado de la fiesta. Era más de irse al final con la chica, tener ese sexo loco que a veces solo se tiene con los casi desconocidos y vivir adicto a esa sensación rápida de amor que te agota. Pero el riesgo del *carpe diem* permanente es que a veces no es correspondido y en este desenlace descubrió eso de que, por mucho que para ti alguien sea una prioridad, tú puedes convertirte en una opción más.

Salgo del gimnasio acordándome de que quedé en llamar a Elena para saber qué le había dicho la mujer que conoce el futuro de la humanidad antes de que pase y te lo cuenta en exclusiva si le pagas cincuenta euros. Palabra de cosmóloga, te adoramos, óyenos.

La verdad es que ninguna creemos en la sintonía del cosmos con nuestros chacras, pero ha habido un par de cosas importantes en las que ha dado en el clavo. Así que, en vez de consumir los horóscopos como buenas depredadoras planetarias, esperamos a que Elena vaya y nos pase el parte.

Ha enviado un audio al grupo de cuatro minutos. Los planetas deben de estar muy juntitos o muy revueltos, me temo. Pulso *play* y suena:

«Chiiiiiiiiiiiiicas, voy de camino a recoger la toga a la tintorería. Os cuento rápido». Rápido son cuatro minutos, sí. «Están pasando muchas cositas ahí arriba. Resulta que hoy ya se ha puesto Mercurio directo». Suena algo entre un jadeo y un grito mínimo de alegría. «Vamos, que el cosmos está de viernes, niñas. Buen día para salir, por ejemplo. La luna nueva nos trae una buena dosis de introspección y pureza. Me dice Miriam que aconseja mucha limpieza…, incluso en casa. Eso va por ti, Inés, es hora de sacar la ropa sucia del cesto y hacer la magia: LAVARLA».

No puedo evitar reírme. Amo este grupo. Adoro a estas mujeres.

«Me comenta que hay que dejar los apegos atrás». Me temo que algún apego en las últimas horas sí que ha aparecido, sí. Elena sigue en su modo de profeta. «Nuestra propia energía está más en sintonía con la que nos envuelve. Simplemente tenemos que prestarnos a que nos penetre...». Ahora entiendo la hilera de emojis con lágrima de risa que ha mandado Inés acto seguido. Quedan diez segundos de audio, que dicen: «Pero tampoco sin pasarse, que ya sabéis que, con tanta energía consumida, nuestro cuerpo físico se agota».

Elena ha añadido un mensaje final que dice que nos ha cogido cita conjunta para la lectura del oráculo (unas cartas alargadas que te mandan mensajes desde el más allá) para la semana que viene.

Lo ha escrito entre asteriscos para generar una negrita, algo que en este grupo solo se emplea para una cosa: drama o movida.

Para cuando termino de escuchar el audio, ya estoy en el portal de casa. Repaso el buzón en busca de alguna novedad más, aunque en esta dirección postal ya estamos hasta arriba de *breaking news*. Subo y abro.

Antes de entrar, vuelvo atrás y toco una vez el timbre de mi amiga para que sepa que estoy. Es una suerte de código morse que utilizamos a diario. Dos veces es urgente. Tres, urgentísimo, pero una es solo un «ya he llegado».

Como me he duchado en el gimnasio, voy derecha al armario de mi habitación. Creo que soy demasiado básica en mi vestimenta. Hace tiempo que decidí no colaborar con esto del *fast fashion*. Vamos, que el último yate de los Ortega no se ha comprado precisamente con mis aportaciones.

Tengo un vestido negro de licra que ajusta y me queda increíble y tiene cinco temporadas. Ahí está, coronando mis planes de noche y rozando la etiqueta de «prenda de la suerte».

Me lo pongo y me pruebo unas botas negras de caña estilo militares. El escote en V deja ver la cantidad justa de piel, lo suficiente para despertar la imaginación de cualquiera. Con esto y los labios pintados de rojo, voy hasta a una gala del MET.

Me estoy secando el pelo cuando el timbre suena tres veces. Abro con los pelos como Tina Turner en los 2000.

—Dios mío, Carmen. ¿Qué clase de animal salvaje tienes ahí arriba? —Empezamos bien—. Si es que tanto pelo... para no saber dominarlo.

Inés me coge un par de mechones entre los dedos, como para enfatizar su opinión. Sé que está de broma, pero a ella el pelo se le queda liso al poner un pie fuera de la ducha, así que nunca se ha enfrentado a este tipo de dificultades. Dice que es un superpoder.

—Venía a decirte que quedan exactamente veinte minutos para recuperar tu maleta y que tengo algunas dudas con el contenido del guion... —Me río. A saber por dónde me sale ahora—. O sea, al hacer de ti ante el tal Bruno, ¿quieres que me muestre más salvaje que presumida o simplemente seria y ya está? —Hace muecas mientras me vuelve a enseñar el perfil del susodicho.

—Por favor, Inés, lo último que queremos es asustarlo y que la cosa se líe aún más. Limítate a ser todo lo normal que puedas. —Algo difícil, pero hay que intentarlo.

La verdad es que no había tenido tiempo para ponerme a investigar, pero la vacilada de mi amiga me recuerda que tengo que meter todo de nuevo en la maleta y prepararla para la misión intercambio. Inés se vuelve a su piso porque, por supuesto, todavía no se ha vestido. Esta es nuestra rutina habitual: viene, me suelta cualquier cosa y se vuelve a ir.

Cojo la maleta, todavía abierta en el salón. Meto los calzoncillos, la colonia y los folios. De regalo incluyo el bolígrafo que ha servido para exhibirlos por toda la casa. Cuando voy a intentar cerrarla, veo que el plan de Inés no tenía fisuras hasta que... Le ha generado una a la maleta en sí. Literalmente: no cierra.

Busco en los bolsillos algún candado. Ese tipo de maletas

tan antiguas no llevan ni cierre automático. Encuentro un *pendrive* rojo. Lo que me faltaba: un agente 007 de pacotilla. Distraída, lo dejo encima de la mesa, mientras veo cómo puedo apagar este fuego.

Saco la caja de hilos de la abuela. Otro objeto de valor incalculable para mí, absolutamente olvidado por el resto del mundo. Pero la maleta es de plástico y, para colmo, no sé coser. Este plan no funciona.

Al fondo de la estantería veo una pistola de cola tamaño industrial que me regaló Emilio para mis paquetes de Vinted. Sin pensarlo mucho, empiezo a acribillar las costuras para que el paquete cierre. La maleta parece un cuerpo inerte y, sin duda, ha sido asesinado con alevosía. Siento alivio por que sea Inés la que vaya a entregarla.

Arrastro la maleta hasta la puerta. Me miro en el espejo ahuecándome el pelo como si fuera peluquera profesional. Llamo a la puerta de mi vecina, que abre calzándose todavía. Lleva un top de lentejuelas de colores con el que no pasa desapercibida, jeans negros y unas Vans de bota.

—Lo que yo llamo arregladita pero informal para Mr. TorreBruno y el petate —dice.

Nos montamos en el ascensor y repasamos la jugada.

—Inés, bajas, saludas, le cambias la maleta, dos besitos ahora que estamos pospandémicos y te vas. —Primera parte del plan explicada. Prosigo—: Yo te espero en la esquina. Pedimos pizza con trufa y nos ponemos una peli y ya Dios dirá. ¿Correcto? —Compruebo que lo ha entendido, aunque sé que va a improvisar.

—Que sí, tía. De verdad, a ver si te dan el título de tutora legal ya, porque lo haces de matrícula.

Bajamos a la calle y ambas nos ponemos, bastante sincronizadas, las gafas de sol, cosa que, lejos de distraer, llama la atención, porque es de noche. Vamos hasta la esquina y nos quedamos mirando. Dos cabezas en paralelo y al unísono se asoman, mirando hacia la puerta del bar. Parecemos zarigüeyas, o inspectoras de algún servicio secreto de provincia. La escena se antoja como en esas pelis de gánsteres que intercambian maletines con millones de dólares, pero la actitud es la de llevar confeti.

—Ahí está —señala Inés, haciendo un movimiento con la cabeza.

En efecto. Apoyado en la fachada del bar, con un pie en la pared y sosteniendo una cerveza con la mano, está el chico que buscamos, Bruno. La verdad es que es bastante guapo y desde donde estoy me doy cuenta de que es muy alto. Siempre me han gustado los hombres altos… Sacudo la cabeza. Basta, Carmen, no es momento de pensar en esas cosas. Pero no puedo evitar volver a fijar la mirada en él. Está pendiente del móvil y en ese momento da un trago directamente del botellín, y observo el movimiento de su nuez al tragar. Es sexy. De forma instintiva, trago saliva.

—En fin, vamos allá.

Tal como hemos acordado, Inés saca su móvil y me llama. Enseguida descuelgo y ella lo pone en altavoz. De esta manera, puedo escuchar la conversación desde la esquina, a pesar del jaleo que hace la gente que está sentada en la terraza y de la música que sale por la puerta abierta del bar. Lo que yo diga, somos unas espías de la leche.

Sin darme tiempo a decirle nada más, mi amiga se incorpora y se encamina hacia él. A medida que ambos se acercan, siento que se me desbocan las pulsaciones. Espero que no se haya fijado en que la maleta está cerrada con algún que otro matiz y kilos de silicona. Veo que Inés parece segura. Llega hasta él, suelta la maleta y se cruza de brazos con el móvil en la mano, de manera que queda entre los dos cuerpos.

Estoy dentro.

—Hola. Qué raro que no hayas venido vestido de ciclista. —Inés rompe el hielo como solo ella sabe hacerlo: a mazazos—. Soy Carmen y aquí tienes tu paquete. El que no sale en Instagram. —Sonríe.

—Pero madre mía del amor hermoso, por favor —susurro para mí misma, haciendo pausas entre cada palabra porque tengo la ansiedad más alta que la tensión. «Que alguien detenga a esa kamikaze de la amistad y las bromas sobre entrepiernas a desconocidos», pienso en gritar.

Bruno vocaliza algo que no logro entender. Al menos se está riendo. Madre mía, de verdad que es altísimo. Y está bastante bueno. Cómo está el sector de la topografía en este país, y yo sin conocerlo.

—Encantado, Carmen. —Le oigo decir desde el móvil—. ¿O debería decir Inés? Que me hayas agregado esta mañana a Instagram hace que, además de no subir fotos de mi entrepierna como dices, también haya revisado el perfil de los nuevos seguidores —concluye.

Mierda, nos ha pillado con el *trolley* en la masa y el carrito de los helados a la vez.

—Genial, otro *influencer* que se cree que ha inventado la rueda —se enfila Inés. Se viene, amigas—. Pues, ya que la has inventado, a ver si se las cambias a tu maleta, que parece una lavadora-secadora con ruedines.

Por fin se produce el intercambio, aunque a este paso va a hacer falta un juez de paz. De pronto, del bar sale lo que parece un cuerpo esculpido por el mismísimo Miguel Ángel. Espero que no coincidan todos los detalles.

Este chico, que se detiene al lado de Bruno y le da una fuerte palmada en la espalda, como marca el procedimiento entre tíos heteros que no están dispuestos a deconstruir su masculinidad, es más bajo que él, pero no deja de ser un tipo alto. Si lo comparas con los demás, está muy por encima de la media. Veo que Inés aparta al topógrafo, empujando su brazo como si fuera un movimiento en la pantalla de Tinder y pudiera borrarlo del mundo real para focalizar su objetivo.

Ya sé cómo acaban estas historias en las que mi amiga se fija en alguien con ese ímpetu. Muchacho de camisa blanca y pantalones rotos, te espera una noche larga. Lo miro con atención, viendo qué es lo que hace que lo encuentre tan atractivo. Debo admitir que tiene presencia y que su pelo rubio brilla condenadamente. Además, tiene una cara muy particular, de una simetría que hace que el noventa y nueve por ciento de la población esté de acuerdo en que es un tío bueno. Que le den el título ya.

Aunque viste con ropa un poco desgastada, la lleva con estilo y le da un toque gamberro. Mandíbula fuerte, una nariz recta y labios carnosos. Es difícil no mirarlo. Tiene esa mezcla perfecta de atractivo, sonrisa abierta y misterio que parece cautivarla por completo.

—Soy Lorenzo. —Se presenta, alargando la mano hacia ella—. ¿Qué onda?

Inés suelta mi maleta en mitad de la calle y le planta dos besos.

—Lorenzo, como el sol. Qué calor…

Bruno se ríe. Supongo que estará acostumbrado a ese tipo de reacción ante la aparición de su amigo. A mí también me pasa.

Bruno recoge su maleta y la mía y, como si hubiera sabido nuestro plan desde el principio, me busca con la mirada, intentando averiguar quién soy, como si esto fuera una cita de Tinder.

Enseguida emprende el caminito que le lleva hasta mí. No sé dónde meterme. Los esquemas mentales de adulta, con amplia experiencia en pedradas, no se activan a tiempo y cuando se planta ante mí no sé ni cómo reaccionar. Balbuceo.

—Carmen, ¿no? —dice.

—Eso parece —respondo. Mierda.

Rápidamente me quito las gafas y recupero un diez por ciento de la dignidad.

—Has mandado a una corresponsal regular al intercambio. —Bruno baja la vista al suelo. Es más tímido de lo que parece. Pobre. Inés le ha dado una auténtica paliza verbal.

—Bueno, hoy no está inspirada, pero es realmente buena. —Sonrío. Nos miramos—. Vaya basura de maleta, ¿eh? —No se me ocurre nada más ingenioso que añadir, en serio.

—Es una mierda, sí. Pero le tengo cariño —añade él. Para lo atrevido que ha sido contestando a Inés, se mide mucho en cada frase de las que me dirige a mí.

—Bueno, pues... supongo que esto es tod... —empiezo a decir cuando Bruno se vuelve y se da cuenta de que Inés y Lorenzo han entrado en el bar.

A través de los cristales observamos cómo la conversación fluye, se han pedido dos cervezas y se sientan en el rincón de al lado del futbolín.

Bruno y yo nos miramos.

—Hostia, tú —suelta—. Joder con el uruguayo...

Nos miramos, cada cual más atónito, con la maleta en la mano y la palabra justa en la boca. En la mía un «Inééééééés». En la suya, «Loooooorenzooo». Enfurecidos, como si fuésemos los padres de esos dos seres, giramos a la vez.

Allá vamos: a salvar a nuestros amigos de las garras del amigo del otro. Lo que no sabíamos es que esa noche también tendríamos que salvarnos de nosotros mismos.

9

La música está a todo trapo para ser apenas las nueve menos cuarto. Atardece y el cielo rosáceo no invita a entrar, pero no me queda otra. Avanzo haciendo gestos por el fuerte ruido, como si fuera el jefe de un grupo de técnicos municipales. No me imaginaba este grado de *rave* a tres pasos de mi casa y sin haber anochecido del todo.

Los decibelios están al nivel de la estratosfera, pero al menos la música es buena. Quiero decir que no es perreo de discoteca pija. Cuando me acerco a la barra y pregunto qué se celebra, el camarero me da LA explicación. He tenido la suerte de volver a pisar un bar después de tantos meses durante una fiesta universitaria. Y con un matiz añadido: la mayoría son erasmus. Es lo que reza el cartel lleno de ofertas de HAPPY HOUR SOLO PARA ESTUDIANTES al que apunta el trabajador.

—Mi PE-OR PE-SA-DI-LLA. —Gesticulo mucho con la boca para que oiga mi respuesta. Y me disparo ficticiamente con la mano en la sien derecha.

Él se encoge de hombros en un ademán muy plausible y universal equivalente a un: «¿A mí qué me cuenta, señora?». Después sigue tirando cañas como si fuera a batir un récord Guinness.

Esta gente tiene los horarios cambiados: se levantan a las siete, comen a las doce y media y no es de extrañar que para las ocho de la tarde ya vayan como Massiel en Eurovisión.

En ese momento solo pienso en salvar mi maleta, esquivar a los presentes y huir a mi habitación para sumergirme cual olímpica del sueño en mi cama. No puedo describir la sensación que me provoca saber que voy a poder —por fin— disfrutar de la que yo llamo mi biblia particular: los diarios de mi abuela. Sor Carmen —mi alter ego antisocial— ha llegado, amigos, y tiene una misión: comprobar que Inés está bien. Acompañada ya lo sé. Ahora necesito saber que el adverbio que va detrás del verbo es positivo y, acto seguido, pirarme.

Hace mucho que no salgo de fiesta y, la verdad, he dejado de disfrutarla. No sé si es la edad, la inercia o mis propias defensas, que dicen: «Ya vale de jarana en tu existencia, guapa, que no eres Carmen Aoki».

Mientras camino por el bar buscando un sitio seguro donde aparcar la maleta, pienso en que no sé quiénes son estos tipos, pero tengo que reconocer que se han montado un evento de la hostia. Abro mucho los ojos y enarco las cejas. Observo atónita el panorama como si tuviera tres mil años: gente bailando mientras las luces cambian de color de forma constante y tan rápido que juraría que les puede provocar una ligera epilepsia.

Genial, al menos ya me puedo unir al radiopatio de casa.

Varios guiris están bailando al fondo del garito como constatando la letra de la canción que suena ahora mismo: «El fiiiiiiiin del mundooooooo». Otros están sentados en los sofás de la entrada. Son algo mayores, pero menos que yo, y me miran como si estuviera desubicada. Lo estoy.

¿Acaso no han visto a una chica de fiesta con una maleta? No es lo común, pero esto es Madrid y aquí no hay cosas extrañas. No existe el «fuera de lugar», porque hay hueco para cualquiera. Sobre todo para las fiestas.

Este bar es el lugar perfecto para sentirte un moderno del momento: Tame Impala, Arctic Monkeys, Vampire Weekend, Vetusta Morla, La Casa Azul, Sidonie, Del Sol y algo de pachangueo indie... Creo que en realidad más que un moderno «del momento», la música es de modernos de «mi momento».

La sala, de forma irregular, tiene paredes de ladrillo visto y mesas y muebles de madera de estilo vintage, seguramente recuperados del establecimiento que ocupó el mismo espacio antes de montar este garito. Los neones con mensajes virales atrapan las cámaras de muchos. Imagino que con una copa de más ya lo flipas con el postureo. En cuanto al ambiente, nueve de cada diez tíos de los que están aquí tienen bigote prominente o barba, zapatillas de deporte que nadie usa para hacer deporte, gorra o similares. Mujeres con labios pintados de colores intensos, algún tono interesante en el pelo y ojos delineados con precisión. ¡Aaah, qué bonita la adolescencia!

La música se detiene de golpe y un chico alto, desgarbado y con una perilla rubísima como su pelo se sube a una silla como si superara un control de *doping*. Al lograrlo sin caerse, todo un milagro porque va borracho, hace un anuncio ayudándose de su brazo y un altavoz:

—A esta ronda, pagamos Erasmus di Complutiense 2333333333333. —Repite mucho la última cifra, probablemente porque es la única que se sabe.

Los compañeros responden con un sonido gutural, fundiéndose en una onomatopeya que a mí me parece un trueno que hasta me asusta. ¡Madre mía, qué desfase! Es como una película de instituto. Creo que mi vida ahora mismo también es una trama de superproducción barata.

Título de la película: *Colega, ¿dónde está mi maleta?*, o algo así.

Al fondo de la sala veo a mi amiga, o quizá debería decir mi examiga, porque todavía no tengo claro si lo vamos a ser después de que no haya seguido el plan establecido. Cuando más odio a Inés es cuando cree que lleva razón, y ahora está clarísimamente en uno de esos brotes.

—Tres veces lo hemos repetido: coges la maleta y VOL-VE-MOS. —Voy preparando el discursito mientras esquivo adolescentes. En serio, la odio con la misma pasión con la que se divierte ella. Siempre he pensado que en el amor y en el odio se invierte la misma cantidad de energía emocional, solo que en sentido inverso. Ahora lo constato.

Cuando por fin consigo situarme a su espalda, veo que está metida en lo que parece un juego rollo *Pasapalabra*. Una competición de nivel internacional, en concreto entre Uruguay y España. Él le suelta una de sus frases en su argot y ella intenta adivinarla.

—A ver si adivinas esta: «tirar chancleta» —dice Lorenzo entusiasmado.

—Hummm, cuando tu madre se enfada y te quiere pegar con la zapatilla —responde rápido Inés.

—No, «tirar chancleta» es salir de fiesta. ¿Cómo metes a mi mamá en esto?

—Ni tu madre te puede salvar ya de esto… —replica Inés riendo.

—¿De qué me tiene que salvar? —responde Lorenzo con tono juguetón.

—De perder esta batalla lingual —le dice Inés, que saca la lengua y se humedece un poco los labios.

—Vaya… Veo que presumes mucho de lengua, pero no has acertado ni una. Vamos a probar con otra: «Este huevo pide sal».

—¿«Este huevo pide sal»? Eso lo usáis para cuando alguien es muy soso.

—No, lo usamos para cuando estamos cachondos —le responde Lorenzo al tiempo que se arrima un poco más a ella.

—Y la has usado justo ahora por pura casualidad, ¿verdad? —contesta Inés antes de morderse el labio inferior y enseñar sus dientes perfectos y blanquísimos, que se activan con los neones volviéndose violeta.

Los dos sonríen y se observan como animales hambrientos que todavía no se han atrevido a invadir el espacio del otro.

Me acerco a Inés con la intención de hablar con ella.

—Inééés.

No me escucha. No existo en su mundo de ligoteo. Trato de concentrarme en lo que quiero decirle, pero es como intentar leer un libro en mitad de una *rave*. La música está alta, y mi cerebro, confundido. Decido seguir poniendo la oreja, aunque ahora sin disimulo, para que luego no pueda echarme en cara que soy una cotilla.

—Aja, así que quieres que hablemos de sexo... —pregunta Inés, haciéndose la inocente.

—¿Es una pregunta trampa? —contesta el otro—. Es como si vos me preguntás: ¿querés dos millones de euros?

Ambos se ríen.

—En realidad no es una pregunta. Es una proposición.

—¡ZAS! Huele a que sobro. Y efectivamente, es un olor característico.

La conversación va ascendiendo en tono y forma. Lorenzo se acerca aún más a Inés y le dice con voz seductora:

—Hablemos de lo que quieras, princesa. Tengo la maestría de fisioterapeuta. Y deberías quedarte con estos nombres: ileogenital, genitofemoral y nervio dorsal del clítoris.

—Genial. Tienen nombre de Pokémon —responde Inés—. Bulba... sur y Squirt... —añade mi amiga. Pokémon y porno. No defrauda esta mujer.

—Son los tres nervios que te harán tocar el cielo con las

manos y que la noche te sepa a dulce de leche —contesta Lorenzo sensual, guapo, divertido.

Inés se queda con la boca entreabierta.

—Eres un abusón, conoces perfectamente la anatomía de mi cuerpo —le dice—. Mañana mismo voy a la biblioteca a ponerme al día con la tuya.

—No hace falta que vayas a la biblioteca o al laburo. Si venís a mi casa también podés informarte. —Y vuelven a la tarea.

El fin que nos ha encomendado el día: seducirse hasta el tuétano.

¿Debería retroceder y huir? ¿O quedarme, avisar a mi amiga de que se controle y ya de paso presenciar el espectáculo? Estoy atascada en esta película porno. No conozco a nadie más en el bar y encima no sé si necesito ir al baño o solo es que tengo la ansiedad por encima de los niveles habituales.

Escojo la opción b y voy a darme una vuelta por el bar. Prefiero no seguir presenciando esa conversación altamente inflamable. No quiero arder entre las llamas.

A un lado veo a Bruno, que está con otro amigo. Nadie me lo ha presentado, pero deduzco que ha quedado con él y no solo con Lorenzo, porque le está entregando un paquete mal envuelto. No sé si es un kilo de droga o un regalo. Viendo como avanza la noche, todo puede ser.

Agarro la maleta de nuevo, con más fuerza que antes. Separo cada uno de los dedos y los vuelvo a juntar en el asa como una golfista profesional que sujeta el palo. Arrastro mi equipaje y me dispongo a salir por la puerta cuando, justo antes de que pise la calle, una mano me retiene como si viniera en nombre de la noche.

Es Bruno. Lo sé antes de mirarle porque reconozco su olor. Haber gastado medio bote de su perfume con mis amigas tiene consecuencias. Mi casa todavía huele a él. Sí, mi salón huele a un desconocido que, por otra parte, no me acaba de parecerlo del todo. Por algo dicen que el olfato es uno de los sentidos más poderosos que tenemos. Mi memoria y emociones se encienden a la vez como las luces de la ciudad de Vigo en Navidad.

Tiene una ceja levantada y los brazos fuertes en jarra, como esperando una explicación convincente de por qué estoy huyendo. ¿Por qué no querrá que lo haga? Me mira con una media sonrisa irónica, como me lleva mirando toda la noche, y me dice:

—¿Estás bien?

No sé ni qué contestar a eso. Estoy bastante enfadada, algo triste y un poco cachonda. Antes de que pueda contestarle, añade:

—Llevas toda la noche con los tortolitos. —Se acerca aún más a mí.

—De tortolitos no tienen nada, créeme.

Bruno ríe, supongo que porque se imagina cómo habrá sido ser la violinista del momento precoito de nuestros amigos.

—¿Tan rápido te quieres ir? —pregunta y pone la sonrisa tímida mientras tira la mirada al suelo.

—¿Qué más quieres hacer? ¿Jugar al Monopoly a las once de la noche? —bromeo para ver cómo reacciona.

—No me parece un mal plan —dice, al tiempo que sacude la cabeza para peinarse una parte del pelo, que se le ha alborotado con las prisas.

Me doy cuenta de que no voy a poder escapar tan fácilmente. Bruno ha resultado ser así: persuasivo y menos tímido con un par de copas.

—Bueno, si te quieres ir no voy a retenerte como a tu maleta. —Suelta un suspiro resignado y hace ademán de volver a la barra.

Le miro extrañada por su respuesta. Es un ligón, aunque no lo parece en absoluto.

—Soy psicóloga y sé reconocer al instante a un chico raro por cómo es su maleta —contesto.

—Debemos ser almas gemelas, entonces —dice.

La conversación es contrapicada, porque me saca seis cabezas. Hay algo en la forma en la que me mira que, como mujer que liga con un hombre, no se me escapa, pero tampoco sé descifrar.

Con la intención de aliviar la tensión creciente me hace una propuesta.

—Ven, anda, que te presento a Ignacio. —Me coloca una mano tímida en el brazo como queriéndome acariciar—. Justo estábamos hablando de maletas, porque mañana coge un vuelo a Frankfurt. Se muda allí por trabajo. Estamos celebrando su despedida.

Es cierto lo que dicen: los bares de Malasaña atrapan y no vale la pena luchar contra eso, porque sabes que será una batalla perdida.

Ignacio lleva una camiseta con una foto de él mismo dormido en un sofá y con la boca llena de ganchitos naranjas por encima de una camisa de cuadros de manga larga. Entiendo que era lo que contenía el paquete que le ha dado Bruno hace un rato. Le queda un poco extraño para no ser una despedida de soltero, pero, bueno, cada uno tiene su estilo, ¿no?

—Como te mudas me he traído la maleta para rendirte homenaje. —Le suelto la broma con una sonrisa, porque no parece demasiado social.

Ignacio me observa con una expresión de confusión, como si no entendiera a qué me refiero.

—Pues, gracias, supongo —responde encogiéndose de hombros.

Está visiblemente nervioso y no se parece en nada a sus

amigos. Es el bonachón, me temo. A los otros se les ve el peligro desde Portugalete.

—Soy la de la «maleta-gate». Te lo habrá contado Bruno. Nos confundimos de equipaje... —le digo, intentando animar la conversación.

—Sí, sí algo me han contado... —responde Ignacio, que se pone cada vez más rojo.

—¿Ha bebido alcohol adulterado o es que es así? —Le suelto la pregunta a Bruno sin separar mucho los dientes para que sea indescifrable.

—Un poco de las dos cosas —contesta al tiempo que da una palmada a su amigo en plan «espabila»—. Ahora nos vemos —le dice.

Ignacio asiente, pero sigue sin entender muy bien por qué está hablando con una mujer con una maleta que a su vez le ha presentado su amigo Bruno. Ignacio no sabe ni cómo se llama ahora mismo, me temo.

—Bueno, ¡mucha suerte con la mudanza y el nuevo trabajo! —le deseo mientras se marcha hacia la barra. Me parece curiosa esta despedida: cómo se nota que se va a tierra internacional. El grupo de extranjeros tienen mejor beber que él y huelen la fiesta a kilómetros.

Bruno se gira ante mí y se hace el interesante.

—Está guay lo de ir al cine, a cenar o ir al teatro. Contarse las cosas en la primera cita, como los trabajos, los amigos, la situación sentimental... Pero ¿a que nunca habías conocido a alguien de esta manera? —Espera atento mi respuesta.

—Debe de ser el destino, si es que el destino existe, que quiere que nos conozcamos y es un poco guionista de Netflix —le contesto, poco convencida de lo que acabo de decir. ¿Estamos flirteando? No, estamos ligando, que es básicamente lo mismo pero dicho de otra forma.

Al parecer, todo termina pegándose.

La conversación pinta completa: maletas que desaparecen, mensajes de texto confusos y otros lances raros.

—¿Qué más necesitas saber de mí para que ese guion tenga sentido? —me dice Bruno con una sonrisa encantadora.

—No sé muy bien cómo leer esa pregunta —le contesto al tiempo que me siento en un taburete intentando ser grácil pero pareciendo Lina Morgan.

—¿Leer? Si yo soy un libro abierto…, aunque no sé de qué temática —me responde mientras se apoya en la barra.

—Creo que ni con una enciclopedia podría descifrar todos tus misterios, Geobruno —le digo con un gesto teatral copiado de Inés.

Se ríe, aunque la verdad es que yo sigo sin entender nada de lo que está pasando. Sin embargo, por algún motivo, me siento mejor.

No sé si la pregunta de Bruno ha estado un poco fuera de lugar o ha sido una genialidad, pero decido seguirle el juego. Pienso en alguna pregunta extraña, como si de verdad quisiera averiguar algo importante sobre él.

—Si te dejaran meterte en el cuerpo de alguien y vivir su vida, ¿a quién elegirías? —digo con una sonrisa que viene a significar que mi pregunta me parece una jugada maestra.

—¿Meterme en el cuerpo de otra persona? ¿Por qué querría hacer algo así? —contesta algo desubicado pero divertido.

—Hombre, solo un tiempo. Durante una semana, por ejemplo. Para ver cómo es su vida —aclaro enseguida.

Me río por lo bajo mientras pone cara de póquer, como si tuviera que pensar bien la respuesta:

—No me metería en territorio de nadie. Suficiente tengo con mi propio partido —me dice haciéndose el interesante.

—¿Y esa respuesta? ¿Quieres dejar claro que eres una persona independiente? —Parece que me gusta esto de vacilarle.

—¿Y tú? ¿En el cuerpo de quién te meterías? —contrataca Bruno.

—Yo he preguntado primero…

—Pero yo no he tenido tiempo de pensar la respuesta y tú ya la tienes preparada —vuelve a contratacar.

—*Touché*. —Parece que es más rápido de lo que yo creía.

—Hacemos una cosa. Contamos hasta tres y lo decimos a la vez —propone.

—Me parece buena idea. Uno, dos y tres.

—LA REINA LETIZIA —contestamos los dos al unísono.

—No. —Me quedo con la boca abierta un rato medio vacilando—. Te juro que esa lleva siendo mi respuesta desde hace años.

—Nace en Asturias, viene a Madrid, se hace periodista, se divorcia y, de pronto, se infiltra en la Casa Real —dice Bruno convencido de su respuesta.

—Me encantaría que fuese correcta la teoría conspiranoica de que, en realidad, ha estado todos estos años haciendo el reportaje de periodismo y una productora de tele está preparando una docuserie sobre su paso por la Zarzuela para la Navidad de 2025.

Nos reímos. Tras un silencio muy corto, añado:

—Si tuviera diez años menos ahora juntaría tu dedo con el mío y diría «Chispa» para celebrar la coincidencia. —Cuando termino de soltar esa chorrada me quedo pensando en que mi amiga Elena interpretaría esto como una señal del futuro.

—Yo prefiero llamarlo «morreo cerebral», la verdad —contesta Bruno y pega otro trago más largo que el anterior a una copa que empieza a estar medio vacía.

—No está mal eso del morreo… —contesto mientras me doy cuenta de que estoy intentando ser seductora. No sé si estoy muy oxidada.

—¿Hace cuánto que haces esa pregunta de abducir cuerpos? Y, sobre todo, ¿de dónde la has sacado? —agrega él, cambiando de tema.

Espero no estar realmente demasiado oxidada y que lo del morreo haya quedado raro.

—Saqué la pregunta de TikTok y nunca nadie me había dado esa respuesta —le contesto intentando ser divertida.

Parece que funciona, pues Bruno se ríe a carcajadas.

Aprovechando el pico de dopamina me vengo arriba, me levanto y pido otra ronda. Al hacerlo trato de mostrarme sexy. Algo que no me pega en absoluto, porque no lo soy.

Está siendo una noche rara. Interrogar intelectualmente a un desconocido es algo que me sorprende y me excita a la vez. Mi voz interior está un poco crecidita. Me estoy poniendo muchas medallas de oro para una conversación que todavía no está a ese nivel. Tampoco está siendo un diálogo supersónico, pero la verdad es que este tío me gusta.

—Reconozco que no te imaginaba así por tu maleta —vacilo cuando vuelvo con otro Rioja—. Pensé que serías un jubilado de los de gorra de caja de ahorros y mil blísteres en el bolsillo oculto de la chaqueta.

Me responde con una pequeña carcajada.

—Sí, yo tampoco te hacía sin dientes postizos.

Inés nos ve y se acerca. Mirándome con gesto de «perdóname la vida, tía», se mete en la conversación.

—¿De qué se habla cuando has encontrado al ladrón de tu maleta y has terminado tomándote algo con él? —Lanza la pregunta al aire para ver quién de los dos la recoge.

Antes de que me la lie (más) cojo el relevo y contesto:

—Del funcionamiento cerebral, la familia real y las malas amigas.

Le hago un gesto con los ojos hacia la izquierda como pidiéndole que vuelva a su sitio. Pero ella opta por coger otro taburete para sentarse. Tras ella, aparece Lorenzo.

Durante un buen rato, la conversación entre los cuatro fluye como si nos conociéramos de toda la vida. Hacía tiempo que no me reía tanto, pero sus ocurrencias, las salidas de tono y las anécdotas que cuenta Bruno para intentar ridiculizar a Lorenzo tienen ese efecto en mí.

Tengo sentimientos encontrados con la noche de hoy. Como decía Bruno cuando hablaba del destino, siento como si un gran poder cósmico nos estuviera ofreciendo este caramelito de fiesta antes de una gran hostia. Igual es solo que he tenido un mal verano. A veces lo único que necesita una persona para ser feliz un ratito después de dos meses de mierda es perder su maleta, con contenido esencial en el interior, y acabar en un bar viendo como veinteañeros alemanes se escupen pelotas de ping-pong entre cerveza y cerveza.

En algún momento de la noche, me da por mirar de reojo el móvil, y se me salen los ojos de las órbitas. ¡Son casi las cinco de la mañana! Se me ha pasado volando con estos tres. ¿Tres? Entonces me doy cuenta.

—¿Dónde está Ignacio? Hace mucho que no lo veo, y la última vez ya no parecía estar en muy buenas condiciones.

Miro a Bruno, mucho más preocupada por su amigo que él. Le llega el mensaje con el ralentí habitual con el que se perciben las cosas cuando vas borracho. De pronto, algún piloto se enciende en su cabeza y logra entender. Retira el taburete con tanta fuerza que parece una nueva modalidad olímpica. Le sigo.

Cuando nos acercamos al punto en el que hemos visto a Ignacio hace ya unas cuantas horas, nos encontramos con la siguiente escena: Ignacio está ahí tirado, con las piernas enredadas en los tacos de billar que en algún momento se han caído sobre él. Entre el desmayo y el sueño profundo.

Observo el caos en el que se ha transformado este espacio.

—Bruno, será mejor que os lo llevéis a casa antes de que, en vez de en taxi, tenga que hacer el trayecto en ambulancia —sugiero.

Es una pena, porque me lo estaba pasando genial y Bruno me encanta y esto me corta mucho el rollo, pero creo que es lo mejor. A Lorenzo y a Inés no parece importarles mucho, porque ellos ya no tienen rollo que cortar. Hace rato que han pasado a mayores.

Bruno asiente buscando apoyo visual en la tercera pata que tiene en el equipo. Se gira hacia su amigo, que está besándose apasionadamente con Inés.

Bruno dice algo así como «ya estamos...».

La noche es joven.

Yo, definitivamente, ya no.

Pero ¿es que acaso hay algo más *antiaging* que poner un poquito de una fiesta erasmus en tu vida?

10

Los dos amigos remolcan al herido en batalla hasta un sofá de la entrada. En la batalla de chupitos, me refiero. Abstrayéndome de lo bochornoso que es todo lo que rodea a la situación, podría ser perfectamente un fotograma de una película de una fiesta estadounidense que acaba con un invitado en la piscina. Solo que nuestra piscina es de vómito.

La gente ha desocupado el sitio más grande para que Bruno y Lorenzo puedan tumbarlo. Ignacio es bastante corpulento, lo que dificulta manejarlo, y más en ese estado de semiinconsciencia en el que se encuentra, pero al final lo consiguen con mucho esfuerzo y algo menos de cariño.

La fiesta se detiene ahí. El camarero baja la música, y los borrachos, los humos. Todo el mundo pone su atención en el mismo foco: «el *man* que estuvo bien chingón toda la noche y ahora luce desmayado». Así lo ha descrito el último estudiante internacional que ha pasado por aquí y se ha quedado mirando mientras iba hacia la puerta.

Si estuviera consciente y aun sin conocerlo, sé que Ignacio se moriría de la vergüenza. Así que, visto así, mejor que no se vaya a acordar del numerito de sus últimas horas en España. Esto sí que es un final de show, y no el descanso de la Super Bowl. Hay que reconocer que Ignacio deja el listón por lo alto, la digestión, por el suelo y, por poco, un bonito cadáver en mitad de un garito.

Me acerco de nuevo a Inés, que está a un par de metros. Me mira estática, con el carmín corrido. Desde este punto exacto del bar las luces de neón caen pintando el rostro anguloso de mi amiga. Imita al cuadro más famoso de Munch. Expresionismo alemán, pero en movimiento.

Tiene la ropa movida, sobre todo el top, después de ese huracán de magreo con el uruguayo. Lo único que contradice su look de destrucción total es su expresión de tranquilidad. Inés se ha quedado lo que en mi tierra se dice «bien ancha». Tiene también un pelín de hipo. Un hipo ligero. Le pasa siempre que bebe más de la cuenta.

En conjunto parece que le haya dado a una droga dura o que venga de hacer un cameo en *The Walking Dead*, pero ahí está ella: golpeada por su propia indecencia, pero sonriendo y —por descontado y aun así— guapísima.

Con paso decidido y la vista en mis pies para evitar mirarla a la cara, voy hacia ella pisando el suelo como si quisiera dejar marca. Son detalles que mi amiga sabe interpretar, y necesito que se tome en serio lo de ayudarme a resolver de la mejor manera (o de la menos mala) lo que queda de noche. La maleta me acompaña como un perrete adiestrado.

Me acerco lo suficiente para que pueda oírme, pero sin invadir su espacio, y le recito en un tono de salmo reservado para las moralinas:

—Inés, guapa. Hay más imágenes para ti.

Yo también voy un poco pedo, pero no lo parece. ¿Superpoder? Yo diría «superputada». Con esta seriedad siempre me toca a mí coger las riendas de los desastres de otros.

—Carmen, ¿qué invento es este? —me dice arrastrando las palabras, desubicada y haciéndose la tonta, porque sabe que la voy a abroncar—. ¿Qué está pasando?

—Está pasando que veníamos a intercambiar una maleta y YA —le contesto y hago una pausa para dramatizar más el tono—. Y son las cinco de la mañana, hay un tipo tirado en el suelo con más alcohol que sangre en el cuerpo y mi mejor amiga parece una *homeless* recién salida de una sala X, Inés.

—¡Ay, Carmen! —lo dice cándida, como hablan casi todos los borrachos—. No te preocupes tanto por todo. Ese chico está bien… —Le quita importancia a la que tenemos ahí montada y posa la mano en mi hombro. No sé si lo hace para acercarse a mí o porque lo necesita para seguir en pie—. Solo se ha caído un poquito.

Cuando Inés bebe se desvincula totalmente del espacio-tiempo. Es como si se introdujera en una cápsula que la salva de todo lo terrenal. Disfruta bailando lento y deleitándose en cada minuto de noche como si fuera aquella perrita que viajó a la luna: es consciente de que el desenlace es una resaca brutal a la que no sabe si sobrevivirá, pero la verdad es que le parece que el trayecto o, lo que es lo mismo, la fiesta, merecerá la pena.

Dicho esto: creo que mi amiga no se ha enterado de la mitad de la noche.

—¡UN POQUITO! —le grito, dándole a entender que me saca de quicio—. Pero si está desparramado y entre vómitos en mitad del bar como una braga vieja.

No puedo entender qué le pasa por la cabeza algunas veces. A menudo la miro y me pregunto si su cerebro entiende o no entiende en absoluto lo que significa la palabra «urgencia».

—Tendremos que llevarlo a casa. —Sugiero. Acompaño la frase de un lenguaje no verbal exagerado. Vamos, que le hago gestos para que mueva el culo—. Y cuando digo «a casa» me refiero a la tuya. —Quiero que quede claro lo más importante de mi mensaje.

No pienso meter a toda esta recua de borrachos y desconocidos, combinación ganadora en todas las películas de miedo de mi adolescencia, en mi santuario de paz e introspección. El secreto de mi resistencia mental es mi casa.

Inés hace como que no me oye, así que subo un punto más la presión agarrándole la cara con las dos manos y buscando el contacto visual directo.

—Porque no me dirás que lo vamos a dejar tirado aquí, ¿verdad? —contesto.

El Código Penal español tipifica como delito en su artículo 195 el concepto de omisión del deber de socorro. Elena nos lo ha mencionado unas ciento cincuenta veces, cada vez que no contestamos a sus llamadas urgentes. Y, desde luego, Ignacio necesita ayuda.

—Cómo vamos a dejar a Iñaki aquí —responde—. Y menos teniendo a un amigo soltero como Lorenzo. —Lo señala como si su dedo fuera una varita mágica—. Ese sí que necesita alojamiento esta noche. —Aprieta mucho los labios y suelta un beso hacia donde está asistiendo a su amigo—. En mi camita justamente.

—¿En serio, Inés? —Me exaspera—. ¡Tú siempre igual! —La entiendo un poco, aunque me jode, pero me toca ser la responsable—. Y es Ignacio, no Iñaki.

—¡No me mires así, Carmen! ¡No puedo evitarlo! —dice—. Lorenzo es el chico más guapo y encantador que he conocido en mucho tiempo... Siento cosas...

—Sí, en la entrepierna —completo.

—¡Obviamente! ¿Dónde si no? —Y lejos de decrecer en su discurso, se envalentona—. Carmen..., nos llevamos a su amigo, al camarero, al guiri de la puerta y hasta al HIP mismísimo Jesucristo a casa... —Se santigua caricaturizando el momento—. Pero el uruguayo entra en calle Fuencarral, 31, cuarto izquierda como que me llamo Inés.

—Bueno, al menos te acuerdas de tu nombre... y de tu dirección. Es un primer paso —le digo.

—Tienes treinta y algún año, Carmen. ¡Vemos once borrachos como Ignacio cada martes por la mañana!

No sé si me molesta más que me llame exagerada o que no se acuerde de mi edad, la verdad. Relajo un poco el tono con mi amiga porque tiene razón: no puedo ir de guay y después escandalizarme como una octogenaria del Opus para simplemente mantenerme seria.

De repente noto que me agarran del brazo derecho. Ya he tenido esa sensación durante la noche, cuando he intentado sin éxito salir del bar. Otra vez ese olor que me activa los sentidos. Me pone la piel, y otras cosas, de punta.

Me giro y veo a Bruno, y su cara refleja la esperanza de que entre los dos podamos arreglar el berenjenal en el que estamos metidos. En el que nos han metido nuestros respectivos amigos, mejor dicho.

Pongo mi mano sobre la suya como si fuera un juego infantil de imanes: el triángulo sobre el triángulo, el círculo con el círculo, la mano de Bruno con la mía.

—¿Qué hacemos con Ignacio...? —empiezo a preguntar mientras oigo algo similar a una arcada honda. La madre de todas las arcadas.

—Ignacio está potando hasta la tarta de la primera comunión, me temo —dice y la misma mano que se posaba sobre la mía se va directa a mi coronilla, como intentando apartar mi cara de la escena.

Nos miramos con una expresión entre el asco y la empatía.

Justo entonces, Inés nos adelanta, se dirige al camarero y le hace el gesto universal de pedir la cuenta. Luego se vuelve hacia nosotros.

—O, bueno, que pague Bruno, que es topógrafo y esa gente cobra bien. Lo hemos buscado en Google.

Me río porque la situación no puede ser más surrealista. Lo cierto es que ya había pagado ronda a ronda lo de todos, pero el ademán de mi amiga de dar por clausurada la noche enciende en mí una pequeña, pequeñísima, esperanza de que todo se resuelva.

—Todos a mi casa —anuncia ella—. Sobre todo tú.

Apunta hacia donde está Lorenzo.

Ya es tarde para evitar que invite a los presentes a subir a su casa con la excusa de que el futuro expatriado duerma la mona en su sofá de terciopelo amarillo. Ese sofá tiene una entrevista. No sé a cuánta gente ha dado cobijo y tiene pinta de que va a seguir entre nosotras durante muchos, muchos, muchos años.

Si tuviera que hablar en términos de geopolítica para definirme ahora mismo, me gustaría mucho ser Andorra y blindarme con estatutos y precios imposibles del resto del territorio; es decir, de la casa de mi amiga. La agarro y le pido que no desvele que vivo al lado. Ella es dueña de su vida y de su código postal, pero yo prefiero mantenerme al margen.

Mi año no da más de sí, de verdad. No quiero acabar en las noticias ni en la gaceta semanal de las vecinas de los pisos de abajo. Me acerco al sofá y les explico a los chicos que Inés vive cerca y que podemos llevar a Ignacio a su casa y allí decidir si llevarlo al hospital, dejarle dormir o darle la extremaunción.

El organigrama es el siguiente: tenemos un nuevo amigo-pero-no-mucho que mañana coge un vuelo con una melopea de kilo, un uruguayo que tiene que desnudarse ante mi mejor amiga y un topógrafo con una maleta en un bar de Malasaña del que no sé nada más aparte de que cuando me roza la mano siento que me están cargando el corazón en un tótem de bici eléctrica.

Completísima tu vuelta a Madrid, Carmen. Una carrera

profesional meteórica truncada, una ruptura, una muerte... y tú acabas en esta tesitura con unos desconocidos.

Inés y yo nos vamos hacia la puerta, separándonos un poco del círculo que han montado alrededor de Ignacio. La abrimos mientras los dos amigos lo sacan en volandas. No hace falta que especifique lo caricaturesco de la escena, pero lo voy a hacer: Lorenzo, el más fuerte, sujeta el tronco del tío por debajo de las axilas. Lo carga como si fuera una pluma. Espero que Ignacio se haya tomado una biodramina antes de salir de casa, porque todavía nos quedan varias calles hasta llegar a nuestro portal.

Bruno lo agarra de una pierna y yo de la otra.

—¿Qué pasó, Brunito? ¿Yo me lo estoy cargando prácticamente encima y tú le coges los pies? —le dice Lorenzo en tono burlón.

—De algo te tienen que servir los esteroides, ¿no? —contesta Bruno de forma inmediata.

—Pero ¿qué esteroides? Lo mío es todo natural.

—Sí, Lorenzo, sí. Todo pollo y arroz.

—Si dejaras esa mierda del running y vinieras al *gym* conmigo, podrías cargar algo más que las piernas —le dice Lorenzo entre jadeos.

—Y si tú dejaras de hablar y presumir no te estarías ahogando.

—¿Vamos a dejar la exhibición de machirulos y a decidir qué hacemos u os queréis seguir midiendo los genitales? —interviene Inés en tono irónico.

Inés lleva las dos maletas. Su única función en el plan es no perderlas. A ver si sabe hacerlo porque, a tenor de cómo ha salido nuestro plan anterior, desconfío de sus capacidades.

—No me hablés de genitales, que suelto a este aquí mismo —replica Lorenzo con una mirada pícara a Inés.

Lorenzo es rápido y le gusta el juego. Es como un cubo de

pólvora para la personalidad de mi amiga. El de Montevideo va tarareando mientras camina la canción de «En la casa de Inés». Todos sabemos cómo acaba y, sin ser futurólogos, nos hacemos a la idea de cómo van a acabar ellos también.

—Con tu amigo podrás, pero conmigo te aseguro que no —le dice Inés a Lorenzo mientras le pasa la mano por el brazo en tensión mientras carga a Ignacio. Se le ha bajado el pedo pero no la calentura, me temo.

—Intuyo que te mueres por, al menos, dejarme intentarlo —contesta.

—Huy, yo no me muero por nada… ni por nadie.

Los ojos de Lorenzo están inyectados en sexo, y yo lucho como una fiera contra la gravedad de una pierna ajena mientras cruzamos un paso de cebra. Siento cortarles el rollo, pero llevamos a un ser humano que de momento no responde a ningún estímulo: unos tanto y otros tan poco, pienso.

—Ignacio, ¿estás bien? —le pregunto sin importarme mucho la no respuesta.

—Creo que claramente no lo está —me dice Bruno con una media sonrisa inquieta. Solo con esa media sonrisa ya me entran ganas de besarle, la verdad. Pero ¿cómo puedo estar pensando ahora en eso? Si es que soy peor que Inés.

—No recuerda lo que es estar bien el pelotudo —apostilla Lorenzo dejando de lado el guarrerío que se trae con Inés.

—Pero ¿cuánto ha bebido? —les pregunto a los dos sin dejar de forcejear con la parte de cuerpo que me ha tocado cargar.

—Pues todo lo que le han dado los erasmus, más lo que le hemos dado nosotros, más lo que él ya tenía pensado beber. Calculo que dos piscinas y media —responde Bruno.

Él es el que dirige la procesión que tenemos montada con el cuerpo de su amigo a lo Cristo velado por Malasaña. No sé cómo estamos encontrando la manera de arrastrar un cuerpo sin perder las formas y, sobre todo, sin parecer una banda de sicarios.

Como si fuera una señal o un aviso, Ignacio recupera momentáneamente el conocimiento: se queja con un hilito de voz, y un poco de baba empieza a caerle por una de las comisuras.

—Si lo sé... —Otra arcada interrumpe su discurso. Traga saliva—, no vengo. —Cierra muy fuerte los ojos como para intentar teletransportarse.

—No, no. Si lo llegas a saber, no te vas, que es diferente. A ver cómo vas a coger un avión en este estado —le contesta Bruno.

Acto seguido me mira como dándome las gracias por no salir corriendo en ese preciso instante. Con anécdotas más insignificantes se han construido tramas más grandes. Miro a mi amiga, que sonríe mientras camina arrastrando las dos maletas con cara de gata y actitud de coche escoba. Parece que tiene muy claro lo que va a pasar, aunque a mí la idea se me antoja una apuesta suicida, en la misma línea que todo lo que ha sucedido en mi vida últimamente, vaya.

Sin embargo, de pronto me invade esa sensación, tan conocida y tan temida, de que a partir de esta noche todo va a cambiar. De que un ciclo ha llegado a su fin y mi vida está a punto de volver a comenzar.

Como cuando cambias la foto de perfil en todas tus redes.

11

Ella se queja siempre de la vida un ratito y luego sigue.

Me acuerdo de que esa frase era la que más repetía mi abuela sobre mi madre. «María se queja y se queja». Hacía una pausita y añadía: «Y se queja sobre quejado».

Mi madre necesitaba un espacio mental, casi físico, en su rutina para renegar del mundo. Se quejaba, por ejemplo, del tiempo, del sabor del café o del tráfico y después continuaba con su vida con normalidad.

Necesitaba hacer ese ejercicio, entre su existencia y la del mundo, para destacar lo negativo de la vida; lo positivo lo daba por hecho. Como si lo mereciera. Mi abuela siempre le decía que hasta que uno tiene hijos se cree que el mundo le debe algo y que cuando nace alguien de tu cuerpo de pronto sientes lo contrario: eres tú el que le debes todo al planeta, a la existencia. No sé en qué paso se quedó mi madre, lo que sí sé es que la maternidad no era su sueño y cuando se convirtió en madre siguió pensando que esta roca flotante en la que vivimos estaba en deuda con ella.

Así que mi madre se quejaba de lo que no le gustaba, como si al nombrarlo pudiera dejarlo fuera. Como si al diseccionarlo y hacerlo evidente pudiera gobernarlo o poseerlo. Mi madre siempre pensó que tenía el control de las cosas, pero fueron las cosas las que terminaron por controlarla a ella. En cuanto me chirrían las bisagras mentales me acuerdo de ella. Si no sé cómo actuar pienso en ella pero no el *mood* tradicional. No pienso en un «¿Qué haría mi madre?», sino en un «Mi madre tampoco tendría ni idea». Al fin y al cabo, cuando eres niño crees que tus padres tienen todas las respuestas y cuando creces te das cuenta de que solo eran humanos improvisando. E improvisación es lo que yo necesito ahora.

Porque me veo intentando ayudar a Ignacio, lo nombro como si fuera mi amigo, pero es un desconocido total, y me siento un poco como ella. Tengo una hilera de quejas casi interminable y finjo que domino la situación, cuando la realidad es que no lo estoy consiguiendo en absoluto.

Estamos todos agotados, y eso que el trayecto ha sido corto. Al portal, en mitad de una calle señorial, le preceden unos soportales con varias terrazas que a estas horas ya hace rato que están recogidas. Cuando llegamos con el borracho a cuestas, Inés sigue llevando las dos maletas a la vez y los adoquines de la calle suenan como si fuera un niño que sale del cole con la mochila de ruedas.

La puerta de entrada es alta y pesada, y está hecha de madera antigua muy oscura. No sé si es nogal. Nunca he entendido de maderas, y tampoco importa. Lo que sí sé es que está destartalada. Cada vez que alguien entra o sale, coge velocidad y se cierra de golpe haciendo un ruido que hace que te tiemblen hasta las pestañas. Para que lo entiendas mejor, es algo parecido a lo que les ha pasado a Lorenzo y a Bruno, que, debido al estruendo, casi sueltan a su amigo como si fuera una alfombra desenrollada para tirarse cuerpo a tierra.

—Perdón, esta puerta siempre hace mucho ruido —digo.

Los amigos tienen una mano sobre el corazón y la otra apoyada en una pierna. Ignacio reposa en vertical con la fren-

te en la pared. Parece el anciano que se refrigera en un conge-
lador de un capítulo de *Los Simpson*.

—Hemos intentado que la cambien mil veces —sigo excusándome.

—Pero ¿tú también vives aquí? —contesta Bruno rápidamente.

—No… Bueno… —Mierda.

—Muchas noches, cuando salimos, se queda a dormir en
mi casa —contesta Inés salvándome del apuro—. No quiere
pagar sus setecientos cincuenta euritos al mes por una habitación de cinco metros cuadrados en el barrio, así que la tengo
todo el día de asilo político en el sofá. —Me guiña un ojo. Se
gira un poco y agrega—: Nos ha salido lista y remirada para
el dinero la niña.

Le debo una. Aprovechando que Bruno se acerca a Lorenzo para ayudarle con Ignacio, me arrimo a ella.

—Gracias.

—El día que yo te falte… Ya te he dicho que NO —remar-
ca la palabra— iba a decir nada.

—¿Qué ya le has dicho que no a qué? —pregunta curioso
Lorenzo, que estaba escuchando.

—Que no va a acabar la noche aquí, cariño —le responde
Inés justo antes de besarle en los labios y empujarlo hacia la
puerta del ascensor.

El ascensor es el típico cubículo que evitarías si tuvieras
algún aprecio especial por tu vida. El espacio es pequeño, la
puerta de metal antigua chirría y hay que cerrarla con fuerza porque, si no, no se mueve. Dadas las circunstancias de esta
convención de borrachos, la mejor opción es subir a Ignacio
el primero en este asfixiadero con poleas, porque, definitivamente, no cabemos todos.

Bruno y yo metemos al intoxicado, torcido, con el cuerpo
como una gamba, y colocamos a los amantes como si aquello

fuese la petrificación de Pompeya. La situación cada vez es más compleja. No por el amigo semiinconsciente de los chicos, sino por la pareja recién formada.

El calentón del uruguayo y la anfitriona no tiene fin. El ascensor se acciona con ellos en una fase de morreo de tal intensidad que empiezo a pensar que juntos podrían acelerar el cambio climático.

—Inés, cuando os bajéis del ascensor recuerda empujar bien la puerta de metal para cerrarlo. Si no, nosotros no lo podremos llamar —le indico a mi amiga, que tiene tendencia a no cerrar bien la puerta del ascensor y desesperar a todos los vecinos.

Inés emite un ruido que, sinceramente, no sé si es en respuesta a lo que le digo o a las caricias de Lorenzo. Ignacio tiene la boca abierta.

Escuchamos como ese cohete de los setenta llega al último piso como si fuera un alunizaje, pero, era previsible, no oigo como la puerta del ascensor se cierra.

—¡Inés! —grito y aporreo la puerta como si no hubiera más vecinos en el edificio.

—¿Quieres que te suba como Lorenzo a Ignacio? —me espeta pícaro el topógrafo al tiempo que empieza a subir con las maletas. Le sigo por la escalera.

¿Soy la única que está cansada?

Elevo un poco el tono para que me oiga mientras va subiendo. Se me tensa el gesto al apoyarme en la barandilla para no desestabilizarme. Cuando llego al segundo piso empiezo a jadear. He perdido toda la forma física en dos meses. La dignidad creo que también me la he dejado en el bar de abajo.

No oigo los pasos de Bruno, así que sobrentiendo que ya ha llegado. ¿Topógrafo o marchista olímpico? Qué manera de subir escaleras. Espero que no sea tan autómata para todo. Por el hueco de la escalera se cuelan algunos ruidos. Están intentando trasladar a Ignacio sin soltarse las bocas: mitad paso de Semana Santa, mitad juego de *Supervivientes*. Va a ser complicado. Las vecinas van a tener contenido hasta el año que viene.

La escalera es antigua pero no tiene mal aspecto. El edificio está bastante cuidado y es diferente en cada planta. Es algo que me sorprendió mucho al llegar a esta casa.

Justo en el punto en el que retomo la respiración, reaparece Bruno con cara de malo.

—Ya he dejado las maletas arriba, ¿te tengo que coger a ti también?

—¿Ese «coger» lo preguntas como amigo de un uruguayo o como un españolito del norte? —me sorprendo diciéndole.

—¿Lo puedo preguntar como un caballero que quiere echar una mano? —me responde Bruno mientras hace una cómica reverencia.

—¿Hacia dónde exactamente vas a echar la mano? —No me puedo creer que menos de dos horas después de ponernos caras hayamos pasado de ser desconocidos a querer conocernos más y más y…

Se oye un «¡MIERDA!» que nos corta el rollo en un nanosegundo. Llegamos al cuarto piso y veo como Inés, desesperada, sigue poniendo a prueba su psicomotricidad con cuatro (o cuatrocientas) cervezas encima.

Está intentando atinar, sin éxito, con la llave en la cerradura.

—Inés —digo entre respiraciones cortas—. Déjame intentarlo a mí.

Al oír su nombre mira y se hace a un lado.

—No te he visto subir las escaleras así en la vida, Carmen. —Apoya la cabeza sobre el hombro de Lorenzo, que ya tiene el otro ocupado por la boca y secreciones de su amigo.

He llegado a este punto casi en apnea porque le he cogido

ventaja a Bruno en los tres últimos escalones y quería rematar mi triunfo. Soy competitiva, aunque no menos que él, que ha intentado varias veces agarrarme de la chaqueta de cuero negro que llevo puesta. El tejido se resbala un poco porque es sintético, así que hemos forcejeado como medallistas olímpicos venidos a menos, mientras desde la cima nos observaba Lorenzo.

Podría abrir esa puerta con los ojos cerrados. De hecho, procedo.

—Dos giros hacia la izquierda.

Suena un leve clic y la puerta de mi amiga cede como pidiendo perdón o, quizá, dando las gracias por que se acabe este espectáculo. Es una construcción antigua. Es fácil controlar quién entra y sale de las casas, como en la garita para fichar de una fábrica.

Entramos en silencio. Inés empuja la puerta para cerrarla e Ignacio se desinfla como un globo sin atar en la mano de un niño. Se lanza como en plancha hacia el pasillo y, como apenas puede hablar, balbucea algo similar a un «gracias».

—Creo que necesita ir al baño —añado y le ayudo con mi cuerpo a modo de exoesqueleto. Avanza a pasos de zombi, balanceándose y chocando contra todas las paredes del piso.

La casa de Inés es, en forma, muy parecida a la mía, y en el fondo, todo lo opuesto. El recibidor es estrecho y largo. Está conectado a un pasillo en el que mi amiga ha colgado varias fotos de sus viajes: Inés en Formentera con un mojito. Inés con unos prismáticos. Inés en Nueva York reflejada en una fachada... Viaja mucho y tiene ojo para las fotos.

Lleva viviendo aquí desde los quince años, y hasta hace cinco lo hacía con sus padres, hasta que Julieta, su madre, falleció de un cáncer fulminante. Su padre prefirió alquilar otra casa: le ocupaban demasiado espacio la pena y los recuerdos en esta. A Inés vivir aquí le sirve para recordarla. Y eso, al contrario que a su padre, le hace ser más feliz. Inés es una de esas personas que se propulsa como un cohete ante la adversidad. La pena no le da hambre y quietud, sino ganas de salir de ella.

Hay un espejo enorme, redondo, con un diámetro de metro y pico, en la entrada. Eso ilumina un poco la estancia, que no resplandece lo suficiente con la luz que le llega desde el salón. Este está al fondo a la derecha y es un espacio diáfano, presidido por tres balcones antiguos. La madera no está muy cuidada, pero los marcos, pintados de blanco, se conservan bien para aislar la casa del ruido.

Todo en la estancia es de color o tiene estampados: rayas, puntos, mandalas y plantas. Mil plantas. A mí me satura, pero para ella es el hábitat perfecto.

Inés es brillante en casi todo, aunque tiene una capacidad nada desdeñable para desordenar todo lo que toca. Incluidas las personas que pasan por su vida. Bajo la excusa de «es que yo tengo memoria visual», acumula cientos de objetos sin sentido en la misma sección de la misma balda de la misma estantería. Su gran legado, como el de su padre Emilio, son los libros. Al jubilarse ha abierto un pequeño bar de libros. Un concepto moderno que viene a ser una librería donde te sirven café y vino. Y eso es lo que en un principio nos unió a nosotras también: el vino y las letras.

Inés y yo nos conocimos en una clase de yoga en la azotea de un hotel. La vida nos llevó a ese punto de la geografía simultáneamente entre los ocho mil millones de personas que somos en el mundo. Sin darnos cuenta, entre saludos al sol y la postura del niño, ensamblamos una amistad que nos sujeta desde entonces. En la primera ocasión que tuvimos, nos regalamos lo mismo: dos libros. Yo, *El libro de los abrazos*, de Galeano, y ella, un poemario de Luis García Montero. No hizo falta articular palabra porque nos dimos muchas. Ese intercambio fue la chispa de una relación que ha terminado en todo esto: una hermandad y, de paso, una noche loca que no sabíamos ni que iba a empezar.

Ignacio sale del baño como puede, es decir, mal y enfila el camino de vuelta hasta su meta a corto plazo: un lugar seguro y mullido.

Por su cara, podríamos decir que es un humano prácticamente desintegrado. El último espécimen vivo de un subgrupo de hombres hasta ahora no registrados para la ciencia. El *homo deshidratadus*.

Por fin alcanza su objetivo y se tumba en ese sofá que tantas cosas ha visto a lo largo de los años.

—Ignacio, querido, ¿cómo estás? —le pregunta Lorenzo mientras le da cachetadas como si estuviera tocando el tambor.

—Lorenzo, le vas a hacer daño —le regaña Bruno.

—Pero, Bruno, ¿no ves que no se entera de nada?

—¿Y qué vamos a hacer con él? No lo podemos cargar así hasta su casa y no quiero montarlo en un taxi.

—No os preocupéis, podéis pasar aquí el resto de la noche —interviene Inés.

—¿Seguro? No queremos abusar tampoco, no sé… —contesta Lorenzo en un arrebato de timidez que rápidamente detecta Inés.

—No, tranquilo, si la que va a abusar de ti soy yo —responde, se acerca a Lorenzo y empieza a besarle el cuello.

Inés entra en su habitación para cambiarse y, a los tres minutos exactos, sale y se dirige a la cocina vestida tan solo con una camiseta de tirantes escotada con dibujos desgastados del uso.

Todo le queda bien. Salgo yo así y los invitados me entregan sus teléfonos móviles sin articular palabra.

—¿Tienes algo para que me pueda poner cómodo yo también? Si no, me vale quitármelo todo —contesta rápido Lorenzo mientras se vuelve a acercar a Inés. Parecen imantados.

—¿Te gusta la camiseta, bo-lu-di-to? —Inés paladea cada sílaba mientras saca pecho de forma descarada.

—Me gusta más el orden conceptual de la casa —responde con sarcasmo Lorenzo.

En realidad, siento un poco de envidia del carácter de mi amiga. Cuando quiere algo va como con el taxi: sin frenos. Ni corta ni perezosa, coge a Lorenzo y lo mete en su cuarto. Al menos tiene la decencia de cerrar la puerta.

Espero que sean discretos, aunque de momento esa palabra brilla por su ausencia. Me voy a ahorrar la escenita de sexo duro que intuyo por los ruidos que empiezan a oírse a través de la pared porque para eso ya hay muchas páginas en internet.

—Qué tímido te has puesto en el salón, ¿no? —Escucho la voz de Inés al otro lado de la pared.

—¿Tímido yo? No sabés lo que decís. Tímida, vos... —replica Lorenzo.

—Pues si no eres tímido ¿por qué no empiezas a besarme? No, pero ahí no. Más abajo. Ahí, ahí vas bien... —Inés jadea mientras da indicaciones.

Me quedo a solas con Bruno, el amigo inconsciente y esa banda sonora en la que, de momento, solo se oye gemir a mi amiga. Nos hemos sentado en la mullida alfombra con estampado de cebra del salón, con la espalda apoyada en el sofá, cada uno en un extremo, y entre medias, ayudando a remarcar esa distancia de seguridad que no sé si quiero imponer, se encuentra el tercer amigo en cuestión, tumbado entre los cojines. Ignacio duerme y resopla al mismo tiempo. Ha bebido tanto que cada vez que exhala parece que escupa fuego como un soplete pequeño.

—¿Tanto miedo te doy, que has puesto a este entre nosotros? —me dice Bruno con una sonrisa.

—Entre nosotros, pero arriba. Para que no te moleste.

—En, entre, arriba. Mucha preposición junta.

—«Arriba» es un adverbio, no una preposición.

—¿Estás yendo en mi contra? —Bruno se me acerca poco a poco.

—¿Hacia, hasta, adónde vas? —le respondo en el mismo tono.

Vaya par de frikis.

Tengo el cuerpo tierno y los ojos atentos a todos sus movimientos. Sus manos se posan sobre mí y se pasean por mis hombros como si fueran patinadores que se deslizan sin esfuerzo por el hielo. Nos tentamos y vacilamos unos segundos. Hemos estado toda la noche poniéndonos a prueba. Sentada en el suelo, con el codo apoyado en el sofá, me siento atraída sin remedio hacia este ser humano.

Bruno sacude la mano delante de la cara de Ignacio, que, a todas luces, está más muerto que vivo. Extiende la mano hacia mí.

«Venga, Carmen, no seas antigua», me digo, porque intuyo lo que se viene.

Sus dedos me rozan la cara y acarician mi mejilla, haciendo que se me erice toda la piel. La Carmen de siempre habría dudado en este instante hasta de su nombre, sin embargo, ahora decido no pensar en nada más. Aplico el famoso dogma del «aquí y ahora» que tanto he estudiado en mi libro. No me preguntéis cómo lo sé, pero este es uno de esos momentos que solo suceden una vez en la vida.

No hay conmoción cerebral comparable a la previa a un beso.

Nos miramos tan fuerte que me despego del sofá como sonámbula hacia su boca. Todo lo que sucede a nuestro alrededor desaparece, centrada únicamente en esa sensación que me provoca este completo desconocido. Me inclino hacia sus labios, sin dejar de mirarlo, consciente de que esto que crepita entre los dos es real y él también lo siente. Noto su aliento sobre mis labios, su respiración acelerada.

Y justo cuando roza los míos, algo se activa en el estómago de Ignacio.

Es curioso cómo, sin saber de anatomía, empiezas a entender el funcionamiento del cuerpo humano: mi boca, el cerebro de Bruno o el sistema gástrico del tercero, todo en una escena totalmente absurda que, con una música de banda sonora de fondo, quedaría así.

Debido al susto por el movimiento inesperado de Ignacio, el inminente beso ha terminado con un cabezazo entre ambos. Bruno se ha apartado rápido, roto el hechizo del momento, pero gracias a Dios, no lo suficiente, de manera que, cuando Ignacio activa todos sus órganos internos —contrae el diafragma y los abdominales—, su estómago, apilado entre esos dos músculos, se revuelve y expele una buena cantidad de bilis, consigue sortearlo, y cae en la alfombra con estampado de cebra de Inés.

Resulta que lo que la maleta unió lo va a separar la pota de Ignacio.

Mi sonrisa inicial se deshace como un hielito sobre una chapa al sol.

Después del episodio, solo he vuelto a separar los labios para decir que eran las ocho de la mañana. Un telón frío de silencio nos despierta. Se siente como si un gigante hubiese apagado la hoguera de nuestro casi beso con un dedito.

—Me voy —añado.

Cojo la maleta, que está en la entrada.

Cierro la puerta de Inés.

Y abro la mía.

Recuerdo que en teoría no vivo aquí, pero no me importa.

También recuerdo de nuevo a mi madre, como si fuera una profecía de mis pensamientos de antes de subir a Ignacio a casa de Inés.

En mi cabeza, mi madre y sus quejas. Mi madre y su forma de huir. Mi madre y su «el mundo me debe algo». Mi madre confirmando lo que yo pienso desde el inicio de esta noche:

~~Que soy una pringada.~~

12

La noche podría haber terminado ahí. Un intercambio, unas maletas, cincuenta vinos. Parece una canción de Sabina, pero no. Ningún romance se fragua en una noche. Qué ilusa. Eso solo pasa en las ficciones —en las predecibles—, pero lo que sí es verdad es que basta un detalle mínimo para que el rumbo de nuestras vidas cambie. Hay veces que esas cositas, esos «peros» pasan desapercibidos y acaban siendo determinantes.

Intento huir de la nostalgia fácil. No creo que cualquier tiempo pasado fuera mejor, pero sí, esto también lo decía mi abuela y sí, cuando estaba ella... todo era de notable alto.

Era una mujer grande, física y espiritualmente, sin llegar a ser intensa. Si tuviera que describirla con un solo adjetivo, diría sin dudar que era una soñadora. Y lo era además en un grado superlativo. Sus ganas de vivir eran absolutamente contagiosas, y los mil males que había pasado en su infancia, adolescencia y juventud, narrados desde su boca parecían simples yincanas infantiles.

Luego, cuando se convirtió en una mujer adulta, aprendió. No a sortear los problemas, porque a todos nos atropellan, pero sí a que le parecieran intrascendentes. Tenía un punto nihilista que a veces me preocupaba, pero su alegría arrolladora me hacía entenderlo rápido: mi abuela sabía y decía que nada nunca era tan importante. Ni siquiera la muerte. Y, la verdad, tenía razón.

Cuando encendía la tele y veía a esos españoles que habían emigrado en busca de un futuro mejor, en uno de los tantísimos programas de viajes, siempre conversaba consigo misma en alto, como si sus pensamientos se pudieran hacer tangibles o como si pudiera interpelar al reportero de turno que hacía kayak en algún río de Latinoamérica o saludaba efusivamente a un compatriota a la entrada del recinto de los juicios de Núremberg.

Le gustaba hacer balance de lo que había sido su vida, como si se fuera a acabar y ella lo supiera antes de tiempo. Todas las frases desembocaban en lo mismo: «No conviene, por mucho que te apriete la vida, ponerle precio a nuestra libertad».

Supongo que se refería también a la relación con el abuelo.

Su marido tenía un rostro hermoso y un carácter demasiado afable. Si le decías «haz», hacía. Si le decías «no», lo interpretaba simplemente como un «no». Algo extraño para la época y que mi abuela agradecía muchísimo.

Mi abuelo tenía en la cara más de cien líneas, como si fueran carreteras, un mapa impreso en su propia piel que narraba todo lo que había vivido y cómo esa existencia le había llevado por muchos e insondables caminos que nunca nos contó, porque era un hombre de pocas palabras y muchos hechos.

De joven había sido mucho más que guapo: tenía los ojos rasgados y el pelo rizado. Y, sobre todo, era devoto de mi abuela. La admiraba, le encantaba su forma de ser, cómo hacía frente a cualquier traba que le pusiera la vida y no se rendía jamás, siempre con esa soltura y ese carácter resiliente. A la inversa, no tanto. Ella siempre fue una mujer anzuelo: lo arrastró adonde quiso y sin pedirlo, pero que él la quisiera tanto la convenció de que era el hombre de su vida.

Él nunca se quejó porque consideraba una suerte todos los días de su vida el mero hecho de que ella existiera. La quería así: siendo ella para que él pudiera disfrutar el espectáculo desde el palco.

Era una relación descompensada, pero ella atraía el poder. Era magnética, a pesar de que su secreto residía en no querer atraer a nadie. Siempre ganaba porque no tenía nada que perder. Y quizá ese ejemplo es el que me enseñó a mí, que siempre quise sortear la sempiterna adolescencia de mis padres en estos asuntos, a plantearme mi independencia con mis parejas. Bueno, con los hombres en general. Por eso ahora, sentada en el borde del sofá de mi casa, con esta maldita maleta que ha viajado más que la reina Isabel II en su sepelio, estoy aguantándome las ganas de deshacer el corto trayecto entre ambos pisos y besar a un desconocido, y siento que no me reconozco.

Me pienso incluso si mandarle un WhatsApp. «¿¡TO-TAL!?», me digo. Yo, que nunca dejo nada al azar.

Ya no sé quién soy.

Con la cabeza entre las manos y una botella de agua de dos litros para luchar contra la resaca que notaré en breve, empiezo a replantearme mi existencia. La chaqueta está tirada en el suelo de la entrada, junto con mis botas, pero el bolso sigue cruzado sobre mi cuerpo. No me he mirado en el espejo, aunque tengo claro que debo semejar un mapache, o mejor, el Joker, con todo el rímel corrido y el pintalabios cuarteado. Parezco un cuadro, al igual que la noche de ayer. ¿Tuvo algún sentido?

Salir siempre, socializar por encima de nuestras posibilidades, beber, beber, beber. Ser incorregiblemente jóvenes… Siento que no encajo en la aritmética de mi generación.

Lo hice: yo ya fui joven, pero luego resulta que se te muere la que ha sido tu madre y te preguntas sobre todo el tiempo que has perdido por no ir, no molestarte... o lo que es peor: por ir o molestarte por cosas que no te importaban nada.

De pronto oigo como la puerta de Inés se cierra de un portazo.

Sin poder evitarlo, me acerco corriendo a la puerta de mi casa y echo un vistazo por la mirilla.

Y ahí está, el verdadero objeto de mis pensamientos, el desconocido que ha hecho que vuelva a sentir algo que no sea una mera indiferencia, el que ha hecho que lleve media hora dándole vueltas a la idea de volver a la casa de mi amiga y terminar lo que aún no habíamos empezado. De besarlo hasta no saber dónde acaba uno y empieza el otro. Una frase que, de momento, solo puedo aplicar a mis problemas.

Llama al ascensor y se apoya en la pared de enfrente. Veo cómo se pasa la mano por la cara y el pelo, imagino que en un intento de despejarse, y se saca el móvil del bolsillo del pantalón. El ascensor ya ha llegado y lo anuncia con un pitido, pero él lo ignora, centrado en la pantalla.

¿Debería mandarlo todo a la mierda e invitarle a pasar? He salido corriendo, comportándome como una adolescente, y se supone que iba a dejar de serlo, que esto iba a implicar un antes y un después en mi vida, pero me he vuelto a casa con el beso entre las piernas. Me he ido sin atreverme a dar el paso.

Pegada a la mirilla, pongo la mano en el pomo de la puerta. ¿Voy o no voy? Esto es peor que el ser o no ser de Shakespeare. Empiezo a empujar la manilla hacia abajo. En ese momento, veo que se lleva el móvil a la boca y le oigo mandar un audio por WhatsApp.

El sonido del móvil va primero y después su voz rompe el silencio del rellano.

—Joder, vaya desfase. No he dormido NADA y me voy directo a la oficina. —Lo borra y retoma el audio tras aclararse la garganta. Me encanta su voz—. Ignacio, tío. No sabes beber. Tendrás una resaca de mil demonios cuando escuches esto, pero me deja más tranquilo saber que te vas a despertar en la misma casa que Lorenzo. —Suspira—. Eso si te despiertas. Escríbeme si llegas sano y salvo al aeropuerto, cabrón. O, mejor, llámame.

Tras ese mensaje, vuelve a pasarse la mano por la cara y sigue bicheando el móvil. No sé si piensa quedarse un rato más, pero a mí la situación ya me empieza a provocar espasmos.

Al cabo de un momento de duda, el mismo sonido me indica que va a dejar otro mensaje, pero esta vez el remitente no es ninguno de sus amigos.

—Jimena, perdona. Ayer no te pude devolver la llamada. —Hace una pausa de unos segundos como preparando el discurso de después—. He visto tus mensajes y sí, está todo bien. Se me hizo bola la reunión sobre el terreno de Donosti y, al final, salí tarde y me lie con estos. He dormido con Ignacio. —Titubea—. Ya sabes que hoy salía su vuelo a Frankfurt y estuvimos hablando hasta las tantas. Se puso intenso. ¿Estarás… eh… luego en casa?

Mi mano suelta el pomo de inmediato, como si quemara. Lo que me arde ahora mismo es esa parte que hay entre el estómago y los pulmones. Sí, donde en los libros para niños te explican que se produce el enfado.

Le veo entrar en el ascensor.

Otra vez el estruendo al cerrarlo con fuerza para que pueda bajar.

Me aparto de la puerta.

No sé quién es, pero la tal Jimena se ha comido una trola más grande que el *trolley*.

¿No me jodas que tiene novia y, por defecto, la inteligencia emocional de un pepino?

La cabeza me va a mil y empiezo rápido con mi cuento

sobre la patética situación en la que me hallo: «Érase una vez una mujer que se escondió en el recibidor de su casa, que simulaba que no era la suya, porque en un intento frustrado de besar a un desconocido con novia, un amigo de este vomitó». PRECIOSO.

Tengo que dejar de hacer estas chorradas adolescentes. Regreso al salón, donde la maleta sigue esperándome. Tengo que hablar con Inés en cuanto se levante y despeje el campamento base en el que se ha convertido su casa.

Al menos he recuperado la maleta. Quisiera borrar de mi mente toda la noche igual de rápido que la papelera del iPhone. No saber que me lo he pasado bien por primera vez en meses, abandonar el proceso de mi vuelta al ruedo de los sentimientos lascivos. De vuelta, en general, a la vida.

Es evidente que tengo que relajarme. La mala noticia es que Bruno ha resultado ser un sin más. La buena, que me he dado cuenta antes incluso de tiempo. Además, casi que agradezco el hecho de que tenga novia o, bueno, lo que sea. En el fondo estoy agotada y necesito un proceso previo de adaptación antes de ilusionarme de nuevo. Como los niños cuando empiezan el colegio, que van poco a poco aumentando su jornada fuera de casa. Estoy desentrenada. Lo que también necesito es dormir y leer, o quizá a la inversa.

Empujo la maleta y la veo rodar hasta que choca con el marco de la puerta de mi cuarto, y la sigo. Otra buena noticia es que voy descalza de nuevo: el drama del final de la noche se rebaja diez puntos porque aquí me siento a salvo. Me froto los ojos y reviso el móvil, que no he comprobado cuando he llegado, con la mente puesta en exclusiva en la idea de evitar lo que seguramente será un sentimiento de arrepentimiento brutal por haber pensado que confundir la maleta con la del topógrafo era una coincidencia genial, y mi vida, una película de Anne Hathaway. Compruebo que Elena ha escrito

por el grupo preguntando si tiene que sacarnos de algún calabozo al ver los mensajes que Inés ha ido mandando en las
horas previas. Escribo a mi vecina por privado:

> Ey, avísame cuando te levantes. Bueno, cuando
> te levantes y no seas un cuerpo a un hombre pegado

Releo el último mensaje que tengo con ella y sonrío. Me
siento afortunada mientras me tumbo en mi cama, aunque
me desubique un poco. No sé si son los restos de alcohol o
que a veces, cuando pasas mucho tiempo durmiendo fuera de
una casa, la desaprendes y te levantas pensando que estás en
otro lugar, que la habitación apunta a otro punto cardinal,
que nunca encontrarás de nuevo ese interruptor poco visible
detrás de la lámpara.

Esto es un poco como las personas. Hay veces que te des-
cuelgas de alguien y a los meses, cuando os reencontráis, ya
no sabes cómo funciona el columpio. Me ha pasado poco,
pero ciertas personas me enseñaron eso; que las relaciones son
animales que están vivos y que, en ocasiones, por mucho que
corras detrás no hay manera de alcanzarlas.

Doy la jornada por terminada y estiro el brazo para acercar la maleta hasta mí, con la idea de sacar los diarios de mi
abuela, aunque no sé si es un buen material de lectura en este
momento.

Me inclino por encima en una actitud que impide el fallo.
Pongo la clave. Una, dos, tres veces. La vuelvo a poner. Nada.

Absolutamente nada.

No puede ser.

No puede ser.

NO PUEDE SER.

Poco importa lo que diga porque, sin duda, es.

Suena ridículo y siento vergüenza por mí y por todos mis

ancestros ante tal suceso, que debería quedar enmarcado en algún listado de gente que sobrepasó todos los límites de la broma humana.

Nos hemos vuelto a confundir de maleta.

Cojo el móvil de nuevo. Lo bloqueo y desbloqueo como pidiendo auxilio mientras se me abre unos milímetros la boca de incredulidad. Paso los dedos por el filo de la maleta y noto los bultos del exceso de cola que le he puesto para disimular que la habíamos reventado.

Tardo unos minutos en entender qué está pasando.

Tardo unos minutos más en querer entenderlo.

Y, sobre todo, tardo mucho más en entender qué es lo que no pasará a partir de ahora.

13

Apenas ha salido el sol y ya llego tarde. En el segundo exacto en el que me pongo en marcha, me doy cuenta de que el único que ha salido «a penas» de esa casa soy yo. Vaya calentón tonto. Encima, para nada.

Camino rápido por la acera, esquivando al resto de los pringados que, como yo, están despiertos a estas horas. No tenemos otro nombre. Somos los que ponemos las calles de Madrid de lunes a viernes, aunque los demás no parecen tener esta resaca aporreándoles la cabeza como un martillo hidráulico de obra. Hablando de obras, no puedo evitar ponerme un poco tenso y acelerar el paso. Hoy tengo la reunión con los de Donosti y, siendo claro, en mi vida personal no importa, pero en la empresarial hoy no la puedo cagar. Todo lo que no sea un acuerdo rotundo, y a poder ser rápido, se considerará un fracaso.

Tengo prisa. Pagaría lo que no tengo por un sistema con GPS y hélices que me propulsara hasta la oficina y me ahorrase el paseo que me estoy dando. Mi propio pulso me fusila las sienes mientras pienso en esa chorrada futurista, pero estoy curtido en estas cosas; tengo que aguantar el día como sea o me sentiré como un perdedor.

Delante tengo a una mujer que camina ocupando toda la

acera. Intento sortearla varias veces sin éxito, pero como no puedo adelantarla me rindo y freno el ritmo hasta que se ensanche la calle. Pienso en todo lo que ha pasado esta noche. Se me ha ido por completo la olla y ha faltado poco para que se me vaya detrás lo que rima con esa palabra.

Quería hacerlo, pero lo de ayer con Jimena había estado bastante bien y, sinceramente, no me apetecía un doblete. Además, aunque sé que ya no estamos juntos, no aguanto la sensación de culpa. Me pasa desde pequeño. Mi madre tiene la habilidad de hacerme sentir como un mierda por cualquier cosa y le he cogido fobia a eso. Igual soy un egoísta de mierda porque no estoy pensando siquiera en cómo se sentirá ella (si es que siente algo), pero, vamos, que tampoco me apetece meterme en movidas con la que tengo encima.

Luego está Carmen. Me da la sensación de que voy a acabar teniendo problemas con ella. Aunque el principal que tengo ahora es que no puedo llegar tarde. Me concentro en seguir el camino hacia mi trabajo y dejo atrás, por fin, a la mujer de los zapatones. Intuyo que su día va a ser peor que el mío. En realidad, agradezco no tener demasiado tiempo para pensar si soy una escoria o no, sobre todo a estas horas de la mañana y con la imagen de mi jefa resoplándome en la nuca.

Raquel me ha llamado ya dos veces —sin presión— para preguntarme por qué no estoy ya en la oficina. La realidad es que entro en veinte minutos, así que, en teoría, tengo algo de margen, pero, como pasa tantas veces, en la práctica la historia es diferente. Como tenemos la reunión con los clientes de Donosti, está histérica, y yo, además de cansado y nervioso, no me he duchado, cosa que viene bien antes de una reunión tan importante. Me siento sucio moral y físicamente. Una mala combinación.

Mi padre siempre me dice que un adulto es un niño obligado a elegir, y razón no le falta, porque nada me gustaría más ahora mismo que volver a tener cinco años y que el marrón de hoy se lo comiera otro por mí.

El piso de Inés ha resultado estar a unos diez minutos de la oficina, así que he decidido sobre la marcha que la ropa de anoche se mantiene decente y servirá hasta que llegue al trabajo y pueda ponerme el traje que llevo en la maleta. Por lo menos he conseguido recuperarla. El traje estará como un cromo. Mientras lo pienso puedo ver la cara de Jimena pronunciando esas palabras al tiempo que niega con la cabeza, sentenciándome. La gente tiene recuerdos bonitos con sus exparejas. Yo también tengo a una estilista imaginaria integrada en formato holograma. Puedo verla con nitidez como si fuera una de esas figuras que adoptan la forma de la conciencia en las películas. Soy un tipo pragmático y ahora las que me preocupan son otras arrugas. En concreto, las del ceño fruncido de mi jefa.

Me paso la mano izquierda por el pelo, como en un gesto compulsivo, de esos que todo el mundo sabe que tienes. Todo el mundo salvo tú mismo, hasta que te lo dicen. Compruebo que todavía me queda antes de perderlo en la reunión inminente.

Cuando estoy llegando al edificio, con la necesidad de despejarme y en un arrebato sindical para fastidiar un poco a Raquel, me paro en la cafetería que hay abajo. Con un gesto cariñoso de la mano, aviso a Manuela, la dueña, para que me ponga lo de siempre. Es una mujer experta en memorizar la comanda del café y en dar consejos. Ha visto a toda la plantilla de mi empresa muy tocada alguna vez. Si ella hablara, la nombrarían consejera delegada solo por una cuestión de honor y que no se fuera de la lengua. Mientras espero a que me prepare el café —solo y doble, sin leche ni azúcar—, le envío un audio a Lorenzo.

—Lorenzo, tío, tenemos que hablar. Esta noche han pasado

demasiadas cosas, aunque está claro que tú la has terminado mejor que yo, cabrón. Escucha, voy a entrar ahora a trabajar, tengo la reunión que te comenté y Raquel está insoportable. Todo tiene que salir perfecto o estará así de aquí a la eternidad y tendré que cambiar de trabajo y huir del puto país, como Ignacio. Ya sabes cómo ha acabado su despedida, en la mía podemos acabar en la cárcel o sin algún órgano. Avísame también si sabes algo de Igna, le he enviado un mensaje hace un rato, pero supongo que seguirá en coma en ese sofá. Te llamo esta tarde a ver si podemos vernos, broti.

Le doy a enviar y, como si fuera un acto reflejo, compruebo también que el audio que le he enviado a Jimena hace un rato sigue sin contestación. La entiendo, anoche la dejé más o menos plantada, pero sin el más o menos. Aunque no habíamos quedado en nada concreto, sé que me esperaba, ella, que no es muy de esperar a nadie. También tendré que solucionar ese tema. Ahora, desde luego, no es el momento.

Estoy guardando el móvil en el bolsillo cuando vuelve a sonar. Por poco se me caen de las manos el café y el móvil del susto. No me hace falta comprobar quién es. No creo que ningún CEO de cualquier gran multinacional reciba más llamadas que yo estos días. Qué pena que esto luego no se refleje en mi sueldo. Suspiro y descuelgo al tiempo que me lo llevo a la oreja como puedo y lo aguanto con el hombro.

—¡¿Dónde estás, Bruno?! —La voz de Raquel suena ansiosa al otro lado.

—Raquel, no son ni las nueve. Estoy llegando —le contesto con voz tranquila.

—Todo lo que no sea un «ya estoy aquí» no me interesa, Bruno. Te necesito ahora. Hoy tenemos LA puta reunión.

Sé que enfatiza ese «la» no porque quiera sonar dramática, sino porque este proyecto es el más importante del trimestre. Qué digo, de todo el año.

—No podemos fallar. ¡¿Me has oído?! —Sin dejarme contestar, aunque tampoco tenía pensado decir nada, sigue feroz con su verborrea—: Lo tienes todo, ¿verdad? Asegúrate de que esta vez no has perdido la maleta, la cartera, la dignidad o Dios sabe qué. —La voz de mi jefa se vuelve irónica con dulzura y metálica como el filo de un machete.

—Gracias por preocuparte por mí, Raquel. Eres muy amable.

Al otro lado de la línea, un silencio.

—No tardes —se limita a ordenarme.

—Sí, val... —Pero ya ha colgado y respiro hondo, cerrando los ojos con fuerza, con el móvil en un puño apretado para no sacarme el corazón, que me va a mil por hora. Esta mujer es capaz de arruinarme el día con tres frases y sin intención. Imagínate lo que puede hacer si se lo propone.

Mientras salgo del bar con el vaso de papel en una mano y la maleta en la otra, trato de calmarme y revisar mentalmente una lista de propuestas para la reunión, pero no puedo evitar que se entremezclen con mi vida personal. Me recuerdo escribiendo a mano el informe hace apenas cuatro días y a la vez pienso que en tan poco tiempo han cambiado muchas cosas... Aún no logro averiguar cuál fue el desencadenante. Será la resaca, supongo. Es lo que tiene el vino malo.

O el calentón con Jimena.

O el calentón *interruptus* con Carmen.

Joder, si lo hiciera un amigo pensaría que es un ídolo, pero yo no me siento a gusto con este rollo. No me reconozco. Aquí estoy, navegando en medio de todo este lío, buscando respuestas que parecen estar jugando al escondite. Me pregunto si todo este caos tiene algún puto sentido o si es solo una comedia épica de errores.

No sé qué hago pensando en estas mierdas justo antes de la reunión.

Me concentro en los documentos de la maleta:

Cliente: [Construcciones Ondarreta]
Ubicación: [Avenida de la Zurriola, 25 - 20002 Donostia, Guipúzcoa, España]
Objetivo del trabajo: Realización de un estudio topográfico para el análisis de viabilidad para la construcción de un edificio residencial en el barrio de Gros.

Mientras las puertas del ascensor se abren despacio, mis ojos se fijan en el reflejo del espejo pulido. Presiono el botón que me llevará al matadero sin poner impedimento y resoplo varias veces. Independientemente de lo que diga Raquel, sé que esta reunión puede ser un punto de inflexión en mi carrera profesional, y siento algo que jamás confesaría: miedo.

Como indica el título del informe, tengo que analizar la viabilidad de construir un edificio residencial de lujo en una de las zonas más exclusivas de Donosti. Ya solo decirlo impone respeto, sobre todo porque esas casas suelen ser heredadas y, si cuadra, hay que hacer una inversión importante que dará mucho, muchísimo beneficio. Los gabachos se están volviendo locos a la hora de comprar vivienda en la ciudad y eso implica que no se fijan demasiado en el precio, aunque sean zulos (que no es el caso). Estaríamos hablando de una docena de casas que superarían el millón y medio de euros.

Mientras el ascensor asciende en silencio, ya puedo oír de fondo algunas voces en la cuarta planta. La puerta de mi oficina debe de estar abierta y parte de ese zumbido proviene sin duda alguna de Carlos, el secretario de mi jefa. Es un tipo peculiar y no siempre está por la labor de ayudar al prójimo. Hoy es uno de esos días. Para evitar saludarle, disimulo y practico algunas frases de mi presentación en alto:

—«Este estudio incluirá la realización de una investigación de mercado para determinar la demanda potencial de este tipo de viviendas en la zona».

Entro concentrado, mirando hacia otro lado, a la vez que replico mis propias palabras y le voy dando sorbos al café caliente. Carlos me mira con intención de decirme algo y, tratándose de él, estoy convencido de que será hiriente. Creo que hoy más que nunca me encantaría partirle la cara. Me reconforta mentalmente su imagen con un ojo morado mientras cojo el pasillo que hay a la derecha de la entrada. Enfilo la hilera de mesas que me llevan a la sala de reuniones como si fuera el corredor de la muerte. Agradezco por primera vez desde que llegué a Atlas que el suelo esté forrado de moqueta y que mi paso sea lo más discreto posible, y me repito:

—«Vamos a trabajar duro en la identificación de posibles obstáculos regulatorios y legales que puedan surgir durante el proceso de construcción, por supuesto, Ander».

Ander Etxeberria Azkue es el director general de la empresa constructora Ondarreta y Asociados, con sede en San Sebastián, y el capo del sector en todo el norte. El hombre al que mi jefa espera tomando su tercera tila de la mañana y el que más sabe de proyectos de construcción de gran envergadura. Ha sido el encargado de mover y gestionar terrenos de obritas sin importancia, nótese la ironía, como el Palacio Euskalduna. Metió mano también en la mandanga de la construcción del Museo Guggenheim de Bilbao. Lleva siendo el director general de la empresa los últimos quince años y la competencia mataría por tener su teléfono personal. Vamos, que es un fiera, un máquina, un halcón...

Trabajar con él es como salir con la guay del instituto cuando eres adolescente. No la puedo cagar, así que repaso en mi mente las diapositivas una y otra y otra vez.

«Ander, hemos analizado las elevaciones y pendientes del terreno, y elaborado este plano topográfico detallado que proyectaremos en la pantalla y que muestran la ubicación y la altura de los diferentes puntos de interés, como edificaciones, muros y caminos».

Después hablaré de los resultados obtenidos con algunas recomendaciones y, sobre todo, con los huevos de corbata, porque no es lo que se dice un proyecto de «construir y ya está».

Avanzo arrastrando la maleta. Antes de seguir y enfrentarme a Raquel vuelvo a revisar el móvil: Jimena sigue sin contestar y Lorenzo e Ignacio siguen desaparecidos en combate. Pienso en el estado en el que he dejado a mi amigo o lo que queda de él, tirado en ese sofá: al menos se va a Frankfurt y no a Tokio, porque tengo claro que este chico no sobrevive a más de cinco horas de avión. Siendo egoísta, no estoy para ocuparme también de la expatriación de un cadáver.

Para mi absoluta decepción, tampoco tengo ningún mensaje de Carmen. Aunque, a juzgar por la prisa con la que se ha ido, casi huyendo de mí como el que corre detrás de un autobús, tampoco debería esperarlo. No entiendo muy bien qué ha pasado. Bueno, sí, que mi mejor amigo casi nos vomita encima. No sé describirlo mejor. La intimidad es una cosa fascinante. Es como meterte en una sala blanca en la que no hay nada ni nadie más que tú y el que tienes enfrente. En nuestro caso, también estaba Ignacio, claro. Nos hemos dado cuenta a la tercera arcada gutural de mi amigo.

Resignado, voy hacia mi mesa cuando Raquel me recibe con una mirada severa. Posa ligeramente los ojos en mí y me hace un gesto indicándome el camino hacia su despacho. Como si no me lo supiera. Lleva un traje negro con solapa y unos tacones que le hacen las piernas aún más largas. Raquel se pasa los dedos por el pelo rojizo mientras caminamos. Está asegurándose de que todo esté en su lugar. Es una de esas personas que piensa en alto. No tiene necesidad de verbalizar ni una palabra, pero su lenguaje corporal la delata: su cerebro está a pleno rendimiento.

—¿Y tu traje? —No ha pronunciado ni un «buenos días».

—En la maleta.

—No puedo permitir que la caguemos en esta reunión, Bruno.

—Lo sé, tranquila. No vamos a hacerlo. El informe es claro y lo van a poder ver con sus propios ojos: ese desnivel no tiene buena pinta, pero esta gente tiene pasta y ganas de invertir.

Raquel hace un gesto de aprobación. Sabe que soy el único capaz de convencerles.

—¿Haces varias copias del original? Y te arreglas, por favor.

—Lo tengo todo aquí —repito mientras miro el reloj y señalo la maleta sintiendo una satisfacción indescriptible al tenerla conmigo—. Tardo diez minutos.

Me dirijo a la mesa central, me siento en una silla y la pongo sobre la superficie. Mis compañeros todavía no han llegado, pero mientras intento abrirla —es un animal viejo, tengo que cambiarla de una vez, pero le tengo cariño— la puerta de la oficina vuelve a abrirse. Oigo ruidos y saludos efusivos.

Son Ander y su socio. No me esperaba que viniera él en persona, supuse que enviaría a alguien con la suficiente responsabilidad y autonomía para aprobar el proyecto. Debí suponer que Ander es el puto amo de su negocio por cosas como estas: le gusta tenerlo todo controlado y atado.

Raquel sale de su despacho, con toda tranquilidad y cien sonrisas puestas —qué falsa es—, a recibirlos. Le estrecha la mano a él primero y luego a su acompañante. Les hace pasar hacia el interior mientras habla con ellos sobre cosas banales. Que qué tal el viaje, que el clima de Madrid ya no es lo que era, que si la competencia quiere seguir nuestros pasos pero no hay nivel. Vienen hacia mí, supongo que con la intención de saludarme, pero cuando Raquel ve que aún estoy por cambiar, intenta modificar rápidamente su dirección hacia la sala de reuniones a la vez que me lanza una mirada asesina.

Apoyo el dedo índice en la ruleta de seguridad. Noto el tacto de los dientes de la ruleta al girar. Casi sin mirar procedo a poner los números: uno, siete, cinco, nueve.

Error.

Vuelvo a intentarlo. Cambio las cifras y me desespero.

Si no consigo abrirla, acabaré como mi traje: arrugado dentro de un lugar oscuro del que no sé si saldré algún día. Una vez más el pragmatismo de mi cabeza se activa ordenando mis prioridades en este momento.

> **Objetivo del trabajo:** Abrir una maleta que no cede.
> **Previsión del evento:** La reunión va a comenzar y los documentos no estarán disponibles.
> **Conclusión:** Voy a morir asesinado.

Me sudan las manos, siento una presión en el pecho y solo quiero esconderme. Sin embargo, Ander me ve y, haciendo caso omiso de mi jefa, se acerca a mí con el saludo universal: levantando una mano.

—Hombre, Bruno, aúpa. ¿Qué tal? —dice mientras me da una palmada en el hombro.

—Buenos días, Ander —respondo, estrechándole la mano que me tiende después de intentar secarme el sudor en la camiseta—. Muy bien, ¿y tú? ¿Cómo va todo?

Ander y yo nos conocimos durante el viaje a Donosti. Nos tocó ir en el mismo coche hacia el terreno que era objeto del estudio del proyecto, y hubo un momento en el que ya no sabíamos de qué más hablar. Se me ocurrió tirar por donde pude: el deporte. Le conté todas las rutas que había hecho por la zona, y en ese momento surgió la magia, el nexo con mi interlocutor: nuestra pasión por las bicis. Aquello parecía una cita a ciegas. Fue surrealista. Encontrar algo en común hizo que el tono de la conversación se relajara tanto que después, al hablar de negocios, la cosa no sonó tan grave. Solo que cambiamos lo de los recorridos por la naturaleza por lo de los millones de euros.

—No me puedo quejar. Escucha, luego te pasaré una ruta por si vuelves a Donosti. A ver si puedes con esas cuestas porque que son que ay, ama, ¿eh? Más te vale estar preparado para quemar pedal.

¿Os acordáis de que he mencionado que cualquiera mataría por tener su número personal? Pues yo lo tengo y, lo que es más importante, creo que si le llamo contestaría a la primera.

Raquel, que parecía dispuesta a cortarme en cachos del tamaño del sashimi, se relaja al ver que su cliente más importante me tiene en estima y no se siente profundamente insultado por mi forma de vestir. La verdad es que mi jefa parece que va a entrar en una reunión de la Asamblea General de las Naciones Unidas, mientras que yo tengo pinta de ir directo al Woodstock de agosto de 1969.

Sin embargo, mi maleta sigue sin abrirse. No sé qué le pasa, pero sí sé con seguridad lo que me pasará a mí si no consigo los documentos que tengo dentro. No sé si decir que me gustaría mucho olvidarme del mundo en este instante o, mejor, que el mundo me olvide a mí. Intento hacer y hago mil gestos a Raquel. Mediante una mímica exagerada trato, sin éxito, de llamar su atención. Le he mandado tres mensajes, pero no está comprobando el móvil, porque está muy ocupada entreteniendo a nuestros clientes con algunos datos irrelevantes de nuestra empresa.

Incluso trato de buscar a Carlos con la mirada. Quizá si me viera podría acercarse y le podría contar que estoy metido en un apuro de los gordos. Aunque, diciendo estrictamente la verdad, no creo que me fuera a ayudar, ni que me viera. Decido tomar las riendas de la situación, si es que eso se decide teniendo alguna alternativa, y enfrentarme al problema con naturalidad.

En ese momento, Ander repara en mi equipaje sobre mi escritorio.

—¿No me digas que vienes de *gaupasa* del viaje?

Gaupasa viene del euskera y significa «venir de empalme». Y eso he hecho, casi en sentido literal y figurado. Supongo que mi cara refleja lo que han sido mis últimas veinticuatro horas, aunque él lo achaque al viaje.

—Hum... Yo... —La verdad es que me ha pillado con la guardia baja, pero no puedo contarle la verdad. Presentarse a una reunión tan importante tras una noche con más trama que un documental no es algo que me vaya a hacer quedar como un buen profesional.

—Estarás agotado —dice mientras lanza una mirada cómplice a su acompañante, que solo sonríe y afirma como un palmero. Joder, se está convirtiendo en mi héroe sin saberlo—. Raquel, os soy sincero. —Se gira hacia ella por primera vez desde que se han acercado a saludarme—. Nosotros tenemos otra reunión en una hora. Un asunto que nos ha surgido. No creo que tengamos el tiempo que se merece un acuerdo de este nivel. ¿La aplazamos hasta mañana?

Me mira solo a mí, omitiendo de nuevo y por completo a mi jefa. Cuando termina de hablar, me guiña un ojo.

Ander Etxeberria Azkue, me repito por segunda vez esta misma mañana, el director general de la empresa constructora Ondarreta y Asociados, con sede en San Sebastián, y el capo del sector en todo el norte... me ha guiñado un ojo. Esto es menos previsible que lo de la pandemia mundial.

Raquel parece dispuesta a replicar, pero yo niego sutilmente con la cabeza mientras le señalo la maleta, comunicándole que va a ser un poco difícil acceder a los documentos. Sus ojos sueltan chispas, pero comprende que Ander le ha brindado la oportunidad de evitar que la reunión sea un absoluto desastre.

—Claro, Ander, sin problema.

—¡Perfecto! Y tú, Bruno, vete a casa a darte una ducha y nos vemos los dos para comer. Así hablamos, que el otro día no tuvimos demasiado tiempo.

Ahora el que guiña los ojos soy yo, pero del susto. Ander se despide con una sonrisa y me da otra palmadita en la espalda antes de alejarse. No puedo evitar preguntarme qué quería decir con eso de hablar y, por la cara de Raquel, ella está pensando lo mismo. Ander, el capo del mundo de la construcción, el tipo más influyente del sector, mostrando un interés extraoficial por mí.

Ni a mi jefa ni a mí nos ha pasado inadvertido que con esa frase los ha excluido tanto a ella como al resto de sus compañeros. Yo sonrío, un poco desconcertado. Al final las cosas han salido bien, creo, y de paso he tocado el buque que es el ego de mi jefa en esta batalla.

Pero no lo he hundido, eso sí.

Eso es tarea imposible.

Casi tanto como lo de mi maleta.

14

—¿Ya son las cinco de la tarde? —me pregunto a mí misma al ver la hora en la pantalla iluminada de mi móvil.

De fondo, la foto de mis manos sobre las de mi abuela custodia mi teléfono y actúa de amuleto. Una suerte de estampita para una persona agnóstica como yo. Cojo las llaves y salgo de casa, con la certeza, ahora sí, de que lo de anoche fue un error.

A veces tengo ataques de lucidez inducida. No sé de dónde vienen o si tienen utilidad. Ideas que me dan en los ojos como si fuera la luz frontal de un coche. Son pensamientos intermitentes. Como yo: giran, van, vienen.

Cojo el ascensor y observo las manos de la vecina que baja en él. Sí, una de las cotorras del primero que disimula poco y mal al hacerme su tradicional barrido de arriba abajo con la mirada.

La verdad es que me he quedado boba con el movimiento, rescatando el recuerdo de las manos de mi abuela. Mientras esperaba a que el ascensor descendiera se las ha puesto sobre la boca del estómago. Cogidas con placidez, como sosteniéndose esa parte del cuerpo. Así lo hacía mi abuela.

Me doy cuenta de que la ausencia se alimenta sobre todo de casualidades simples. Detalles insignificantes que terminan mutando en momentos valiosos. Un olor, un gesto, un número repetido o, como hoy, unas manos ajenas pulsando un botón en un ascensor que me transportan a la imagen de alguien a quien quise mucho y sigo queriendo todavía más.

Al conectar con esa imagen de pronto me acuerdo de su sepelio. Estoy convencida de que los recuerdos que nos duelen ocupan un espacio físico en nuestra mente. Como si fueran una urna de cristal que nos aísla de todo lo demás. Una pecera. El dolor es como un globo hinchado con gas, que con el tiempo pierde altura pero no desaparece. A esa cantidad de días, meses e incluso años en los que lo oscuro lo ocupa todo lo llamamos «duelo». Como si fuera una peli del oeste, pero el que tienes enfrente, revólver en mano, eres tú.

Mi abuela murió una mañana de principios de verano, en la madrugada del día del santo de su pueblo, del único que era devota. Fiesta mayor en el lugar que la había visto nacer mientras ella moría. No sé si es una de esas casualidades tétricas que te persiguen toda la vida o que simplemente, como dijo el cura en el entierro, hay cosas que no tienen explicación. Yo desde luego no supe encontrársela. Es curioso que, cuando alguien te falta, empieces a ver casualidad por todas partes. Encuentras aparcamiento rápido y piensas: «Ha sido ella». Te dan una buena noticia y de inmediato recurres a tu vínculo con lo intangible: tus muertos.

Recuerdo romperme mientras me agachaba de cuclillas en un rincón. Recuerdo no gritar, sentir la daga imaginaria, el golpe de realidad. Surgió entonces una pregunta que no supe contestar y para la que todavía no encuentro explicación: «¿Por qué?». Explicar una muerte desde el punto de vista médico es sencillo. La sangre no bombea, el corazón deja de latir, las constantes vitales se paran, las neuronas dejan de mandar impulsos eléctricos y ya no existimos más.

A los familiares les dan una bolsa de plástico azul con las

cosas de su ser querido y todo su mundo se reduce a eso: una cartera, un pantalón, unos pendientes de oro, una explicación demasiado formal y una notificación que llevar al registro. En el plano físico, el cuerpo se hincha por las bacterias, por lo visto, antes de descomponerse. Es un proceso escatológico y poco conocido, pero yo no pude evitar buscar los pormenores pocos días después. Necesitaba saber qué le pasaría al cuerpo al que me había abrazado segura toda mi infancia y parte de mi adolescencia.

Recuerdo el coche fúnebre al que seguía el vehículo familiar. Un silencio indescriptible, una mirada conjunta al infinito. En eso mi familia y yo sí nos pusimos de acuerdo. De los preparativos de su funeral también me ocuparía yo. Sabía que se lo debía. Es ridículo elegir el tipo de madera o el revestimiento interior que quieres para la caja en la que se va a desintegrar alguien que te va a faltar desde ese instante y para siempre. Es casi peor tener que hacerlo en estado de shock, pero mi madre no podría soportarlo y el resto no tuvo la mínima intención. Así que fui yo la que tuvo el privilegio de no escatimar en detalles sobre el funeral de la otra Carmen, que fue también el entierro de una parte importante de mi propia vida. De mi persona.

Dice Trías que «en esta vida hay que morir varias veces para después renacer. Y las crisis, aunque atemorizan, nos sirven para cancelar una época e inaugurar otra». No sé qué etapa de mi vida comenzó entonces, solo sé que me quise pelear con todo el mundo. Hay una parte del duelo que consiste en eso: pelear y no querer olvidar. Preferir el dolor a la nada. Sentir que el que se ha ido no merece tu indiferencia o, incluso, tu felicidad en su ausencia. Aprender a no sentirte culpable por seguir.

Aquel día en el centro de la estancia reposaba un ataúd de madera oscura. Todo alrededor era solemnidad y misterio. El brillo sutil de la superficie pulida reflejaba una luz de colores. Era el verano, que parecía bailar en las vidrieras de colores de la iglesia. Cada detalle, cada veta y surco se ha quedado en mi memoria. No me cuesta esfuerzo detallarlo. Un forro delicado de terciopelo blanco envolvía el cuerpo, que tenía colocadas las manos justo así, apoyadas en la boca del estómago. El olor agridulce de las flores alrededor de la caja impregnaba el aire. Fue un toque efímero de vida en medio de tanta oscuridad y me llevó de nuevo a uno de sus mantras.

«Hasta que crezcan las flores, abuela». Con voz entrecortada comencé a despedirme. Mis dedos acariciaban un papelito, sintiendo su textura suave y frágil. La escritura era mi manera de conectarme profundamente con ella. Su amor por las palabras. Su rebeldía a la hora de elegirlas. Su elegancia y claridad al escribir la definían. Ella me enseñó a amar los libros y a respetarlos como si fueran animales vivos. Dejé el papel escrito en el interior del féretro, entre sus manos, como si fuera un mapa del tesoro. Al cabo de un tiempo descubrí que esas palabras eran también la primera frase de los diarios que escribió desde siempre y nunca enseñó. Unos diarios que ahora son mi mayor propósito. Esa es mi promesa: mantener viva su memoria, honrarla a cada instante y florecer incluso en la ausencia total de su luz.

Mis pensamientos se entremezclan con el ruido de esta ciudad. Los coches zigzaguean entre el ir y venir de los semáforos, y las calles de Madrid se despliegan ante mí como folios en blanco. He decidido ir andando. Me viene bien despejar la mente después de haber dormido la resaca como un oso pardo durante toda la mañana. Odio llegar tarde, pero lo necesito.

—Helen, llego con retraso —aviso a mi amiga en un audio ahogado mientras apuro el paso.

En menos de un minuto me contesta diciendo que ella

tampoco ha llegado todavía. Al menos me quedo más tranquila sabiendo que no iba a tener que enfrentarme a una de sus miradas impávidas de jueza rigurosa: «¿Dónde estabas?».

El bar en el que hemos quedado se llama Tanzani y está en Lavapiés, el barrio de Elena. No tenía muchas ganas de ir, pero mi amiga ha insistido. Madrid es así; una ciudad que te da de todo menos tiempo. Su trabajo es asfixiante, apenas la veo, y aunque sabemos que siempre vamos a estar ahí, nos falta esa proximidad del día a día que sí tengo con Inés.

La zona en la que vive empieza a estar de moda entre la gente alternativa, así que encontrar un hueco es un acto heroico. Hay mil locales con encanto, pero los precios se han disparado. Aunque algunos dirán que es por la inflación, si me preguntaras a mí te diría que es por los *influencers* de turno. No entiendo nada de redes sociales, por eso me cuesta mucho creer que si un personaje recomienda un sitio el local se llene hasta la bandera durante los próximos meses.

Sorteo a la gente. Varios grupos se disponen a entrar en un par de establecimientos modernitos que hay en la misma calle. Desde las cristaleras puedo ver barras con tazas de colores y animales dibujados, cursos de cerámica o coctelerías con brebajes exóticos y nombres de cantantes de rock en los que te cobran más de cuatro euros por un gin mezclado con agua. Por suerte todavía quedan lugares auténticos como el sitio al que llego, por cierto, tarde.

El Tanzani es un lugar pequeño pero no asfixiante, con paredes llenas de telas brillantes y étnicas, muy vistosas. El nombre viene de un río, afluente del Mara, el más importante de Kenia. Y el dueño, Maina, es de allí. Bueno, de allí y de todas partes, porque domina seis idiomas y tiene un don de gentes que ya lo quisiera cualquier diplomático. Siempre te recibe con el mismo gesto de alegría. Como si fuera invencible. En el fondo lo es. Llegó con veintitrés años a España y las ha pasado canutas para poder hacer realidad este proyecto. Un canto al río que lo vio nacer y un sitio increíble adonde, por suerte, todavía no han llegado los perseguidores de *likes*.

La decoración africana del interior es un sueño. Hay algunos instrumentos en un rincón y tiene un pequeño escenario donde cada dos noches actúan monologuistas, músicos, poetas.

Elena y yo llegamos al bar al mismo tiempo. Al entrar, Maina nos saluda por nuestro nombre. Como no hay mucha gente y todo el mundo le conoce, está sentado frente al fregadero leyendo un libro. Elena le interrumpe para pedir algo de beber. Ella quiere un té de no sé qué arbusto rojo y yo necesito agua hasta el día del Juicio Final. Bien visto y dados los acontecimientos, igual queda bastante poco para que llegue.

—Viene de Sudáfrica, tiene muchos antioxidantes y es genial para la vejiga —me explica mi amiga como autoconvenciéndose de que ese té es mucho mejor que una caña.

—No sabía que te habías especializado tanto en los poderes curativos de las plantas —bromeo, porque sé que lo necesita.

No bebe desde que empezó con los pinchazos de hormonas, pero antes era la más fanática del grupo a los zumos. A los de cebada, concretamente. Era algo característico de ella. La definía. Elena y su botellín al estilo Estatua de la Libertad: nadie se la imaginaría sin su antorcha en la mano, ¿no? A mi amiga le costaba soltar el botellín más que el bolso en los bares.

—Sé que vas a preguntarme por la noche de ayer. Inés se ha vuelto loca con los audios y lo ha explicado todo con pelos y señales, pero déjame que vuelva a sentirme una humana antes del interrogatorio, por favor. —Me adelanto a su respuesta mientras veo como Maina viene hasta este rincón y nos deja las bebidas en la mesa.

Elena casi se cae de la silla cuando ve que he pedido una botella de dos litros. Le da tanto la risa que hasta me molesta. Está claro que no ha entendido el pedo que nos pillamos anoche, pero fue como para baremarlo con la escala de Richter.

—Joder, el vino era demencial —me excuso—. Más peleón que Inés en su adolescencia —sentencio con un ejemplo que ilustra a la perfección la situación y que las dos entendemos a la primera.

—Espero al menos que hayas comido algo y que no pienses aguantar todo el día a base de agua en cántaro, guapi.

La verdad es que he intentado comer algo antes de salir de casa, pero el cuerpo me pide solo ultraprocesados de los fuertes y no me daba tiempo a pedir comida a domicilio.

—Así que habéis salido a la antigua usanza, como si fuésemos diez años más jóvenes, ¿no? —sintetiza Elena negando con la cabeza.

—El perreo hasta el suelo y la tensión arterial a la mañana siguiente, también —contesto—. En cuanto consiga generar algo de saliva de nuevo, le pido a Maina algo de picar. No te preocupes, mamá —le digo con tono infantil.

Mi broma parece tener el efecto contrario. En lugar de reírse y soltarme alguna pulla, Elena se pone gris. Se entristece.

—Elena, cariño, ¿qué pasa? —le pregunto mientras arrastro la silla como puedo y sin gracia alguna hasta colocarme a su lado. Aunque en el fondo lo sé.

—Nada, tranquila —me responde un poco a la defensiva. Es evidente que la respuesta buena es la contraria.

—Vamos, tía, que te conozco. Cuéntame qué pasa y vemos si tiene solución o, al menos, nos reímos intentándolo.

Me doy cuenta de que su preocupación es más grande que el bar en el que estamos enseguida. Evita mi mirada y sus ojos parecen canicas sin control. Sus manos se retuercen, reflejando sus nervios. Su cuerpo habla alto y claro. Manda huevos que esté yo dándole soporte positivo a alguien en este momento de mi vida. Disimulo. Me preocupa de verdad.

Elena siempre se muestra firme, y no solo por su oficio. Es difícil verla mal. Sus tristezas son fugaces, pero esta vez es diferente.

—No se trata de nada que puedas arreglar, Carmen. —Se confirma que ya sé por dónde van los tiros—. Es que el tratamiento no funciona.

Me quedo con la boca abierta y la cierro, aunque es demasiado tarde para disimular mi sorpresa.

No es por lo del tratamiento, sino por el hecho de que Elena, la hermética, esté contándome esto. Todas tenemos un tema del que no queremos hablar ni aunque nos paguen, ni siquiera entre nosotras. El mío es mi abuela, el de Inés son las audiciones inexistentes, y el de Elena, la maternidad.

Siempre ha soñado con ser madre. Hace unos meses ese sueño se transformó en su máxima obsesión —junto con su trabajo y lo de la astrología—, porque tras una revisión con su ginecóloga le dijeron que lo iba a tener bien jodido para concebir. Así, con esas palabras. Ella ni había contemplado lo de tener un hijo en breve, aunque esa idea sonara en su cabeza como un pitido de fondo. Los ritmos han cambiado y, agobiada como estaba con su trabajo —como ahora, la verdad—, ni se lo planteó. Pero no está muy acostumbrada a que le digan que no puede hacer algo, y esa noticia le afectó.

Al mes y pico ya estaba con un tratamiento que, explicado de forma muy simple, consiste en inyectarse hormonas a puñados. Sin embargo, parece que, por alguna razón, no está yendo como debería y se ha quedado con los efectos adversos coleando y sin óvulos que congelar. Un compuesta y sin novio, pero gestacional.

—Con todo lo que he movido el culo en mi vida, el colmo

es que mis ovarios sean, además de poliquísticos, vagos —continúa con una sonrisa llorosa. Así somos en esta casa: entre el humor y la lágrima todo el día.

—Bueno, Helen, tranquila —le digo mientras le paso un brazo por los hombros y la acerco a mí—. Tienes tiempo, puedes seguir con el tratamiento y, si ese no pasa a ser definitivo, ya nos preocuparemos. No vamos a dejarte sola. No pasarás por nada de esto sin nosotras, tanto si las cosas salen bien como si salen de cualquier otra manera.

—Ya, Carmen, pero estoy cansada. Los pinchazos continuos me revolucionan las hormonas. Estoy absolutamente ida y con una sensación constante de que el mundo me debe algo. Estoy siempre cansada y lloro hasta con los anuncios de Scottex, ¿sabes los que digo? Los del papel higiénico con ese perrito tan mono. —Yo asiento con una sonrisa. Sí, he sido testigo—. Me cuesta muchísimo seguir el ritmo de trabajo. El otro día me dormí sobre los papeles del último caso que cerré, ¡a las siete de la tarde! Me desperté a las cuatro de la madrugada con un dolor horrible en las cervicales por haberme pasado toda la noche en esa postura de mierda sobre el escritorio. Estuve todo el día enganchada y tuve que ir al fisio. Me gasté un dineral, tía, y…

—¡Elena! —la freno cuando veo que se va a embalar en un monólogo nervioso—. Tranquila. Da un sorbito a los antioxidantes. —Mi amiga me obedece y suelta un suspiro.

—En fin… —dice tras respirar hondo—, que… que no sé si quiero seguir. Siento que lo único que hago es trabajar y pensar en los hijos que ni siquiera sé si podré tener. Estoy agotada, como si ya tuviera tres llorando a la vez para comer de mi teta cada cuarenta y cinco minutos.

Yo ya sabía todo eso, o al menos lo intuía, pero oírselo decir en voz alta me duele mucho. Sé que renunciar a ser madre es lo que más le costará hacer en la vida, y ahora más que nunca quiero que sepa que estoy aquí aunque no me vaya a reclamar ayuda nunca. Mi amiga se pasa las manos por los ojos, como si quisiera asegurarse de que ninguna de las lágrimas que se escurren por sus pómulos desvela su miedo. Mi amiga, la experta en pleitos y en pesquisas de juzgados, se ablanda tanto que no sé ni cómo reaccionar. Es el típico ejemplo de persona que no se mostraría vulnerable si pudiera evitarlo.

—¿Ves, tía? Las putas hormonas. —Le da un sorbo a su té, pone una cara de asco que intenta disimular y me sonríe con churretes de rímel a ambos lados de la cara.

—No funcionan los antioxidantes, ¿eh? —le suelto para quitarle el peso de seguir hablando sobre algo que la bloquea anímicamente, y con una servilleta la ayudo a limpiarse la cara.

—He probado cosas peores, la mayoría cocinadas por ti. —Ahora sí, mi amiga recupera un poco de espíritu entre tanto disgusto—. Venga, cuéntame qué tal anoche —me dice cambiando de tema a la fuerza—. Según lo que he podido entender con el relato entusiasta de porno barato de Inés, no fue mal.

Decido satisfacerla y me preparo para darle todos los detalles de nuestra aventura nocturna.

—No le fue mal a ella, querrás decir —refunfuño—. La tía terminó tirándose, no es novedad, al guaperas del grupo. Te juro que se podía masticar la tensión sexual entre ellos, y menos mal que fue resuelta, porque si no esos dos suben dos grados y medio la temperatura del planeta con semejante calentón. —Le doy otro sorbo a mi botella de agua, que me sabe a gloria—. Entre el *look* y la bebida pareceré una yonqui, pero no cambio mi litrona ahora mismo ni por el champán más caro del mercado.

—¿Y bien...? —Mi amiga omite mi comentario, retira la

taza y me mira como queriendo atajar el tema. Sabe que hay algo más que no le estoy contando.

—Yo, en cambio, me volví a confundir de maleta. Eso sería lo más reseñable. Eso, y que soy lo peor.

Con un gesto de incredulidad sube la taza a la altura de su pecho como las señoras mayores que van a tomar té con las amigas. He resumido mucho, porque si no esta conversación podría durar años. Y porque, la verdad, me da vergüenza estar dándole vueltas a una chorrada así.

Elena alza las cejas y levanta un poco el meñique que sujeta el asa de la taza. Puestas a no ser finas, ella siempre es la que mejor disimula de las tres. Yo aprieto el plástico de la botella de agua para que salga con más fuerza.

—Bueno, eso y que por poco me lío con un tipejo. —Tengo que ser sincera. Hoy más que nunca.

—Tipejo, ¿por qué? Si tú sueles ser bastante selectiva.

—Con ese «bastante» mi amiga puntualiza muy bien mi obsesión por no acercarme a personas que perturben mi paz mental. Y mucho menos, besarlas.

—Ah, bueno… —Respiro—. Lo de siempre: tenía novia.

Le doy otro trago largo mientras espero el envite de mi amiga. No me creo que yo sea la protagonista de esta conversación. Hemos quedado para hablar de Elena. Mi codo se desliza unos centímetros como si el tablero fuese de hielo. Uso la mano para apoyar la cabeza ladeada, pero me quedo desgarbada sobre la mesa.

—Pero ¿y cómo coño lo sabes?

—¿Que cómo sé que me he confundido de maleta? Porque no puedo abrir…

—No te hagas la tonta, Carmen —responde seria—. ¿Cómo sabes que tiene novia? No me digas que has investigado al más puro estilo *inspegtoga Ineg* —añade con una risita. Así es como llamamos a Inés cuando se pone intensa y revisa un Instagram hasta las primeras fotos con marcos y filtros Valencia.

—Qué va. Le oí mandar un audio cuando esperaba el ascensor para irse a casa —le cuento. La explicación no parece convencerla, a juzgar por cómo levanta la ceja—. Oí que se cerraba la puerta de Inés desde el salón, así que me asomé por la mirilla para comprobar si era él...

No puedo dar más pena. Joder.

—Porque… —Estira mi respuesta en busca de una aclaración potente.

—Pues no lo sé, Elena. Esta mañana he huido de él cuando nos íbamos a comer el morro, se habrá quedado loco, y yo me he arrepentido un montón. Cuando lo he visto por la mirilla, solo quería salir y… y… y yo qué sé. Hacía tiempo que no me sentía así, desde…, bueno, desde ya sabes cuándo.

Mi amiga asiente, como asienten los padres ante los problemas de sus hijos adolescentes.

—A ver, no, en serio. Lo que me jode es que durante unas horas me he vuelto a sentir como una persona normal, que sale, disfruta con sus amigos, se ríe y es capaz de zorrear con un chico. Un tipo que parecía decente, con el que he hilado más de doce frases, cosa que está complicada con la mayoría de los tíos de nuestra generación. Y cuando estaba decidida, más o menos, a lanzarme, descubro la guinda del pastel de mierda.

—No quiero intercambiar papeles, pero eso se llama ser dramática y tiene un buen diagnóstico con el tratamiento indicado —bromea Elena.

—Vete a la mierda, tía.

—Yo estoy mal, pero lo tuyo con los tíos tampoco tiene pinta de mejorar. —Lo suelta con alivio, como si se sintiera mejor por ser tan sincera.

Nos hablamos mal: es la forma de demostrarnos amor en los momentos de crisis. Cuanto peor, mejor; nunca pensé que iba a utilizar una frase de Mariano Rajoy. Tampoco pensé que iba a fijarme de nuevo en algún tío y aquí estoy, confesando como una beata delante de mi amiga.

—Lo que estoy es desesperada por recuperar los diarios de mi abuela que están dentro de la maleta —contesto como si estuviera hablando de una tragedia. Para mí lo es. De hecho, es algo mucho, mucho, mucho más importante que eso.

—A ver, si tiene tu maleta, coges al tío por los cuernos y le llamas sin parecer desesperada —sugiere Elena—. Lo de los cuernos es un decir, entiéndeme… Sabes que en algún momento tendrás que hablarle, o al menos contestarle cuando te escriba él. Sobre todo, porque tarde o temprano se dará cuenta de que su maleta no es su maleta.

Tiene razón. El hecho de que Bruno haya resultado ser el típico de una noche —aunque no me diera esa sensación, parecía ser igual de rarito que yo— no tiene que suponerme nada del otro mundo. Por desgracia, no es el primero con el que me tropiezo y, con un noventa y nueve por ciento de posibilidades de no fallar, tampoco será el último. Sin embargo, hay algo que me impide dar ese primer paso, aunque sea para algo tan lógico como recuperar mis cosas.

—Ya lo sé, Elena. Es solo que ha hecho que me sienta…

—¿Viva? O, lo que es mejor, ¿cachonda? —sugiere ella. Cabeceo un par de veces, dándole la razón sin decir nada antes de que continúe—: Cariño, ya no es ningún *plot twist* que se descubra que un pavo tiene novia después de salir a cenar con otra.

Sé que lo ha dicho para intentar quitarle hierro al asunto, pero todavía tiene reciente lo de su ex. Hace unos meses le pilló capturas de una *app* de citas en el iPad cuando ella ya había empezado con el tratamiento de fertilidad. A los dos días lo que queríamos criogenizar no eran los óvulos de mi amiga, sino las extremidades de su ahora expareja.

—Es solo que por un instante luminoso dejé de sentirme fuera de lugar. —Soy más sincera de lo que me gustaría, lo que multiplica mi angustia.

—Tendría que existir algún tipo de credencial para gente sin responsabilidad afectiva —confirma Elena.

—¿Eso es legal?

—Seguro que hay un vacío legal que lo permite.

—¿Vacío como el corazón de tu ex? —No he podido evitar la broma.

—No, eso es una fosa de las Marianas.

—Bueno —digo yo—, lo va a tener jodido el día que quiera subir a la superficie.

Nos reímos. Nos hacemos bien siempre. Me doy cuenta de que no he estado suficientemente pendiente de ella estos meses, ni ella de mí, pero nuestra amistad es de esas relajadas: siempre estamos para la otra a pesar de que a veces nos soltemos la mano un tiempo. Es en estos momentos cuando me doy cuenta de lo mucho que quiero a mis amigas. Andamos pese a todo. Y eso es importante: la alegría no estará siempre, pero nosotras nos tendremos para amortiguar lo que se venga, y hablando de lo que viene…

—Ahí viene tu amiga —dice Elena.

—Tiene un problema con el espacio-tiempo. Aunque igual es el menor de los que tiene hoy, ya te lo adelanto —respondo yo.

El plan de tres de esta tarde es como para encerrarnos en un sanatorio. Podíamos haber quedado para ir al cine, a un museo, echar unos bolos, hacer *crochet*. Qué sé yo. Lo que fuera, pero no, coronándonos como las más raritas de la ciudad, hemos quedado para ir a la cosmóloga. No sé por qué le prometí a Elena que la acompañaría. Nos pareció una buena idea. Y era buena antes de saber que ayer íbamos a acabar como acabamos: como un colchón con los muelles hacia fuera.

Inés sale del taxi. Lo ha aparcado en una parada que hay justo en el lado izquierdo de la plaza en la que está el bar de Maina. Se desenvuelve bien a pesar de ser un oficio mayoritariamente de tíos. Los del gremio conocen a su padre y, en consecuencia y con esa condición, la tratan como a uno más.

Se la ve venir a la legua. Como ella, su coche no podía no tener algo característico. Lleva unas figuritas en el salpicadero y un montón de mandalas en los laterales del chasis, la parte en la que está regulada la publicidad. Por dentro, como en su vida en general, domina el caos. Más de tres veces le han abierto para robarle y se han ido pensando que ese vehículo ya había sido desvalijado.

Enseguida nos localiza y nos pita varias veces. Podría usar el móvil, pero la discreción no va con ella, así que Elena y yo recogemos las cosas rapidísimo, como si se hubiera declarado un incendio en el local, y pagamos sobre la marcha despidiéndonos de Maina, que no levanta la vista del libro, ajeno a la escandalera que está montando Inés desde su taxi.

Salimos y cogemos el camino en diagonal más corto hacia donde nos espera. Cuando estamos a pocos metros, Elena levanta el bolso y lo mueve para atraer la mirada de Inés. Cuando constata que nos ha visto, esta responde con una pitada corta y doble de claxon. Elena dice en un tono lo bastante alto para que nos oiga desde el coche:

—Hemos quedado a las seis y son las siete menos cuarto, guapa. —Aligera todavía más el paso. El resto de los taxistas nos miran—. Espero que te hayas reservado la sorpresa para este momento y tu taxi sea volador —añade jadeando al llegar y ver a Inés asomando la cabeza por la ventanilla entreabierta, con unas gafas grandes y redondas que le tapan media cara.

No tiene mal aspecto para la tunda que se metió ayer. Sin contar con la sesión de cardio y sexo nocturno que habrá tenido. Lleva un mono vaquero, los labios rojos y la satisfacción poscoital todavía encendida como una bombilla en mitad de la frente.

—Os cojo solo si tenéis efectivo, que se me ha estropeado el datáfono, señoras —nos vacila cuando llegamos hasta ella. No pierde el humor ni deshidratada, la cabrona.

Nos montamos en el taxi. Elena va delante, y yo, detrás del asiento del acompañante. Abro instantáneamente la ventanilla y salimos del barrio.

Estamos en pleno centro, y la música retumba altísima en el coche. Las calles están llenas de gente. Algunos viandantes nos saludan pensando que somos de una despedida de soltera o que estamos celebrando un cumpleaños. Inés les sigue el rollo por la ventanilla, por supuesto, mientras Elena se escurre en su asiento, muerta de vergüenza.

Cuando llegamos a nuestro destino, Inés aparca en un sitio reservado para taxis a apenas un minuto del lugar al que nos dirigimos.

No hemos intercambiado ni una palabra en todo el viaje, cosa que me extraña, sobre todo por la persona que conduce. Es como si estuviera macerando la frase perfecta para expresar lo que siente. Al echar el freno de mano y quitarse las gafas, vemos los ojos verdes de Inés desmaquillados con una sombra en la ojera que resume lo mucho que nos tiene que contar, aunque ya nos ha adelantado los pormenores por WhatsApp.

—Chicas —dice.

Elena y yo nos miramos, sabiendo lo que va a pasar. Nos cogemos de la mano para terminar de escuchar el enunciado. Inés baja la vista a sus pies, lo hace cuando está nerviosa. Se desabrocha el cinturón, recoloca los espejos y apoya las dos manos, que sujetan las llaves del taxi, sobre los muslos internos.

—Es un puto Dios del sexo —suelta muy seria mirando a través de la luna del coche.

—Baaaaaaaaah. —Elena y yo respiramos tranquilas.

—Por un momento he pensado que ibas a decir que te gusta —empieza Elena en una maniobra magistral para saciar su curiosidad—. Tú, diciendo eso de alguien. —Sonríe un poco más—. En la primera noche… —El gesto de Elena cambia ante el silencio de Inés, que no lo niega.

Me vuelvo hacia mi amiga y pienso que no miente por cómo se expresa.

La gracia del amor es que a veces no tiene ninguna: consiste en arder por dentro y no saber cómo explicarlo.

15

Nos abre la puerta la famosa Natividad.

—¿Qué tal, chicas? Soy Nati. Bienvenidas. Pasad, por favor —nos dice con una voz dulcísima pero que no resulta empalagosa.

El sonido de sus pulseras, redondas y metálicas, se cuela en la conversación cuando hace un gesto con la mano para que entremos. No me extraña que la gente se crea lo que dice. Algo en ella resulta familiar. Es una mujer hipnótica. Como una sirena. Atrae con su voz a todo lo que está en su perímetro. Salvo a Inés. A Inés todavía no le ha hecho efecto su presencia.

—¿Será de Natividencia? —Mi amiga no puede evitar lanzar su primer comentario incómodo. Al menos lo hace en un tono casi imperceptible. Ha dormido poco, hoy no tendrá filtro.

—Tú. —La cosmóloga hace una pausa tras el sujeto para enfatizarlo, antes de contestar a nuestra amiga—. Debes de ser la famosa Inés. —Termina la frase con una sonrisa sardónica que actúa de punto.

Minuto dos en la consulta de la cosmóloga y Elena ya no sabe dónde meterse. La más seria de las tres exagera una tos ficticia y roza el tobillo de Inés con el pie izquierdo para pedirle que pare.

—Cuidadito, juececita, que te denuncio —contesta ella sin mover los dientes mientras disimula y devuelve otra sonrisa cargada de ironía a la experta del tarot.

Intento mediar entre ambas para no tener que irnos antes de entrar en la sesión. Aunque las tres sabemos que, con mucha probabilidad, vamos a terminar haciendo lo predecible en casos como este: el ridículo.

—Bueno, ya estamos aquí —responde Elena al saludo de su confidente y ya casi hasta amiga—. Perdona que lleguemos con retraso. Como tres de cada cuatro veces que quedo con estas dos. —Nos señala, disculpándonos, y nos hace pasar, casi de un empujón, hacia el interior de la casa.

Natividad es una mujer de mediana edad, delgada, con el pelo rizado y oscuro. Tiene una apariencia seria y reflexiva. Se nota que lleva muchos años haciendo lo que hace, aunque nadie sepa definir su función con exactitud. En resumen, no tiene pinta de tarotista de 902. Algo que sin duda decepciona soberanamente a mi amiga Inés. No me hace falta ver su cara para darme cuenta de que ella esperaba algo más «almodovariano».

Inés resopla mientras avanzamos, aunque no sé detectar si es desilusión o aburrimiento, porque Inés es un niño salvaje. Es difícil retenerla más de cinco minutos en algo antes de que pida lo equivalente a un helado o ir al parque en la vida adulta.

Su forma de mirar la convierte en una mujer de aspecto curioso, y su lenguaje corporal juega, desde luego, a favor de su negocio. Sonríe erguida como una estatua y parece muy segura de lo que va a decir antes incluso de pronunciar una palabra, como si nunca tuviera prisa.

La apariencia de la cosmóloga no la distingue de alguien con cualquier otro oficio. Viste prendas sencillas pero elegantes. Nada de colores vivos ni turbantes: un pantalón beige de pinzas, una blusa del mismo tono anudada y un bodi básico debajo. Sus pendientes de cristal púrpura sí que son más místicos y asoman entre la melena. Se muestra cercana en todo momento. Como si nos conociera de otras veces.

Quizá ella no sepa mucho de nosotras, pero yo vengo informada. De hecho, Natividad Soler García es lo primero que busqué en Google cuando Elena nos empezó a hablar de ella. Utilizó las dos uves reservadas por mi amiga para las personas que considera importantes: veneración y vehemencia. Lo que encontré en el buscador fue un anuncio decía:

¡RENACE CON NATIVIDAD!
ENCUENTRA EL CAMINO EN TU VIDA CON SUS SERVICIOS

Como experta en cosmología y tarot, te ayudará a descubrir
tu verdadero potencial y a tomar decisiones importantes
para alcanzar tus deseos y metas.
Nati ofrece una experiencia única y mágica. Su habilidad para
leer el tarot y combinarlo con su conocimiento en astrología te
dará una visión clara y profunda de tu existencia.

«Clara» y «profunda» son los términos que esta mujer eligió para ponderar sus servicios mientras habla en tercera persona de sí misma. No sé si siento miedo o curiosidad por sus poderes ocultos pero Inés tiene razón: Natividencia tendría más gancho. Seguí haciendo *scroll* en el anuncio.

Sus sesiones son precisas y personalizadas, y te ayudarán
a encontrar el equilibrio y la armonía que necesitas.
Coge su mano y sigue el camino hacia tu propia felicidad.

Viéndolo desde esta nueva perspectiva, igual este es el mejor plan de tarde después de lo de ayer. O quizá sea el peor. Vamos a comprobarlo. Espero de corazón que esta mujer nos aclare ese camino de felicidad o, al menos, nos deje pistas de la dirección correcta. Ya nos encargaremos nosotras de coger la contraria. Por lo que anuncia, lo más probable es que terminemos intentando domar nuestro sistema nervioso agarrando minerales.

La casa es pequeña, acogedora y normativa. El matiz que la hace especial es la decoración. Algo impostada, todos los elementos y muebles evocan ocultismo sí o sí. En todas las ventanas hay telas que oscurecen la estancia y hacen que la luz se vuelva de un color característico.

En la sala en la que nos va a atender y a la que nos hace pasar enseguida, hay una mesa con un mantel de terciopelo negro y velas encendidas que resultan ser de plástico. Funcionan con pequeñas bombillas led que al titilar simulan ser llamitas en movimiento. Están logradas. Pienso que quizá los vaticinios de Natividad sean como la iluminación de su consulta: reales pero no mucho. Aunque según mi amiga la resuelvepleitos, sus pronósticos funcionan mejor que los de Tezanos.

No es difícil, tampoco.

En las paredes hay cuadros con símbolos mágicos y esotéricos, alternados con fotos de la experta y su familia. Elena nos contó que Nati rehúye de la fama y nunca quiere hablar sobre eso, porque tiene una hija trabajando en televisión. Quizá su boyante popularidad se deba, en parte, al éxito que ha tenido entre el gremio del entretenimiento.

Hace poco hubo un actor que salió en el programa más visto del *prime time* español recomendando sus servicios. Así es como la buena de la cosmóloga acabará mudándose de Tetuán a la Moraleja a corto plazo. Si eres lista, las cartas dan dinero, que diría otro de nuestros referentes en el grupo de amigas: Paquita Salas.

—Por favor, chicas, apagad el teléfono o ponedlo en modo avión. No quiero que nada interfiera con nuestras energías. Es muy importante para que la sesión salga bien.

Hay un olor a incienso pegado a las paredes. Una música suave de fondo invita a la relajación. La cosmóloga se sienta en un rincón, rodeada de piedras y cristales de todo tipo. Enseguida entendemos que es ahí donde nos va a pasar consulta y tomamos asiento junto a ella, alrededor de la mesa.

Nati nos explica antes de empezar en qué consiste exactamente la cartomancia, que, como era fácil de predecir, es la adivinación del futuro, o de parte de él, a través de las cartas. Para ello, la buena mujer tiene sus trucos y amuletos que potencian las propiedades del tarot.

Habla de nuevo con su cadencia característica. Nos atrapa en la explicación del proceso como si fuésemos niños que atienden a su maestra, a la que consideran la máxima autoridad mundial.

Justo entonces entiendo por qué Elena viene a menudo: por muy ilógico que suene, esta mujer inspira confianza. Mi amiga dice que nos parecemos: ella es experta en interpretar cartas y a mí me pasa lo mismo con las personas. Al menos, con casi todas. No puedo evitar acordarme de Bruno. A él no lo vi venir, si es que había algo que ver, pero me siento como una pringada.

—Esta es la amatista. —Nati indica la piedra más cercana a ella—. Ayuda a equilibrar la mente y aporta claridad mental. —Coge una piedra morada similar al color de sus pendientes. La roca es asimétrica y tiene cinco puntas.

—Esa dásela a Inés, por favor, a ver si le ayuda en algo —dice Elena mientras señala a nuestra amiga, que se ha quedado embobada mirando el funcionamiento de las velas falsas.

La verdad es que lleva un buen rato con la boca abierta, abducida por la música, el olor y las cortinas. Está como en un chiquipark de sensaciones. Al menos así no la caga con sus ocurrencias.

Natividad le hace sujetar la piedra, apretando la mano de mi amiga sobre esta. Después continúa:

—El cuarzo rosa se considera una piedra de amor y paz.

Elena y yo nos miramos como dispuestas a competir por sujetarla como si fuera el Santo Grial o el tíquet ganador de un millón de euros en efectivo.

—Se utiliza para calmar la mente y abrir el corazón. Puede ser útil para las lecturas en las que vayan a estar involucradas relaciones personales o procesos emocionales.

Decidida, se la entrega a Elena. Inés mira muy seria a la mujer y no puede evitar ser lo que es, muy Inés, a pesar de la cara de reproche que le pone Helen.

—¿No la tienes de kilo y medio? La última que le diste no está funcionando. —Sonríe y mueve la amatista rápida como si fuera un sonajero a la vez que saca un poco la lengua.

—Turmalina negra —prosigue la cosmóloga sin hacer caso a la broma de mi amiga. Qué paciencia tiene esta señora. Se nota que ha trabajado durante mucho tiempo de cara al público. Al público desesperado.

—Esta es la mejor —dice Elena emocionada.

Se le nota en la cara que agradece que estemos las tres metidas en esa consulta, intentando encontrar la sintonía con la vida y el cosmos. Aunque todavía no sé lo que nos va a costar la broma. Nati mira a Elena confirmando las propiedades de la turmalina.

—Esta piedra tiene propiedades protectoras y puede ayudar a bloquear las energías negativas —sentencia al tiempo que pone su cara frente a la mía sin ningún tipo de timidez.

Me mira tan de cerca que veo su rostro deformado. Asiento muy seria y visiblemente nerviosa. Joder, es que ha dado en el clavo.

Ella sujeta un cuarzo transparente que, según nos explica, se utiliza a menudo como amplificador de energía, como esos aparatos que distribuyen el wifi por toda la casa, y empieza a hacer cálculos con nuestras fechas de nacimiento.

—Se las he adelantado yo mientras veníamos en el coche —nos informa Elena.

Lo dice para que no sucumbamos tan rápido al poder sugestivo de tanto misterio. Existen muchas y muy diferentes formas de ser, y en este grupo somos un muestrario variado, pero si hay algo que nos une, hoy más que nunca, a mis amigas y a mí es que estamos desubicadas.

Las tres observamos con atención, aunque con distintos grados de escepticismo: está claro que Elena se toma estas cosas muy en serio, pero Inés también está entrando al trapo. Yo solo quiero comprar el incienso que usa esta mujer, porque está claro que la tranquiliza de lo lindo. Escucho con los brazos cruzados, aparentemente incrédula, pero sin querer mostrarme demasiado desconfiada.

—Carmen, confírmame tu fecha de nacimiento, por favor.

—El 10 de febrero de 1989 —digo, aunque sigo sin entender con exactitud para qué necesita esa información. Pero, bueno, la gracia de esto es el misterio que lo envuelve todo, ¿no?

La cosmóloga toma un mazo de cartas y lo mezcla con habilidad antes de dejarlo encima de la mesa con un golpe. La observo con cierta expectación, como si fuera un trilero de esos que timan con el juego de la bolita a los turistas en los sitios más concurridos de las grandes ciudades. La mujer cierra los ojos y comienza a respirar hondo, concentrándose en la energía que supuestamente rodea a las cartas y a nosotras. Cuando considera que el proceso ha terminado, me invita a dejar la mente en blanco y añade:

—Elige uno.

Divide el mazo en varios montones sobre la mesa, en una parte concreta de un tapete gris que tiene la constelación de

Capricornio, mi signo, dibujada. No puedo evitar juguetear nerviosa con la piedra entre las manos. Si al menos no funciona, mal no me hará.

—El izquierdo —decido sin saber muy bien por qué.

Nati coge el que le he indicado y empieza a dejar cartas boca arriba una a una. Las apila en hileras, dice algo en inglés y chasca los dedos por encima de los naipes.

—Parece que vas a conocer a alguien con el que vas a sentir una intensa conexión —dice sin dejar de frotar los dedos. La situación se vuelve un poco incómoda porque cierra los ojos mientras habla—. Hay una energía muy fuerte en tu signo en torno a un posible encuentro romántico. También veo una pérdida.

Inés me toca el codo y sube un pulgar al tiempo que afirma y hace un ruidito.

Sí, la energía se ha esfumado por el sumidero como vino, pienso. Igual las visiones de esta mujer van con retraso o a destiempo.

—Chissst, por favor —nos chista Elena con cara de querer matarnos.

Sin avisar, Nati golpea de nuevo las cartas sobre la mesa, haciendo que las tres demos un respingo. Las desparrama sin mirar, pero sorpresivamente ninguna se cae. Comienza a estudiarlas con atención, como olfateándolas, tal y como han caído.

—Ah, está claro que andas un poco desviada ahora mismo.

Estoy esperando a que Inés suelte una de sus perlas.

—Más que una escopeta de feria. —Ding, ding, ding. Premio y medalla para el comentario más inoportuno, de nuevo, recogido por mi amiga.

Natividad la mira fulminante. Tiene vibras autoritarias. Nos viene bien, porque esto se nos está yendo de las manos, nunca mejor dicho.

—Las cartas muestran muchos caminos posibles en tu vida. —Me señala una que está más cerca de mí que el resto. A priori, me parece una respuesta que podría servir casi para cualquier cosa—. Pero ¿ves esta? Indica que algo hará que todo vuelva a su cauce después de esa pérdida que tanto daño te ha hecho. Aunque tienes que poner de tu parte para que las cosas ocurran.

Elena flipa. Inés me mira mientras algo en mí se revuelve. Llevo demasiado tiempo desconectada de mis pensamientos y, con tan solo escucharla, empiezo a encontrarme mal. Nunca desconfío tanto de alguien como cuando me habla de algo que solo sé yo. Siento una urgencia interna por marcharme de este sitio, pero decido calmarme.

Mis amigas se percatan y damos por concluido mi turno.

Inés llama la atención de Nati inclinándose sobre la mesa y diciendo su fecha, sin importarle si había acabado conmigo o no.

—4 de mayo de 1989.

Natividad asiente con una sonrisa y repite el proceso, colocando tres montones en el lugar señalado por Tauro. Inés también elige el de la izquierda.

Antes de que pueda empezar a hablar, Inés directamente le pregunta:

—¿Alguien está enamorado de mí? —Se enrosca la piedra en un mechón de pelo y nos mira como diciendo «Os lo dije».

La cosmóloga no puede evitar reírse, aunque enseguida vuelve a apretar los ojos hasta que los párpados se le arrugan como pasas grandes.

—Siento decepcionarte, pero las cartas no dicen lo que queremos oír.

No soy la única que piensa que eso ha sido un zasca. Natividad 1 - Inés 0.

—Lo que sí veo son copas por todas partes. —Le sigue

explicando, aunque mi amiga se ha tomado muy a lo personal la contestación anterior y cambia el gesto, apoyando la barbilla en la mano como con desinterés.

—Sí, eso fue ayer, que a esta y a mí se nos fue un poco de las manos —le contesta al tiempo que me señala.

Nati hace caso omiso de la broma y le advierte:

—Las copas significan bonanza en algo que no esperabas. Parece que una oportunidad está a punto de llamar a tu puerta.

Inés asiente con ojos brillantes, emocionada. Espera que Nati le diga algo más, pero esta niega con la cabeza.

—Lo que suceda a partir de ahora depende por completo de ti. Las cartas solo nos muestran el futuro más probable de acuerdo con el camino que hemos elegido. Pero, si cambiamos nuestro rumbo, el futuro puede cambiar por completo.

—Y se queda tan ancha —le suelta Inés, ojiplática.

La mujer repite el mismo proceso tal cual lo ha hecho conmigo y con Inés. Elena se pone tensa y le pide que se centre en lo de siempre. Sus posibilidades en el amor y la maternidad la obsesionan. Bueno, y lo de su ex. Elena lo recuerda en voz alta y con palabras malsonantes.

La mujer la escucha atentamente mientras baraja las cartas. En cada vuelta a la baraja le tintinean los pendientes. Elena toca el mineral que le ha dado y le habla de su trabajo y de cómo lo lleva siempre consigo a todas partes. Dice que siente que no tiene tiempo para nada más en su vida y que su reloj biológico sigue avanzando. No sale del bucle. Igual más que a una cosmóloga, necesita ir a terapia.

Nati asiente con la cabeza y levanta el montón que le ha indicado Elena, en medio del signo de Libra. Abre mucho los ojos cuando ve la primera carta y la deja boca arriba en la mesa, seguida de otras dos. Las estudia durante unos instantes, como dudando. Es la primera vez que la veo hacerlo desde que hemos llegado.

—Uy, espadas. Sí, desde luego no estás pasando por un buen momento, cariño. —Con Elena se permite ser más cariñosa y su discurso no suena falso.

Vuelve a dar un golpe que hace que el resto del montoncito se desperdigue por la mesa.

—Mira la posición de las cartas, Elena. Está claro que estás dentro de una espiral que no te deja ver más allá. Estás empeñada en conseguir una vida que consideras perfecta y eso dificulta que la energía fluya. Sufrir no te está llevando a ningún sitio —sentencia mientras con el dedo sigue la formación de las cartas—. Tal vez deberías plantearte otras opciones que encajen mejor con tu situación. Elena, llevas meses quejándote de lo que fomentas. Tienes que entregarte al momento presente. Aunque solo sea esta vez.

En resumidas cuentas, esta mujer le acaba de decir a nuestra amiga lo que Inés y yo llevamos meses intentando decir sin éxito. Aunque solo sea por eso, nuestros cincuenta euros han sido bien invertidos.

La cosmóloga nos mira a las tres con una expresión seria y misteriosa, como si la hubiésemos contratado para una sesión de *coach*.

—Las tres tenéis obstáculos que os están impidiendo avanzar en vuestra vida. Inseguridades y miedos en distintos campos. Puedo verlo claramente. Buscáis respuestas sin saber cuál es la pregunta. —Ahora sí, nos quedamos de piedra. Absolutas gárgolas—. El destino no actúa por cuenta propia, hay que ayudarlo un poco. Debéis reconectar con vosotras mismas, con vuestra esencia, porque lo que buscáis no está aquí, ni en el bar de anoche, ni en el juzgado ni en mi consulta, chicas. Está en vosotras.

—¿Esa frase es de Confucio? —Mrs. Fanjul y su intolerancia a la intensidad en cualquier discurso.

—Inééééééééés. —Elena se desespera—. ¿Qué estás sugiriendo, Nati? —pregunta la más cabal a pesar de sus deslices cósmicos.

—Necesitáis alejaros de la rutina y buscar las tres juntas una respuesta en otro lugar. El universo proveerá —añade la cosmóloga, deja una nota sobre la mesa y se va.

Las tres seguimos en silencio al salir a la calle. Estamos dándole vueltas a lo que nos ha revelado a cada una. Por una parte, quiero continuar creyendo que es una simple impostora más que se encarga de dar respuestas vagas que podrían servir para mil situaciones diferentes, valiéndose de ese ambiente un poco mágico que la envuelve. Pero, por otra parte, me siento identificada con las palabras que me ha dirigido. Aunque haya resultado ser un consejo barato, no tengo por qué no aplicarlo en mi vida.

Ya en el coche, de repente Inés asesta un golpe al volante, tan fuerte que pita, y, al igual que algunas personas que pasaban por su lado, damos un salto en nuestros asientos.

—Si lo dicen las cartas…

—¿Qué dices? —Zarandeo su asiento desde mi sitio. Aún estoy un poco aturdida después de la visita.

—Que sí, que está decidido, chicas. Nos vamos de viaje.

Elena y yo la escudriñamos como si buscáramos cualquier atisbo de lucidez mental. Pero no. Ha habido un apagón total en el cerebro de nuestra amiga.

—Como si lo dicen los chinos, Inés —le responde Elena, enarcando una ceja.

—Vamos, no me miréis así. Está claro. «Debéis reconectar con vosotras mismas, con vuestra esencia». Eso es lo que ha dicho. ¿Y qué mejor forma que reconectar que marcharnos unos días y olvidarnos de todo?

—¿Vas hasta arriba de incienso? —replico.

—¡Que el universo o Ryanair nos empuje! —responde, gira el volante y emite un grito de euforia.

Elena y yo volvemos a mirarnos, pero ella niega con la cabeza y yo le contesto.

—Mientras no sea por un acantilado —apostillo asumiendo que terminaremos haciéndolo porque el entusiasmo de Inés es imbatible—. Te lo he dicho más veces, pero lo voy a repetir: presentas un alto riesgo para tu propia seguridad y la seguridad de los demás, y estás experimentando una crisis psicológica-emocional grave que requiere una intervención inmediata e intensiva —bromeo con el diagnóstico.

—Lo mismo que ha dicho la cosmóloga, pero con otras palabras, vaya. —Inés tiene respuesta para todo.

—Esto es una locura. No puedo simplemente dejarlo todo e irme. Tendría que cerrar un montón de cosas antes. Además, no podemos coger vacaciones cada vez que tengamos una duda existencial, porque si no estaríamos todo el día de ruta, guapas.

—Elena, ya has oído a tu amiga la de las cartas. Te salen ES-PA-DAS. Si sigues por el mismo camino, nada va a cambiar. O sea, vas a acabar como el sashimi, guapa. Desmelénate, vamos.

—No, si suficiente «hachazo» es aguantarte a veces —contesta Elena, que pierde un poco los nervios.

—No digo que sea un mal plan… Solo que no podemos tomar decisiones trascendentales por lo que diga esa señora —enfatizo dándoles la razón a las dos e intentando apaciguar los ánimos.

—Esa señora lleva adivinando futuros desde que tú ibas en pañales, guapa. Y si dice que lo que nos viene bien es hacer un viaje… —Inés eleva la voz—. ¡Coges tu MALETA…!

El otro tema estrella. Se hace un silencio en el coche. Inés lo rompe con su estilo habitual.

—Yo te puedo prestar una si no quieres llevarte cuatro

trajes y unos calzoncillos viejos de vacaciones, Carmen. —Pone voz de locutora y, como si en vez de un taxi estuviera pilotando un avión, dice en un tono poco inteligible—: Hagan sus maletas o lo que tengan si es que un desconocido les ha robado la suya... y prepárense para una aventura inolvidable.

La retranca de mi amiga, que da por hecho el plan sin contar con nuestra opinión, hace que Elena se lleve las manos a la cabeza en señal de protesta.

—Es que no te aguanto, Inés, cariño.

Las dos se empiezan a enmarañar en una madeja de reproches que no van a ningún sitio. Interrumpo la discusión con una propuesta intermedia.

—Bueno, no tiene por qué ser un viaje a Marte, chicas. Puede ser una escapada de un fin de semana por aquí cerca. Al fin y al cabo, la baja de autónomo no da para mucho y hasta que arregle los papeles no tengo un duro.

La verdad es que esa mujer tiene algo de razón. Estamos consumidas por la rutina, pero también entiendo a Elena. Las dos se han callado y ahora me escuchan esperando una solución.

—¿Por qué no nos vamos a la casa que tienen tus padres en el pueblo, Helen? Este fin de semana.

—¡O a Lisboa, a Ámsterdam, a Vigo! —aplaude Inés, a la que ya se le ha vuelto a ir la pinza—. Bueno, la sierra está bien —recula cuando me ve la cara—. Podemos ir en el taxi, estamos un par de días por allá y nos rodeamos de la naturaleza. Ommmmmmmmm. —Cierra los ojos y pone las manos en posición de meditación.

Elena no parece muy convencida.

—¿A PEGUERINOS, ÁVILA? Entiendo que queráis desconectar, pero tampoco hace falta buscar un sitio sin wifi, ¿no?

Inés y yo la miramos con el gesto desilusionado y, como pasa casi siempre con Elena, tarda un minuto y medio en ceder.

—Bueno, pero solo una noche. Si voy a perder horas de trabajo por vuestra culpa, al menos dejadme el fin de semana para ponerme al día. El lunes tengo un juicio muy importante, joder, y necesito tenerlo todo en orden.

Inés arranca el coche. De camino a casa ultimamos los detalles: saldremos el jueves a mediodía, cuando Elena salga de trabajar, y volveremos el viernes por la noche. Al ser entre semana, no habrá demasiado atasco y podremos estar más tranquilas. Apenas es una hora y poco de trayecto, porque la casa está en un pueblo diminuto de Ávila, así que podremos apurar más el tiempo.

Cuando llego a casa, estoy contenta. La resaca se ha esfumado gracias al cosmos o a los dos litros de agua que me he bebido a lo largo de la tarde, y la sesión ha resultado ser, como mínimo, productiva. Lo que podía haber terminado fatal ha desembocado en una escapadita.

Dejo el bolso en la silla y busco el móvil. Se me había olvidado que lo tenía en modo avión y, aunque no lo utilizo mucho, no me siento cómoda con el hecho de que nadie pueda contactar conmigo.

Cuando lo saco, el papelito doblado en cuatro cae al suelo. Lo he cogido de la mesa de Nati.

Lo recojo y lo abro, extrañada.

Me impacta como un disparo a bocajarro.

Ella tampoco se olvida de ti.
Volverán a crecer las flores.

Siento como si me helara por dentro.

Y luego, mi corazón empieza a latir con fuerza, como si alguien aporreara una puerta en mitad de la noche.

16

«Perdonad, tíos, me quedé sin batería durante la noche y conseguí encender el móvil lo justo con el uno por ciento extra de seguridad para poder mostrar el billete de avión».

Por fin noticias del papas de Ignacio. Con todo el lío de hoy, se me había olvidado.

«Acabo de llegar al que será mi nuevo piso. Os lo juro, chavales, no vuelvo a beber en la puta vida. No sabéis la experiencia que es subir a un avión con el sabor de tu pota rascando todavía en la garganta. No os lo recomiendo».

Qué asco, joder. Me causa verdadera amargura que Ignacio sea tan gráfico en sus aventuras. Lleva así desde que lo conozco, no se guarda ni un detalle. Pero debe estar mejor, porque de ese audio hace unas horas y acaba de mandar una foto tomando cañas con sus nuevos compañeros de trabajo. Es gilipollas, pero eso ya lo sabíamos.

Son las cinco y media de la tarde y estoy reventado. No he dormido nada. «Nada» no es poco o mal. «Nada» es nada. La ración de estrés que me he comido esta mañana ha sido espectacular y, de postre, una comida de empresa en la que he estado más tenso que en un atraco con arma blanca. La conversación ha girado en torno al sector que nos une, claro. El maravilloso y últimamente tan impredecible mundo de la construcción. Y, bueno, también ha habido un poco de peloteo servil por mi parte. *Networking* lo llaman, ¿no?

Ander es un tío majo y, aunque le he notado demasiado interesado en mi vida personal, aguantar el tipo me parece un precio bajísimo que pagar con lo que en realidad podía haber sido el día de hoy en general. Tengo claro que si esto fuese una película de Marvel yo sería el personaje torturado. Vamos, que no he llorado porque no me sale hacerlo en público, pero ha faltado poco.

Entre todos han acabado conmigo. Solo quiero arrastrarme hasta la cama y dormir diez años seguidos o que alguien me lleve al desguace y me despiece.

Veo la maleta, que he tirado sobre la alfombra de mi habitación. Sigue donde la he dejado cuando he venido a cambiarme para salir a comer con los de Donosti con mis gafas de sol y actitud conquistadora.

Quiero dormir del tirón, así que prefiero abrirla ahora que hacerlo mañana con más pereza que tiempo. No creo que la reunión se vuelva a aplazar y, si pasa algo más, veré a Raquel como algo más que una niña de cuarenta y pico furiosa. Estoy seguro de que al próximo problema me corta las partes y luego se hace un zumo de esos verdes que trae a la oficina por las mañanas.

Resoplo al imaginarme a mi jefa otra vez enfadada y deposito la maleta sobre la cama. Vuelvo a introducir el código, aunque algo me dice que no va a funcionar.

Nada, no hay manera.

No puedo haber cogido de nuevo la maleta equivocada, porque eso solo significaría una cosa: que mi madre tenía razón y soy un inútil. Bueno, dos cosas. También tendría que escribir a Carmen para recuperarla. La verdad es que, dentro de lo malo, es lo que más me apetece.

Decido abrirla a la fuerza, aunque solo sea por dignidad.

Como es mía, si la rompo me compro otra, que tienen razón todos los que me han visto con ella: «Ya va tocando, Brunito».

Voy hasta la cocina en busca de algo afilado. Abro varios cajones. Esta casa está llena de adquisiciones de Jimena y la mayoría son cosas cuya utilidad desconozco. Cajas de infusiones, aparatos de apariencia mágica que resultaron servir para montar espuma en los cafés, vasos extraños que podrían pasar por recuerdos de una visita al MoMa de Nueva York. Al fin encuentro una varilla que me servirá para apuñalar mi equipaje, y ganas no me faltan, después de la guerra que me ha dado.

Hurgo en la cremallera. Sí, lo que he encontrado es lo bastante afilado, porque consigo colarlo entre el zigzag de los dientes. Menos mal que es vieja y que ya ha cedido alguna vez. No soy precisamente un delincuente experimentado, pero está hecha una mierda. No tardo mucho en separar ambas partes. Respirando hondo, voy abriéndola poco a poco.

Tengo la previsión y la esperanza de reencontrarme por fin con mi traje, mis calzoncillos y mi carpeta con el informe que necesito para mañana, pero mi cara ni siquiera cambia cuando termino de abrir la maleta.

Se confirma que soy un desgraciado y, en efecto, esta cagada es insólita.

Dentro de esa maleta solo hay ropa de tía doblada a la perfección, una bolsa transparente con un cepillo de dientes, un cortaúñas y lo que parecen ibuprofenos sueltos como para montar un hospital de campaña. Encima de todo eso, un par de bolsas de tela de esas de propaganda que también sirven para ir a la playa.

Debería cerrarla y enviar un mensaje a Carmen, pero una vez que se empiezan a hacer las cosas mal en la vida ya no hay vuelta atrás. Voy a tener que explicarle que la he abierto a la fuerza y de cuajo, pero lo justificaría con que ella me genera interés. Una de cal y otra de arena. ¿Cuál es la opción buena? Ninguna de las dos.

Llegados a este punto, por lo general, la cerraría y con esto y una anécdota más que contarles a los chavales me desharía del marrón, pero, sin ser demasiado cotilla, reconozco que me puede la intriga. Termino cogiendo las bolsas para ver qué hay dentro. En la primera hay paquetes de embutido envasado. Vegana no es, y tonta, tampoco, porque es ibérico. Normal que quiera recuperar su maleta. Me río sin poder evitarlo pensando que detrás de tanta intensidad solo hay ganas de comerse un bocadillo en condiciones y me parece lícito.

En la segunda me encuentro varios cuadernos viejos. Las tapas son duras, forradas con telas de diferentes colores un poco ajados por el paso del tiempo. O eso parece.

Saco dos al azar y los abro. Recorro con el índice varios párrafos. Están escritos a mano. La tinta se ha vuelto grisácea. Entre tanta letra algo me llama la atención. Es una fecha al inicio de uno de los cuadernos.

5 de mayo de 1950

Quince años. Lo primero que me han dicho esta mañana es que ya estoy para casar. Mi hermana Pilar anda mandándose correspondencia con el hijo del hombre que mueve el molino del pueblo y hoy no se ha presentado a comer. Creo que ha ido a almorzar con él y madre está molesta. Este cuaderno es mi regalo, pero estoy agradecida porque llevo varios años pidiéndoles que me los regalen. Madre no quiere verme escribir porque dice que eso es de hombres y que este sitio es muy pequeño. Si alguien se entera de algo nos enteramos todos. Hace dos semanas por poco me deja sin comer por no andar erguida para ser una «mujercita». Menos mal que padre no se mete en esas cosas y ha conseguido convencerle para hacerme un regalo. Me han entregado estos cuadernos y dos duros, así que lo mismo puedo bajar a la ciudad y salir al baile con las de la escuela este viernes. Voy a ir bajando a recoger el agua de la fuente, no quiero que llegue padre del campo y no pueda beber.

Sigo pasando las páginas con cuidado. Están amarillentas y frágiles. Los libros han resultado ser diarios, aunque no me queda claro de quién. Esta mujer no puede ser la madre de Carmen, porque es demasiado joven para que los números cuadren. Todos reflejan más o menos el mismo tono. Continúo buscando en la bolsa y encuentro una libreta negra. Es más actual, aunque también está bastante gastada y tiene el nombre de la dueña grabado en la cubierta con letras doradas: CARMEN.

Lo cojo y dejo el resto de la maleta en el suelo mientras me tumbo en la cama. «No me jodas, Bruno, no deberías estar leyendo estas cosas», pienso. Llevándome la contraria, como empieza a ser tradición, abro la libreta por la primera página.

Hace mucho que no escribo.

Miento. Lo hago todos los días por obligación, pero hace un montón que no me escribo.

Que no me doy conversación. Que no me escucho y me contesto.

Soy muy consciente de mi inconsciente; somos amigos desde la posadolescencia (hay años en los que no te aguantas ni tú misma) y esa es mi herramienta maestra. Mi llave Allen para los domingos. Por suerte, mi bombilla cerebral me habla con cariño, me tiene paciencia y me respeta. Aunque no siempre, porque el «siempre» como tal existe muy poquito.

Ahora que atravieso lo que a todas luces —y alguna sombra— es un periodo de cambios, esa misma voz es la que me habla de los consecuentes riesgos. El principal, que al atravesarlos alguno me pille mirando hacia otro lado y sea él el que me atraviese a mí.

No soy una persona miedosa. Quizá un poco en las cosas tontas, pero en lo importante (lo que incluye morir, enfermar, olvidar, fallar) mis experiencias previas actúan como flotadores. Y eso me lleva a pensar, ¿se puede vivir sin cambiar? ¿Para qué sirve el miedo y cómo se mide? ¿En «miediques»? Un susto = un «miedique y medio». Una despedida = cinco «miediques». Y así. Igual es más fácil desandarlos si los cuantificas. Me he propuesto no meter chistes en esta carta porque es mi «glutamato sódico» social: a todo le pongo un poquito de humor para que sepa mejor o sea más palatable. Me encanta esa palabra.

Mi vida «de ahora» suena a maraca rítmica espiritual. Como esta canción que espero escuches mientras te escribo: pum-pum-chas, lunes; pum-pum-chas, martes; pum-pum-chas, miércoles... Es decir, tiene algo de cíclico, musical, que me recuerda a mí, y otro poco de ordenado que no me representa.

He escrito mi vida «de ahora» como si se pudiera separar del resto de mi existencia o como si ese verbo no implicara un todo. Me lo escribo así porque me gusta la idea de que en una misma existencia puedan caber cincuenta o mil. Lo aprendí viajando y hablando con otras personas que, a su vez, habían «viviajado» mucho más que yo.

Creo que las etapas son como animales que están vivos y el conjunto es un catálogo de esas criaturas; a veces son fantásticas, y otras, feroces. Las decisiones, por poner un ejemplo de algo que determina nuestros caminos, son ratones de colores que van a todas partes sin obedecernos. Uno puede colocarlos en un trabajo o una ciudad, pero

*después solo puede soltarlos y ver cómo lo invaden todo,
en todos los sentidos y hasta que vuelven a estar en calma.
Y luego, a veces, el tedio.*

¿Es justo ese momento la hora de cambiar?

No tengo la respuesta.

*Lo que sí sé es que ese espectáculo, el vodevil no ro-
mántico que se forma viendo cómo se encuentran o no, es
básicamente lo que llamamos «vida». En este viaje en metro encuentro la metáfora perfecta: el sonido del vagón
cuando viene y el pitido del tren cuando se va. La gente
que baja o sube. El que se queda sentado frente a las puertas que se abren, esperando otro tren como para darle otra
oportunidad.*

Los sonidos de otro día que se marcha.

Ojalá saber hacia dónde.

Entonces me doy cuenta. Sabía que esta tía era especial,
pero leyéndola me parece espacial. Tiene una forma de escribir que descoloca.

Sigo leyendo. Tengo la sensación de que su cabeza va a
otro ritmo, que funciona distinto al resto.

De estos días me gusta la quietud.

Pararse a priorizar las cosas que damos por hecho.

*Me gusta, como dice Leila, «dejar pasar las horas como
si el tiempo fuera algo que se puede perder, algo de lo
que siempre hay más». Hacer como los niños. Sentir que
hay de todo entre las manos de tu madre o debajo de una
mesa que para ti es un túnel; sobre la que cenan tus adultos
adornados hasta las cejas. Volver simplemente a ser, que
así sea todos los años, miembro de un grupo de nombre
tan concreto:*

El único que no podemos elegir.

El único que elegiríamos siempre.
Familia.

Es buena. Leo tres o cuatro párrafos más y para cuando me quiero dar cuenta ya llevo más de medio diario. Carmen puede hacerte reír y emocionarte en la misma frase. Carmen es un disco bien hecho en un mundo de reguetón. Escribe anárquica, desbordante y eléctrica. Ahora parece que le estoy dejando una reseña en Amazon, pero es verdad, Carmen es como meter a muchas personas en una sola.

Y que, aun así, todas molen.

Quiero volver a quedar con ella. Lo he sabido desde que me he dado cuenta de que no era mi maleta, por eso el nudo en el estómago y la esperanza de tener una excusa para llamarla.

Sin dejarme pensar más, alcanzo el móvil, que he dejado cargando en la mesita de noche, y la llamo. «El teléfono al que está llamando está apagado o fuera de cobertura». Vaya. Miro la hora. Las siete y cuarto de la tarde.

Por un momento hago balance de mi situación actual. Aquí estoy, comportándome como un acosador total. La verdad es que desde fuera ese término se acerca bastante a la realidad: una maleta de chica abierta a mis pies, en la que se aprecia con claridad un montón de ropa interior, y yo tirado en la cama únicamente con los pantalones del pijama puestos y rodeado de los pensamientos íntimos de la dueña de los sujetadores que visualizo un poco excitado.

Riéndome de mí mismo, decido seguir leyendo a sabiendas de que estoy siendo un poco masoquista.

Las grandes vorágines de mi vida han precedido a los
momentos de máximo esplendor. Yo lo defino así y se lo
cuento a mi madre: «Este problema es el pozo que precede

a X años de velocidad, ma». No lo entiende, pero lo que quiero decir es que cuando alguien nos desea un «veloz año», por ejemplo, nos está diciendo de forma indirecta que seamos felices.

No digo que sea un camino fijo o general el de mi sufrimiento, pero siempre que algo se tuerce mucho automáticamente se me enciende un luminoso amarillo en los ojos que le dice a la niña que fui (y a la que quiero muchísimo): «Aguanta, siempre acaba teniendo sentido. Siempre acaba mereciendo la pena».

Y siempre se cumple.

Me gusta pensar que no nos han educado para saber descifrar el dolor, pero que sintetizarlo tiene una recompensa brutal.

Es nuestra manera de ir puliendo la roca común para descubrir la piedra preciosa.

Este texto es del mes de marzo. Joder, me siento muy identificado.

Pronto llego a junio. Paro un segundo y, propulsado por la sensación de morreo cerebral que tengo al leerla, le envío un mensaje.

Leo algo que me llama la atención en especial:

Es curioso escribir sobre alguien que no está y, sin embargo, sigue estando. Son muchos los gerundios que mi abuela practica en mi vida; sigue, por ejemplo, importando, condicionando, apareciendo en todos los matices y también en los gruesos de mis asuntos.

«¿Habrá sido ella?». Me pregunto inocente en cada coincidencia. Otras veces simplemente me asusto.

La muerte de alguien al que quieres es eso. Un susto tremendo que no se pasa. También es volverse adultísimo en algunas cosas. El tiempo —¡e l t i e m p o!— pasa así, de seguido, como lo escribo. Otras, lo dice mi amigo Fran, genera un desorden; se desordena, te desordena.

Es el cumple de mi abuela.

Cumpliría superpocos, como diría ella. «Más de ochenta y menos de noventa, abuela…», diría yo.

Para vosotros es un número.

Para mí, hoy, un ramo de estrellas.

Y sin querer cambiar absolutamente nada de lo que leo, me doy cuenta de que el que ha cambiado al leer estos diarios soy yo.

El sonido de varios mensajes entrantes me despierta. Dando manotazos, encuentro el móvil y miro la pantalla con los ojos casi cerrados.

Me incorporo de inmediato. He recibido un mensaje de «Chica Maleta», como la guardé cuando Inés me dio su número. No pensé que fuera a ser un contacto que querría conservar y ahora le pondría el prefijo de AA por delante.

> **Chica Maleta**
> Ey!

> Sí, ya lo he visto…

> No será una cámara oculta contratada por Inés?

> Le pega hacer ese tipo de cosas

> **Bruno**
> Sí, bueno, casi que lo preferiría antes que parecer un delincuente experto en el robo de maletas

Jajajaja

Lo eres y lo sabes. Yo explotaría esa faceta tuya si te falla la topografía

Se empieza así y se acaba con las criptomonedas

Está claro de quién ha sido la culpa esta vez

Tuya?

No puedes culparme de mis despistes porque «yo soy así y así seguiré»

Vale, Alaska

Te doy un truco de estadística que nunca falla por si seguimos quedando: 8 de cada 10 veces, la culpa es de Inés

Y esta es la novena que lo confirma

Eso, tú échale la culpa a la amiga borracha

Y yo que pensaba que no te habías fijado porque solo tenías en mente huir de mí...

Al segundo de enviar ese mensaje me arrepiento, pero ya lo ha visto y está escribiendo.

La amiga borracha no acabó a punto de vomitar...

En fin, necesito recuperar mi maleta, y supongo que tú querrás recuperar estos documentos

> Parecen importantes

> Has abierto mi maleta?!

Escribe y borra varias veces. Otra manera de decir que sí. Espero que no haya desordenado nada de la carpeta o mi jefa me cruje. Al segundo me doy cuenta de que en segundo plano tengo su equipaje desvalijado y me arrepiento y pienso en cómo contárselo con un: «Ey, encontré un cuaderno y empecé a leerlo. Resulta que es tuyo… JAJAJA».

Borrar. No puedo ir por ahí. Reescribo, pero ella se me adelanta, y menos mal, porque mi mensaje era penoso.

> Jajajaja

> Te vale si vuelvo a poner de excusa «Ha sido Inés»?

> Vale, estamos en paz

> Así que tú también la has abierto…
> Tengo el jamón contado

No puedo evitar partirme el culo con la imagen del embutido en la bolsa de playa.

> Mira, tengo que estar a las ocho y media en una cafetería cerca de la plaza Olavide

> Como solo será un momento…

> Quedamos allí?

Ese «un momento» me da bajón, pero igual he sido muy directo con lo de que había huido de mí, así que mejor no insistir ahora. Si he solucionado la mañana de hoy, creo que podré hacer que el encuentro se alargue.

Miro la hora. Son las ocho menos diez.

> Venga, nos vemos allí, aunque seguramente llegaré un poco tarde

> Si nos confundimos hoy también, la tiro al Manzanares

> Primer aviso

> Te paso ubicación:

> [Años Luz]

No añade nada más que esas dos palabras y un *link* de Google Maps.

Recalculo la ruta.

Me visto tan rápido que parece que estoy huyendo de un incendio.

Quizá sea el término correcto, porque algo en mí se está quemando.

No sé si es el pasado o el futuro, lo único que sé es que el presente tiene un nombre y está escrito en la tapa de la libreta que preside ahora mismo mi cama.

Ojalá, su cuerpo.

> Bonito nombre

> Ojalá poder decir lo mismo de tu maleta. JAJA

Bueno, me caes bien y no quiero que te despidan

No creo que haya tantas empresas que necesiten un topógrafo con perfil verificado de Instagram

Nos vemos ahora

17

—Gracias, Carmen, de verdad. No sé qué haría sin ti —me dice Emilio mientras me pasa un brazo por los hombros y me da un beso en la sien.

Emilio es el padre de Inés y el mío en funciones. O lo que es lo mismo, yo soy como una hija para él. La verdad es que agradezco lo de tener un padre y medio; siendo el medio el biológico, por supuesto. Por eso estoy un miércoles por la noche en el Años Luz. Es la cafetería-librería, o bar de libros, como dicen ahora los modernos, que Emilio abrió después de traspasar la licencia a su hija.

Nos encontramos tras la barra. Está haciendo un pedido de títulos nuevos para el local desde el portátil en el que suele pasarse horas jugando al sudoku o escribiendo. El pobre hombre es aún peor que yo en cuanto a la tecnología, pero al menos tiene una excusa de nada llamada «ser un jubilado» y de la que yo carezco para justificar mi poca gracia con internet. Le gusta que le aconseje sobre lecturas o como dice él: «Cuéntame eso de lo que leen los jóvenes. Los que leen, claro».

Yo, como él, y como también lo fue su mujer, soy lectora. Empedernida o no, no lo sé, pero los libros me han salvado más de dos y tres veces de episodios complejos de mi vida. La sensación de dejarse ir y colarse en otra vida es, sin que suene a *stalker* de manual, algo indescriptible. Por no hablar de sus poderes curativos. Por eso nos llevamos tan bien, supongo. Emilio es una de las personas con las que más hablo sobre cualquier cosa. Es mi tutor literario, emocional e, incluso, laboral. Tampoco es que me encante hablar sobre mi vida, pero, cuando nos metemos en faena Emilio y yo, las horas pasan como los años felices: apenas puedes distinguirlos porque van demasiado rápido.

Miro el reloj y lo alterno con vistazos hacia la puerta. Emilio sabe que estoy nerviosa por algo, pero es demasiado discreto para preguntar directamente.

—¿Estás bien, Cita? —Es como me llama en argot cariñoso.

Me conoce bien, pero también sabe que soy muy dada a guardarme las cosas dentro y lo respeta.

Vuelvo a mirar el reloj. Son las nueve menos cuarto. Emilio va a cerrar en breve. La pareja que quedaba en el local recoge sus tabletas y bolsos, se levanta y se despide hasta mañana. Suelen venir todas las tardes a tomar algo, leer, escuchar los vinilos de ambiente de Emilio y algunas veces a escribir. Tengo pendiente organizar algunos talleres de escritura. La verdad es que el espacio del bar de Emilio es una pasada. Paredes blancas rotas con los cientos de colores de las tapas de los libros, ladrillo visto y mesas redondas con cojines en el suelo.

Emilio les dice adiós con la mano, es un gesto muy suyo, y entra en la trastienda para dejar el ordenador en la oficina que tiene ahí montada. Yo salgo de detrás de la barra y me pongo a ojear los títulos de los libros que tiene en las estanterías. Sabría encontrar cualquiera con los ojos cerrados, porque me los sé de memoria, pero necesito distraerme para no estar tan pendiente de la llegada de un tío al que acabo de conocer. Me lo repito con esas palabras exactas de forma constante porque necesito que mi cerebro tome perspectiva. Necesito ser más racional que nunca y ya es decir.

Las puertas de Años Luz son de madera roja. Algo muy típico en esta zona de Madrid. Antiguamente los locales que vendían vino tenían que tintar sus entradas de ese color para que fueran reconocibles. Emilio me contó que este sitio era una taberna que vendía el excedente de vino de una bodega familiar de un pueblo a pocos kilómetros. Él intentó conservarlo todo, respetar el espacio, y todavía hay fotos en las paredes de cómo era el sitio en los años cincuenta.

Saco de su sitio un ejemplar de *Zona de obras*, de Leila Guerriero, y lo abro para ojearlo. Es mi escritora favorita, así que me quedo boba releyendo algunas páginas. Apenas oigo la campanilla de la puerta, pero el sonido es suficiente para saber que ha entrado en el local. Levanto la vista poco a poco de mi lectura.

Disimulo bien, pero desde que ha aparecido mi cerebro se focaliza en él. Bruno se acerca a mí sonriendo, arrastrando mi maleta tras de sí con cara de estar un poco desubicado. Mira las paredes y el techo con la boca un poco entreabierta. No puedo evitar fijarme en sus labios. Nunca lo había hecho, pero tiene una boca perfecta. Una boca que hace apenas veinticuatro horas estaba a escasos centímetros de la mía.

Lleva una camiseta de manga corta de algún grupo de música que desconozco y unos vaqueros oscuros. Tiene el pelo un poco revuelto. Sus rizos negros están despeinados e intenta domarlos sin éxito con una mano. Está claro que es algún tic nervioso. Quizá no soy la única que lo está.

Dejo el libro en su sitio, en la parte baja de la estantería. A estas alturas de mi vida, ya estoy un poco de vuelta de todo, así que me sorprende bastante notar que me tiembla un poco el pulso. Por Dios, Carmen, que es solo uno más y apenas lo conoces, *keep calm, girl*.

—Hola, Chica... —Joder, parece que me ha leído la mente— Maleta. —Cierra el enunciado en dos tiempos.

Bruno me saluda mientras llega hasta a mí y me da dos besos. Noto que se tiene que agachar bastante para llegar a mi cara. El olor de su perfume me lleva directamente al día que abrí su equipaje en mi salón y en el que me puse a pulverizar como si supiera lo que iba a pasar cuarenta y ocho horas después.

Por ir al grano: está muy guapo.

Se lo digo sin saber muy bien si debería hacerlo.

Se incomoda un poco y agacha la mirada, mirando la ropa que llevo puesta. Aún hace calor en esta época, incluso por la noche, así que he optado por un vestido corto de flores y mis imbatibles Converse negras. Me he pintado los labios de rojo con un labial de Inés que siempre le robo.

—Tú tampoco estás nada mal.

Nos quedamos muy cerca. En la trastienda oigo a Emilio hacer algunos ruidos como si no encontrara algo, maldice en un tono bajo para lo que es él. Sabe que estoy acompañada.

Bruno se pone tenso. Creo que no esperaba que hubiera alguien más en el local. Intento que se sienta bien haciéndole una broma.

—Eh, hola. Encantada, soy Carmen. ¿No habrás visto mi maleta por casualidad? —Sonrío y funciona.

—Perdón. Poco más puedo decir. —Me la acerca.

—Lo del «Lo siento, no volverá a ocurrir» ya está muy visto —le vacilo y la dejo a un lado.

Algo en la trastienda vuelve a sonar y Bruno ataja la conversación:

—¿Tienes algo que hacer ahora?

En principio solo hemos quedado para intercambiarnos las maletas. Creo que lo que quiere saber es que si tengo una cita.

—No tengo otro plan más que el de recuperar mi maleta —digo con seriedad. Me aparto unos centímetros y me pongo a recoger un par de vasos que otros clientes han dejado en una mesa.

Lo pierdo un segundo de vista y eso me ayuda a serenarme. La cara me arde.

—La verdad es que tenía pensado invitarte a tomar una copa. Si te apetece, claro —me responde.

Me sorprende y me gusta su iniciativa, pero la Carmen más racional contrataca y sin pensarlo demasiado termino diciendo:

—Mejor otro día, la verdad. Mañana tengo cosas que arreglar.

Sé que anoche, entre bromas y copas, conectamos. Lo sé porque me lo pasé increíble y porque consiguió que se me olvidara cómo lo he estado pasando estos últimos meses. Pero tampoco se me olvida que luego me sentí como una mierda cuando le oí mandar ese audio.

Reconocerlo me avergüenza. Me lo tengo que mirar, la verdad. Siento que Bruno es una persona que me mueve y por norma suelo estar más parada emocionalmente que un avión de mármol. Me conviene ir con cuidado y no meterme en la parte más honda de esta piscina de sentimientos sin saber si haré pie o no.

Antes de que pueda explicar todo lo que se me pasa por la cabeza, su respuesta me fulmina.

—Otro día, sí, vale, tomamos algo…, pero hoy también.

Él se queda expectante, sopesando cómo me tomaré el envite. Yo sonrío pensando en que le ha echado mucho morro y eso me excita. Bruno se acerca a mí y posa la mano sobre mi brazo, acariciándolo. Cuando va a hablar, Emilio sale de la trastienda. Se queda parado un momento. No esperaba encontrarme así, eso desde luego. Puedo ver su cara en el momento exacto en el que se da cuenta de que esta persona es el motivo por el que he estado tan abstraída durante toda la tarde.

Se acerca a nosotros y le tiende la mano a Bruno.

—¿Qué tal? Soy Emilio, el dueño —se presenta mientras me mira de reojo.

—Buenas tardes, señor. Soy Bruno —responde él demasiado correcto.

—Si me vuelves a llamar «señor» te prohíbo la entrada al local. —Enseguida le sonríe para que se tranquilice. Bruno se ha puesto muy tenso como si le estuviera presentando a… a mi padre. En el fondo es lo que estoy haciendo.

—Disculpa, eh…, Emilio. Solo vengo a devolverle la maleta, no sé si le ha contado la odisea que hemos tenido con este tema…

—Ah, sí. La dichosa maleta. Pensaba que ya lo habíais solucionado. —Se carcajea.

—¿Estás bien? Hemos oído unos ruidos… —le pregunto cambiando un poco de tema.

—Es que no veo una mierda, Carmen. —Se sujeta las gafas, redondas, de pasta y antiguas—. Las he llevado tres veces a arreglar porque son las que me regaló Julieta y ya sabes, qué te voy a contar… —Lo dice entornando ligeramente los ojos y tocándome la barbilla en un gesto de cariño. Suspira y prosigue—: ¿Vais a salir? Hace una noche estupenda, pero, ojo, que las terrazas están a reventar. ¿Por qué no os quedáis aquí? He oído algo de una copa. Podéis coger lo que queráis, yo os presto las llaves y, cuando os vayáis, cerráis. Carmen, le dejas las llaves a Inés, ¿vale? Que mañana tengo que verla.

Emilio lo dice todo tan a la carrera que no me da tiempo a objetar nada. De repente me veo con las llaves en la mano y al padre de mi amiga en la puerta despidiéndose de mí con un guiño tras decirle adiós a Bruno con una palmada en la espalda y el deseo de que nos lo «pasemos piruleta». No sé a quién le ha debido de oír esa expresión, pero él piensa que le da un aire más juvenil. Lo que no ha sido juvenil tampoco es esta encerrona en toda regla, y es demasiado tarde para querer escapar.

Me acerco a la puerta y le doy la vuelta al cartel para anunciar que estamos cerrados. Me vuelvo hacia Bruno, que me mira a la espera de mi reacción.

—En fin…, ¿blanco o tinto? —le pregunto con una sonrisa, pero sin que parezca que este plan es lo que más me apetece del mundo ahora mismo. A quién quiero engañar, quiero quedarme con él y conocerle… y de paso averiguar quién es Jimena.

Emilio es especialista en detectar qué me hace falta en cada momento y justo ahora lo que necesitaba era este empujoncito. Inés diría que detrás de cada empujoncito hay un empotramiento, pero ese es otro tema.

Bruno me devuelve la sonrisa, y ambos nos acercamos a la barra.

—Tinto, por favor —dice al tiempo que se sienta en un taburete.

Perfecto, es de los míos. No sé mucho de vinos, pero Emilio siempre tiene un par de botellas de uno que probé en un viaje a La Rioja y que me encantó. A ver si lo encuentro… ¡Sí, aquí está! La etiqueta del vino reza «Viñedos de la luz». Lo abro y sirvo dos copas, mientras respondo a su pregunta sobre qué estaba haciendo aquí.

—He venido a ayudar a Emilio con unas compras online para el local. Es el padre de Inés, por cierto. Somos muy buenos amigos.

—Ya decía yo que no se parecía mucho a ti.

Me río.

—Tampoco se parece en nada a Inés. Ella es clavadita a su

madre. —Señalo con la cabeza la foto de Julieta, colocada en un lugar preferente entre dos estanterías y enmarcada por un marco amarillo que ayudé a elegir cuando Emilio quiso honrarla de esta manera.

—¿Y ella está…?

—Murió hace pocos años. Cáncer de mama —explico con algo de pena, pero enseguida recobro la sonrisa—. Este lugar es casi un templo para él, y está dedicado a ella por completo. Une las pasiones que tenían en común: la lectura, el vino, la música y el café. Y el nombre fue idea de Emilio. Es muy discreto, pero en cuanto gana algo de confianza te cuenta que, aunque ella esté a años luz físicamente, este proyecto la mantiene aquí a su lado. La ve en todas partes y le gusta recordarla en cada canción o en cada copa.

—Joder, se me ha puesto la piel de gallina —dice Bruno, que ha apoyado la barbilla en los brazos cruzados sobre la barra y me mira, prestándome toda su atención.

—La muerte es una cosa misteriosísima y a la vez muy simple —asiento, dándole la razón. «Te crea la grieta y luego te obliga, te exige, te empuja… a mirar a través de ella», pienso sin decírselo para evitar sonar demasiado intensa—. Deberías haberlos visto juntos. Orbitaban uno alrededor del otro, era impresionante. Eran ese momento exacto en el que suena la sintonía perfecta. —Suspiro—. La echo mucho de menos, la verdad. Siempre me he sentido una más en la familia de Inés, y fue una mierda vivir el proceso con ellos. Por eso me gusta tanto estar aquí. Últimamente necesito recordar a esas personas que formaron parte de mi vida, sentirlas cerca.

Bruno me sonríe, y yo noto que me cierro en banda. Demasiada información. Soy un caracol al que le han tocado una antena y ahora solo quiere esconderse. Decidida a dejar el tema de lado, le paso una de las copas y dejo la mía frente a él, intentando poner algo de distancia entre ambos. Necesito esa distancia. Esta conversación me remueve y tengo algo tintineando en el pecho y lo noto en cada respiración. Se acerca la copa a la nariz y la mueve en círculos.

—Frutos maduros, especias y un ligero toque de vainilla —me dice, como si fuera un experto.

—De todas las cosas que me imaginaba de un ladrón de maletas, lo último era esto —le vacilo. Ya he conseguido salir de ese sentimiento de exposición y eso me tranquiliza—. No imaginaba que supieras de vinos. Si lo llego a saber, dejo que elijas tú.

—No es que sepa. Lo de la pedantería al hablar de vinos me venía debajo del brazo. Mi familia tiene viñas en La Rioja; de hecho, toda mi familia al completo se dedica al sector, menos yo, claro —confiesa—. De todas formas, este es de los favoritos de mi padre, así que has acertado. Por eso me sé lo de la vainilla. Se lo he oído decir mil veces —añade, y tras una breve pausa abstraído en su recuerdo vuelve a sonreír.

Cada vez que sonríe vuelve esa sensación a mi pecho. Es como tener un secador industrial apuntándome al corazón.

—La verdad es que Emilio me habla mucho de este tema y yo nunca logro distinguirlos. ¿Y por qué no seguiste con el negocio? Al fin y al cabo, habría sido una opción a tener en cuenta. —Siempre me ha despertado curiosidad la gente que se sale de la caja familiar y esta vez no puedo disimularlo. Aunque, por su gesto, tal vez no ha sido muy buena idea. Se pone incómodo.

Cuando voy a disculparme y a cambiar de tema, me responde.

—No fue por falta de insistencia, al menos por parte de mi madre. Ella quería que me quedara allí, y creo que no me ha perdonado el hecho de que no siguiera el camino que tenía marcado para mí. Mi hermano pequeño sí lo hizo, así que al menos él ha conseguido ser el elegido. Y de paso, hacerla feliz. No puedo competir con él a ojos de la matriarca, ya sabes. Además, se casa este fin de semana: joven, empresario y encarrilado. Pero yo soy más guapo..., creo.

Sonrío y levanto las dos manos como si dudara de la respuesta. Se nota que quiere mucho a su hermano, aunque también veo que la relación con su madre es tensa. Paso de ahondar en eso ahora.

—Entonces te irás a Logroño este fin de semana...

—Ajá. Me toca dar el discurso en nombre de toda la familia. Es el metadiscurso. Un discurso metido en otro discurso. Es una ceremonia casi de *networking* con la excusa de una boda. Creo que incluso habrá alguien de la prensa. Un poco coñazo, pero bueno.

Bruno baja la vista al suelo, busca las maletas y me devuelve una mirada muy seria con sus ojos pequeños.

—Menos mal que al fin tengo esa papelera con ruedas. Necesito unos documentos para el discurso, que están guardados en un *pendrive*: unas fotos que hay que proyectar, los mensajes clave y luego mi aportación, claro, que no puedo hablar de macroeconomía en una boda... Si me llego a presentar sin él, me matan. No soy muy bueno improvisando. —Ríe.

Se me ocurre algo, pero enseguida mis pensamientos se hacen humo cuando vuelve a hablar.

—¿Solo vamos a hablar de mí?

Le da otro sorbo al vino. Veo como la copa va bajando de nivel y, mientras voy buscando la respuesta perfecta, me levanto y le sirvo.

—Estaría bien que me dijeras qué quieres que te cuente sobre mí, porque sabiendo que has abierto mi maleta ya tienes bastantes datos —bromeo y me siento de nuevo.

—Alguien que trafica con jamón serrano no puede ser

mala persona... Dice muchas cosas de ti y todas son buenas. ¿Algo más que añadir para hacerme a la idea de la persona que tengo enfrente?

Siento que, cuente lo que cuente, no se va a quedar en un nivel de superficialidad de primera cita. No sé si esto contabiliza como una segunda. Él se ha sincerado conmigo, así que supongo que me toca hacer lo mismo. Puedo ver la cara de mi amiga Inés mentalmente diciéndome: «NO, NO, NO» ante la decisión de ponerme intensa, pero, como otras muchas veces, no le hago caso y continúo:

—Definirse es una cosa horrible, porque por lo general lo que decimos de nosotros en público no suele ser verdad, pero si algo tengo claro es que soy de todo menos superficial. —Bruno me presta atención con todo el cuerpo, así que prosigo—: El paquete básico de información: me llamo Carmen, aunque soy vasca. Estudié Psicología y tengo treinta y cuatro años, pero eso ya lo sabes porque te lo conté cuando nos conocimos —hago una breve pausa como intentando recordar la fecha en broma y después digo—: ayer.

Él sonríe y mira a un lado. Hace eso siempre que una respuesta le pilla desprevenido.

—En cuanto a mi carácter, si fuera un personaje de *Juego de tronos*, sin duda sería una Stark. No soporto la traición y la falsedad. Un día llegué a esta ciudad extraña y me enamoré de su ritmo, pero para descubrir sus encantos primero tuve que odiarla y perderme unas cuantas veces en eso que llaman metro. Me pasó lo mismo con mis amigas: Inés y Elena. Son exactamente las dos cosas que me llevaría a una isla desierta, y la tercera es este vino.

Hago una pausa para beber.

—En Donosti ya no me queda nada desde... —Esto duele. Verbalizarlo duele—. Desde que mi abuela murió. No es la típica historia de nieta pierde a abuela. Para mí era imprescindible su existencia y he pensado mucho en el adjetivo antes de escogerlo.

Trago saliva y me muerdo el labio dejando los dientes al descubierto y sin esforzarme por disimular. No voy a llorar, pero no me importaría hacerlo. No me puedo creer que se lo haya contado a este desconocido cuando es un tema sobre el que no me abro ni con Elena. Aunque algo en mí, de alguna forma, reconoce a Bruno como territorio seguro. ¿Sabes cuando no tienes claro por qué, pero una conversación se vuelve perfecta? Tiene algo especial, y me lo demuestra acto seguido.

Bruno no contesta. Se limita a mirarme en silencio y a sonreír a media asta. Creo que entiende lo que le estoy contando y, sobre todo, le interesa. Es como si ya supiera lo importante que era mi abuela para mí y eso me desconcierta un poco, porque me acaba de conocer.

Le devuelvo una sonrisa flojita y amplío su silencio, porque estamos cómodos en él.

Las ganas de llorar se esfuman y activo mis recuerdos, pero, por primera vez desde que pasó todo, me siento protegida haciéndolo.

Es curioso cómo nos apoyamos en personas que ya no son tangibles. Recuerdo el proceso de la muerte de mi abuela, mi soporte como un túnel del que salí sin algo que para mí era más vital que el oxígeno. Salí peor. Salí triste e indefensa, pero salí. Con una sensación preciosa de fragilidad sobre la que me he apoyado hasta ahora.

La sola idea de que pudiera dejar de estar a mi lado me desestabilizaba. Hasta este momento de mi vida, he conseguido controlarlo casi todo, pero la muerte es la definición gráfica del descontrol. Nada en tu espera, activa o pasiva, arregla el desenlace porque es definitivo. El aprendizaje de ese dolor titánico fue que no importamos tanto. Somos un milagro, un desastre, una curiosidad. Seres fugaces mejor que humanos.

Tenemos valor para un puñado, más o menos amplio y variable en número a medida que creces, de personas. Interferimos en sus vidas, participamos de sus planes, los acompañamos en sus decisiones, pero el resto ni nos nombra, luego no existimos.

Mi abuela estaba en la UCI de un hospital cuando el médico nos dijo como el que anuncia que viene una tormenta que se iba a morir. Esas salas metálicas, simétricas, tan llenas de luz, se convirtieron en el sitio más claustrofóbico del planeta. Un lugar de una oscuridad casi total.

Pensé en cómo podía haberlo dicho así, como si el mundo no acabara de quebrarse en cada una de sus frases cortas, pero a él no le dolió decirlo, porque mi abuela en su cabeza no era nada más que un nombre anónimo.

Para mí, una vida de emociones, cuidados y letras.

Lo que queda de luz.

—Era una persona increíble, sí —contesto al fin.

18

La conversación fluye.

Tocamos muchos temas y tomamos muchas copas. Entre bromas, vino, intensidades e intenciones algo difusas, han pasado ya varias horas. Me gusta estar con él sin tener que hablar todo el rato, o la mayor parte de él, sobre banalidades. Estoy acostumbrada a ese tipo de citas y, la verdad, no las disfruto. En realidad estoy desacostumbrada a casi todo lo que tenga que ver con el famoso verbo de moda en mi década: ligar. La superficialidad es lo que sale a flote en la era *app* de citas y esta conversación me está sorprendiendo para bien. Matizo: para muy bien.

La gente empieza a conocerse por el tejado: todo lo que se ve o lo que no importa. Comparten su galería de *stickers*, algunos memes o su biblioteca de Netflix y luego van directos al turrón. Como si no hubiera una escala intermedia de saber a quién tienes delante.

Lo sé, es un discurso un poco antiguo, pero yo, aunque respeto ritmos sexuales como el de mi amiga Inés, no me siento cómoda en esa forma de relacionarse sexualmente con el mundo. Nosotros —alucino con el hecho de estar usando ese pronombre— hemos subido de nivel sin quererlo y, asumiendo el riesgo de fallar por pasarnos de pedantes, ha sido un acierto.

Nos hemos montado una especie de pícnic en el extremo más alejado del local. Estamos escondidos entre estanterías y justo en un punto en el que nadie nos puede ver a través de los cristales. Hemos apagado luces y movido algunos muebles de la oficina de Emilio hasta este rincón. Una manta en el suelo, un par de cojines y una lámpara pequeña en un lateral como única fuente de luz.

Somos solo nosotros —otra vez esa palabrita— y lo que queda de la botella de vino, que es más bien poco.

—¿Cuál ha sido tu viaje favorito hasta la fecha?

Es mi turno de pregunta y tiro por ahí. Me acuerdo de la cosmóloga y su consejo para que reconectemos con nosotras mismas. Todavía no me he recuperado de lo del papel. Me debato entre llamarla y decirle cuatro cosas por jugar con algo tan importante o visitarla de nuevo, creérmelo todo y ponerla en nómina. Preguntar por un viaje es pedir muchos datos sobre algo: de todos los puntos del planeta, elegir uno por determinados motivos dice mucho de las personas que somos. De mí ahora mismo diría que estoy perdida, sin más. Por suerte la que pregunta soy yo.

—Hummm… He viajado bastante últimamente. De ahí el estado lamentable de mi maleta. —Se queda pensativo—. Uno que me haya removido y que lo tenga más reciente… Diría que una de las etapas del Camino de Santiago en bici.

—¡Puaj! —Por poco escupo el vino de la risa—. ¿De verdad? Pero si eso lo tienes casi al lado de casa. Inés encontró en tu Instagram fotos de postureo en Cancún… —replico. Me da seguridad decir que la *stalker* es ella, que en el noventa y ocho por ciento de los casos se ocupa de esa labor para nuestra comunidad de amigas.

Noto que se avergüenza.

—Ah, sí, he estado en muchos sitios en ese plan, pero no es tanto lo lejos que vayas sino cómo te sientes en ese lugar.

Yo creo, vamos. En Cancún no estuve a gusto, fui por… trabajo, por decirlo de alguna forma —contesta como esperando mi aprobación—. En el Camino, sin embargo, sentí libertad. Fui solo. No dependía de nadie y nadie dependía de mí. No tenía obligaciones, no sé. Anduve sin responsabilidades, y en mi bici es una sensación brutal. Cuando tienes a tanta gente a tu alrededor diciéndote lo que tienes que hacer y tú solo tratas de resistirte, lo único que quieres es alejarte, al menos durante un tiempo. Esos días solo me centré en el esfuerzo de mi cuerpo, en el aire que respiraba y en la naturaleza que me rodeaba. Y fue la hostia.

Yo solo puedo asentir. Sin darle margen de improvisación le lanzo la siguiente flecha.

—¿Cuál dirías que ha sido la experiencia más aterradora de tu vida? —le pregunto.

Veo que sonríe. En un primer momento pienso que va a tirar por lo fácil, como haría la mayoría, pero al ver que su gesto cambia me doy cuenta de que, contra todo pronóstico, me va a contar algo de verdad. Vaya, vaya, Brunito. No eras tan «el típico», como esperaba.

—Sin duda, tomar la decisión de no seguir el camino que mis padres deseaban para mí. Cuando era más pequeño siempre tuve un miedo irracional a decepcionarlos. Escogía mi camino basándome en lo que ellos iban a querer de mí porque pensaba que si hacía lo contrario no iba a ser merecedor de su cariño. Es jodido, ¿eh? Mi padre lo entendió y me apoyó, pero mi madre no lo llevó bien y me dio mucha caña. Me metió en la cabeza que si no seguía esos pasos iba a ser un desgraciado sin futuro. Luego creces y comprendes que prefieres serlo a que te digan qué es lo que tienes que hacer. No sé, nada de lo que sucede es para tanto, al final.

Esas palabras me recuerdan a mi abuela y la situación me crea un nudo en la garganta.

Trago otro sorbo de vino. Debería relajarme, porque la conversación empieza a ser parecida a la de ayer y no quiero volver a huir llegados a término.

—Así que ¿eres nihilista? —bromeo para descongestionar el ambiente.

Él hace caso omiso de mi último comentario.

—¿Y la tuya? —me pregunta con mucho tacto, como si tuviera más información de mi vida de la que a mí me gustaría. Pero, por alguna razón, no me apetece mentirle en esto.

—Veamos… —Quiero esmerarme en mi respuesta, así que me concentro en la imagen de un libro que hay en la estantería que tengo delante. Me recuerda extrañamente a los diarios ocultos de mi abuela, que me vuelve a la mente. Sin dudar más respondo—: Supongo que darme cuenta de que en algún momento iba a tener que aprender a vivir sin ella. Mi abuela.

La tristeza es un animal salvaje que nos patea a su antojo. Nosotros somos su pasto y su refugio. He aprendido estos meses a dejarla en libertad. No me hace sentir mal sentirme a su vez mal por algo que merece la pena. Lo que me jode es hacerlo por algo o alguien que no.

Bruno abre mucho los ojos durante un segundo. Bebe rápido y aprovecho para preguntarle, pero antes de que pueda abrir la boca reclama su turno.

—Háblame de tus amigas —me dice, supongo que para romper un poco la tensión.

—Vaya, te puedo escribir tres tomos sobre ellas —le respondo sin exagerar ni un ápice.

—Bueno, pues empieza con la sinopsis, ¿no?

—¿Por qué te interesan tanto?

—Porque a juzgar por las veces que las has mencionado durante las cerca de tres horas que llevamos aquí, y que antes has dicho que son tu prioridad, son importantes en tu vida, y quiero saberlo todo sobre ti.

Este año ha sido nefasto, pero por no ser negativa diré que también ha tenido alguna cosa buena. En concreto, dos: mis amigas y mis amigas. Aunque están un poco raras últimamente. Ayer en la cosmóloga me di cuenta de que estamos más inestables de lo normal. Más si cabe, claro. Quizá si las tres dejásemos de confiar nuestro futuro a un tiro de cartas y aprendiéramos a tomar decisiones más acertadas la cosa mejoraría, pero ya no seríamos nosotras, y eso es un precio demasiado alto a pagar.

No entiendo su interés, así que me muestro algo escéptica. Me quedo callada, mirándolo a los ojos.

—¿Por qué? —vuelvo a preguntar.

Él se acerca un poco más a mí y me coge la mano que tengo apoyada sobre las piernas, cruzadas.

—Vaya, Carmen. Tienes un comodín y puedes cambiar de pregunta, ¿eh? Me interesas. Pensaba que estaba dejándolo claro. —Me acaricia el dorso con el pulgar.

Yo aparto la mano. Esas palabras me hacen volver a la realidad, que he estado eludiendo mi parte más racional durante toda la noche: es un desconocido que empieza a querer conocerme demasiado.

—Pues no, la verdad es que no del todo. ¿Por qué no hablamos de Jimena? —le suelto a bocajarro, esperando con más ganas de las que nunca admitiré en público que me diga que es su madre o su prima que vive en extranjero.

Bruno no se sobresalta ante la pregunta ni se queda paralizado, aunque sí levanta un poco las cejas, sorprendido, seguramente cuestionándose de dónde he podido sacar la información. Tengo la sensación de que los dos sabemos mucho más del otro de lo que imaginamos.

—No tengo novia, Carmen, si esa es tu pregunta. Estoy soltero. —Noto un atisbo de duda en su voz y en sus ojos, y eso me impide dejar el tema.

—¿Y quién es?

—¿Y tú cómo sabes de ella?

Era de esperar. Soy gilipollas, además de parecer una cotilla de mierda. Pero de perdidos al río, si esto sigue como hasta ahora, se me va a volver a acercar y no quiero salir corriendo como un conejito que va a ser atropellado. Quiero tener todos los datos para asumir las consecuencias y comerle la boca sabiendo a ciencia cierta que la estoy cagando.

—Esta mañana te he oído enviarle un audio mientras esperabas al ascensor. —Acabo de quedar como una acosadora.

—¿Qué? ¿Cómo? ¿Estabas escondida? ¿Por qué? ¿Y dónde? —Se pone entre canalla, nervioso e imbécil—. ¿O es que te has arrepentido de irte y estabas esperando para saltar sobre mí?

—¡¿Qué?! ¡No! —Me río sin poder evitarlo al imaginarme la escena—. Vivo en el piso de enfrente, y las paredes son bastante finas. Te he oído de forma accidental, recalco, accidental..., salir de casa de Inés y cómo mandabas los audios.

—¿Vives en...? Madre mía. No voy a preguntar por qué decidiste no decir nada, pero ahora entiendo algunos de tus comentarios. —Niega con la cabeza. Si me ve Inés en esta tesitura, se quita una Converse y me la estampa. Tengo cero unidades de duda—. Jimena es mi ex. —Se le borra la sonrisa—. Lo hemos dejado hace poco. La relación no daba para más, pero sus cosas aún están en el piso que compartíamos y también tiene las llaves, así que entra y sale un poco a su antojo.

Mi cara debe de ser un poema, pero de los malos. Aun así, y porque son muchos años metida en esta profesión, elijo mi expresión más aséptica para que no se me note ni un poquito que tengo el cerebro en combustión con tanta información relevante. En realidad, esperamos de la gente sinceridad y honestidad, pero en ocasiones convendría dosificar un poco lo que se cuenta. Sin esperar mucho más que escucha activa, Bruno me sigue contando. Yo le miro sin más.

—Creo que no entiende que esta vez va en serio, que se acabó, y supongo que también es culpa mía, porque no consigo dejárselo claro. Lo que has oído esta mañana es un audio excusándome porque me estaba esperando, pero la verdad, y no tengo por qué mentirte, es que yo no quería volver mientras ella estuviera allí… —Se calla de golpe, como si se hubiera arrepentido de darme tanta información.

—Las rupturas hasta que no curan bien, como los esguinces, a la larga se hacen un poco cuesta arriba.

Genial. Duda resuelta, reputación soterrada y ansiedad encendida. Me tiro meses, años, sin querer saber nada de ningún tío, atravieso un duelo como una yincana sádica y ahora me fijo en alguien al que acabo de conocer y que, a su vez, acaba de salir de una relación. Eso si ha salido, claro, que todo el mundo sabe que a veces ponemos un pie en la calle y ya estamos deseando volver. «*Cum laude* en pringadismo, Carmencita», me digo a mí misma.

—Me encanta hablar contigo —asegura, y yo pienso si quiero meterme en ese embrollo.

El clavo que saca otro clavo es el típico ejemplo que pongo en consulta de lo que NO recomendaría hacer. Al final, las decisiones son nuestras y personales, pero como psicóloga no me gustaría llevarme la contraria tan abiertamente.

—Tampoco te pases, que nos conocemos de una noche…, aunque no paramos de darle a la lengua —repongo.

—En el buen sentido. O, bueno, en el menos interesante —contesta muy rápido.

Creo que Bruno consigue leer mis dudas como si fuera una pitonisa que busca calmarme los nervios a base de acercamiento. Me vuelve a coger la mano, arrimándose más a mí para acariciarme con la otra mano la mejilla.

—Lo nuestro está roto desde hace mucho tiempo, Carmen. El último año ha sido un infierno. Una constante de idas y venidas. Me arrastraba la costumbre, no el amor, y me ha costado un poco darme cuenta. Pero ya está y se terminó.

—¿Cómo sabes que se ha terminado? —inquiero en tono amigo. Como si no me importara la respuesta y solo estuviera intentando ayudarle. ¿A volver con su ex? A volver con su ex.

—Porque esta vez ha hecho algo que no le puedo perdonar. Y sin perdón y, por tanto, sin confianza, no puedes estar con una persona, al menos yo.

Yo ni siquiera asiento. Ni siento ni padezco y, además, estoy bastante borracha. Él también. Gesticula mucho y su tic se ha pronunciado.

—¿Y sin perdón pero con sexo? —Me río. Hay que atajar esto cuanto antes.

—Carmen, no sé qué me pasa contigo. Sé que nos conocemos de una noche de fiesta y de unas cuantas horas de conversación. Estuve a punto de besarte hasta que Ignacio…, bueno, ya sabes. Joder, no he dejado de pensar en ti en todo el día. —Está avergonzado por tener sentimientos. Yo le devuelvo una sonrisa a su confesión—. Solo quiero saber adónde nos lleva esto. Esta conexión. No te pido nada, solo que me dejes conocerte.

Me quedo de piedra. La verdad es que no esperaba vivir una de estas escenas tan atípicas para ser yo. Pensaba que esto pasaba en los libros y, quizá, en algunos garitos muy selectos de citas, pero no aquí, en este momento de mi vida y ahora. Abro levemente la boca como para pronunciarme, pero no me deja seguir. Lo que he dicho y lo que no parece ser suficiente, porque con su mano aun en mi mejilla, atrae mi cara hacia la suya y me besa.

Es un beso suave, sin pretensiones. De esos que te das las primeras veces. Nos besamos despacio; muevo mis labios sobre los suyos con suavidad. Como cuando eres adolescente pero ya con unos añitos de experiencia. No se acerca más, solo me acaricia los labios con el pulgar, como si esperara mi respuesta. Mi aprobación. Y le respondo.

Me incorporo sobre las rodillas para estar a su altura y poso las manos en su rostro, acariciando su barba de pocos días, y las deslizo hasta sus rizos, de los que tiro ligeramente mientras me afano en controlar su boca. Quiero llevar el ritmo y quiero que lo sepa desde el principio.

Noto que sus dedos delinean el contorno de mi cuerpo, como dándole forma, hasta llegar al dobladillo de mi vestido. Cuela sus manos por debajo de la tela, deslizándolas poco a poco hasta agarrarme con seguridad del culo. Se separa de mi boca para cogerme y me sube encima de una balda, colocándose en medio, con mis piernas a ambos lados de su cuerpo.

Yo vuelvo a besarle, suspiro porque me excita mucho la situación, y me apoyo en sus hombros hasta que queda recostado en la estantería que tiene detrás.

Con la punta de la lengua recorre mi labio inferior y yo me abro a él. Hacía tiempo que no me sentía así. No sabría definir con exactitud cómo me siento, pero es como si estuviera recuperando la energía consumida estos meses atrás.

Él no parece pensar lo mismo, porque deja de besarme, haciendo que suelte un quejido, pero enseguida empieza a darme besos cortos en el cuello que se encaminan lentamente hacia mi escote. Entonces para y me mira.

—Carmen, si no quieres continuar...

—Calla, hombre, calla —le digo, y cierro los ojos mientras tiro del cuello de su camiseta para volver a acercarlo a mí.

Le paso las manos por el cuello y termino haciendo lo mismo que él, metiéndolas por debajo de su ropa para acariciarle el cuerpo. Palpo abdominales. Nunca les he dado más importancia que ahora. Subo las manos a la altura de su pecho y él se incorpora para que se la quite. En cuestión de segundos, la camiseta ya no existe, igual que no existen este local, esta calle y esta ciudad.

Audito su cuerpo con los ojos hasta que nuestras miradas se encuentran de nuevo y él se lanza hacia mi boca como si fuera una urgencia. Me muerde el labio: estira ligeramente, y yo me siento arder.

Lleva la iniciativa y a mí eso me vuelve loca. Ahora sí, sus labios resbalan sobre los míos. Sabe besar. Comerse la boca es un idioma más y todo lo que me está diciendo me gusta.

Sus manos vuelven al punto inicial, reconfigurando la ruta, y ahora juguetean con el elástico de mi ropa interior. Tiran con suavidad de él. Cojo el dobladillo del vestido y me lo saco por la cabeza. Él me separa un poco de su cuerpo y me mira con fijeza. Ya no hay nada entre los dos.

Cuelo las manos entre nuestros cuerpos para desabotonarle los pantalones, pero así es imposible quitárselos. Me pongo de pie y le insto a hacer lo mismo, y los desabrocho. El ruido de la cremallera al bajársela hace que un escalofrío le recorra entero y me aparta para poder quitárselos en tiempo récord. Con las manos me levanta un poco más para que mi escote quede a la altura de su boca, y yo le rodeo la cintura con las piernas. Me besa la clavícula, bajando hasta mis pechos. Está claro que el tiempo para la delicadeza se ha agotado. Sopla sobre mi piel húmeda después de lamer cada centímetro de la piel que tiene delante. Lo único que puedo hacer es apoyarme en sus hombros y acercarlo más a mí, mientras le agarro la nuca.

—Bruno...

Me baja despacio hasta que noto lo duro que está contra mi centro, y presiona, haciéndome agua. Sus movimientos duran unos segundos que se me hacen eternos y que a la vez me saben a poco.

Despacio, va agachándose frente a mí, bajando hasta mi ombligo para terminar recreándose en el filo de mi ropa interior, a la vez que yo le acaricio el pelo. Sus labios pasan cerca de mi ingle y me recorren las piernas hasta que me hace levantar los pies para quitarme el único trozo de tela que quedaba entre ambos.

Vuelve a subir por la otra pierna, y cuando creo que por fin va a hacerlo, cuando se acerca lo suficiente para que me tense por completo, vuelve a pasar de largo. Yo suelto un quejido frustrado y él me dedica una sonrisa traviesa que me hace querer más. Tengo la intención de tocarme yo misma para aliviarme un poco, pero él no me lo consiente y se pone de pie de golpe, llevando mis manos hasta colocármelas por encima de la cabeza.

—Despacio, despacio… —dice contra mis labios.

Intento aproximarme a su boca, pero él se aparta levemente, aún con esa sonrisa.

—Bruno, joder… —susurro y él me abraza, pero enseguida se retira y busca algo con la mirada. Con el pie, pues sus manos siguen sobre las mías, acerca una banqueta que se utiliza para llegar a los libros que están más altos.

—Sube —me ordena, acariciándome la pierna, y yo lo hago mientras siento su aliento en mi oreja, quedando más abierta frente a él.

Con una mano me sujeta las muñecas y con la otra recorre mi cuello con las yemas de los dedos, me pellizca el pezón con fuerza haciendo que vuelva a gemir. Se desliza por mi torso hasta que, ahora sí, llega a mi entrepierna, extendiendo mi humedad. La primera caricia me hace gritar, y él me muerde el cuello. Ambos tenemos la respiración acelerada, y yo me deshago facilitándole la tarea.

Cuando creo que va a parar, tantea mi entrada y vuelve a hacerlo despacio. Poco a poco va moviendo los dedos más rápido, pero encuentra eso y se entretiene ahí con el pulgar hasta que me muerdo el labio. Casi me lo amputo.

Le pido que pare, pero él solo acelera sus movimientos hasta que noto como el placer me sobreviene y grito contra su boca.

Poco a poco, deshace el camino de su mano y me aprieta contra él, besándome con gesto pausado. Pero yo estoy acelerada y pido más.

Me subo encima de él y le recorro entero, tumbados en el suelo. Toco, beso, siento, provoco.

Bruno jadea en mi oído y busca a tientas el pantalón para coger la cartera, buscando un condón, mientras le acaricio el pecho con la lengua.

Vuelvo a su boca al tiempo que se desliza dentro de mí y no puedo evitar morderle el labio cuando me llena. Le apreso con las manos ambos lados de la cabeza y nos movemos en un ritmo lento, encajando a la perfección, disfrutando del contacto.

—Despacio, despacio… —le digo, repitiendo sus mismas palabras y riéndome un poco.

Ahora es Bruno el que parece frustrado, pero se le pasa cuando empiezo a moverme lentamente sobre él, rotando las caderas. No se hace de rogar, y él también se mueve conmigo.

—Dios… —exclama, aunque no hace falta que diga nada porque se refleja en su cara.

Meto la mano entre nuestros cuerpos para tocarme de nuevo, acelerando el proceso.

Atrás queda el vaivén perezoso del principio. Ahora todo es anticipación. Gemidos.

Ruido blanco y placer.

Mi cuerpo tiembla. Él esconde la cara entre mi pelo.

Nos quedamos así, acompasando nuestras respiraciones al mismo tiempo hasta incorporarnos. Me besa como si quisiera hablarme pero no encontrara las palabras, y yo sonrío y le beso.

Tal vez no lo parezca, pero yo también estoy buscando una manera de definir este momento.

No sé cómo hacerlo. Por eso le miro y me limito a disfrutarlo en silencio.

La palabra que me viene a la mente ya no es «miedo».

Ahora es «perfecto».

Perfecto porque ha terminado y yo ya quiero empezar de nuevo.

19

Me levanto como nueva, y eso que no he podido descansar. Ya no estoy para aventuras adolescentes, pero es verdad que hacía mucho tiempo que no me sentía así: libre, liberada.

Sé que es grave porque pasan las horas y sigo pensando en lo de anoche.

Sin ser yo nada de eso. Ni de pensar en tíos ni de hacer lo que hice.

Estiro los brazos con fuerza y muevo el cuello a ambos lados mientras suspiro. Reviso el móvil aún acostada en la cama y veo que me ha escrito. Antes de abrir el mensaje miro la hora. Son las nueve de la mañana.

> **Geobruno**
> Buenos días, chica maleta

> Espero que hayas descansado algo

> Yo al final ni he cerrado los ojos, pero tengo energía para enfrentarme a mil jefas al mismo tiempo, e incluso repetir lo de anoche 😏

Tengo la sensación de que no voy a poder hacer otra cosa en todo el día que no sea estar pegada a esta pantalla. Vuelta a los quince. Si lo dice Inés: el mejor *antiaging* es el zorreo. Vamos a ello.

Me recuesto de nuevo en la cama, subo ligeramente las rodillas y pienso durante unos segundos antes de mandar el mensaje.

> **Carmen**
> Buen día, Geobruno

> La energía será por el vino. Escogí el más caro

> A ver cómo ajustas cuentas con Emilio…

> Ayer me acosté tarde, ¿sabes?

> Mi cita no quería que me fuera a casa…

No tarda ni diez segundos en contestar.

> Vaya, vaya, ¿ahora resulta que era tu cita?

> Sigo manteniendo que habrías dormido mejor en mi cama

> Si sabía yo que mi maleta me iba a dar buenos momentos…

> Ahora mismo hay empate técnico entre las alegrías y los disgustos que nos ha dado

> Tenías que levantarte pronto para ir a la reunión, y seguramente yo no te habría dejado

> Hablando de la reunión, ¿no deberías estar atendiendo a la profe?

Raquel está presentando el proyecto ahora y contando vida y milagros de la empresa

Pero sí, ya me ha echado un par de miraditas intensas

Siempre doy las gracias porque lo de «Si las miradas matasen…» sea una expresión y no una realidad, porque si no ya llevaba un rato en el otro barrio

Yo sería responsable y prestaría atención

Anoche te estuviste preparando concienzudamente el proyecto

Sería una pena que la cagases ahora… después de tanto y tan sublime esfuerzo

Cuéntame cuando termines, anda

Creo que me faltó darles un par de vueltas a varios apéndices

Concretamente por el suelo de una librería…

Ahora le comento a Raquel, a ver qué opina

La sonrisa que tengo en la cara se ensancha hasta límites casi dolorosos. Lo que yo diga, no se me ocurre un plan mejor que pasarme la mañana en esta cama hablando por el móvil con la persona que me ha robado no una sino dos veces la maleta.

Por alguna razón, creo que tu jefa no va a pedirte que hagas horas extra

> Pero yo, sí

> Vamos, deja el móvil. Hablamos luego y
> vemos si te cuadran nuestras condiciones

> Besobeso

De acuerdo, pero si me cambio de empresa y me voy a
Años Luz prefiero prestarte mis servicios a ti que a Emilio

A ver qué me ofreces

Veo tu oferta y la subo: besobeso… beso

En lugar de dejar el móvil, entro en la galería y miro la última foto de mi carpeta de favoritos. Pasamos el resto de la noche borrachos buscando vídeos y canciones en internet, compartiendo fragmentos de libros y fotos malas hechas con el móvil que borraba al segundo, pero me guardé una: cara a cara, con las bocas juntas y llenas de carmín rojo, en una escena que parece una crónica de dos jóvenes que han consumido droga caníbal. Decía que era permanente, pero estoy por reclamar a la marca por publicidad engañosa… O igual fueron los labios de Bruno. Vuelvo a abrir la foto y la amplío. Bruno me sujeta la barbilla como el que enseña un tesoro. Sonríe con esos dientes blanquísimos y se le achinan un poco los ojos. Como si nada más importara. «Y es que es lo único que importa», respondió él cuando nos la hicimos anoche.

Si alguien me contara esto, que se sentiría enganchada a una persona que acababa de conocer en extrañas circunstancias, le recomendaría mucho que revisara sus *red flags*. Sus banderas rojas, sí, como en las playas. Las telas que indican que el baño está prohibido; el equivalente en estos casos al sentimiento que nos asalta cuando vemos que alguien nos puede hacer daño. Si yo fuera una amiga y la viese desde fuera hasta las cejas de entusiasmo, le diría el tan tradicional «Ten cuidado, tía, que vas muy rápido» o «Activa los *warnings* y pon las antinieblas, porque está claro que lo que te falta es eso: claridad».

Eso le diría como profesional. Ya ni te cuento como amiga.

Pero sí, a veces pasa que una dice, dice y dice, y se tira media vida diciendo.

Y luego, pues se tiene que comer lo dicho y punto. Empacho de realidad, lo llamo yo.

Bendito empacho, por otra parte, que por la noche ya tuvimos una buena sesión de cardio.

Ha habido un cambio definitivo entre ayer y hoy, y ese algo que ha cambiado soy yo.

He desbloqueado la siguiente pantalla.

Me he salido del tiesto.

Me he olvidado de estar triste.

Me están creciendo las flores.

Levito por la casa. Me tomo unos minutos para disfrutar de la luz que entra por las ventanas. Me pongo un jersey largo y me preparo un café mientras me recojo el pelo en un moño. En la galería del salón veo cómo pasan los coches. Que la ciudad se muere deprisa y yo no tengo ninguna. Disfruto de esa sensación.

Cómo me gustaría llamar a mi abuela y decirle que lo mismo acabo con uno del norte.

«Búscate un hombre bueno, Carmen. O una mujer o lo que sea, vaya», decía siempre.

Cuantísimo la extraño…

Pero hay un matiz en este echar de menos que lo diferencia del de las últimas semanas. Por primera vez siento que el recuerdo de mi abuela me impulsa. Que, de algún modo, su legado genera en mí un movimiento constante que me lleva hacia la buena suerte.

¿Y si la cosmóloga tenía razón? Joder, Carmen…, cómo estamos. Nada me gustaría más que poder decir a ciencia cierta que la tiene, que es verdad que ella también me extraña. Que por un casual está justamente hoy y aquí, y siempre, conmigo, como si fuera una mantita de protección cósmica.

Como si pudiera llevarla puesta.

Con el regusto del café en la boca y una actitud muy distinta a la de la última vez, me acerco a la maleta con la intención de sentirme de nuevo conectada con ella a través de sus diarios. Meto el código correcto —porque cuál si no— y mi equipaje responde cediendo ante mí.

Lo primero que noto, y en lo único en lo que paso a fijarme, es que falta la bolsa donde había guardado los diarios de mi abuela, así como mi propio cuaderno. Rebusco entre la ropa, aunque sé de sobra que no los voy a encontrar, la maleta no es tan grande. El resto del equipaje está intacto.

Estoy terminando de vaciarla cuando una ansiedad se me agarra al pecho como un mono tití. Mi cabeza, mi cuerpo y mi alma se concentran en responder a la misma pregunta: ¿dónde están?

Me retuerzo las manos, cada vez más nerviosa. Todo el rollo *mindfulness* que llevaba encima se ha desvanecido en cuestión de un par de segundos. Bruno me dijo que había abierto la maleta, algo que comprendo, yo también abrí la suya en su momento, pero no entiendo por qué habría querido sacar los cuadernos de su sitio. No he dejado a nadie leer esos cuadernos: A NADIE. Le hice esa promesa a mi abuela. Noto que, si no me tranquilizo, voy a entrar en una espiral de pensamientos extraños que desembocará en el pánico, así que, sin pensarlo mucho, cojo las llaves y corro a casa de Inés.

Cruzo el rellano descalza, solo vestida con el jersey largo, que apenas me llega a medio muslo. Ya tienen material de charla nuevo las vecinas. Empiezo a llamar de forma ininterrumpida al timbre.

—¡YA VA, YA VA! —oigo que grita, seguido de un ruido que suena a que se ha dado un golpe contra la mesa alta que tiene en la entrada, contra la que se choca siempre—. ¡Mierda, joder! Qué daño...

Mi amiga abre la puerta con unas pintas parecidas a las mías: el pelo revuelto en un ovillo, una de las mil camisetas grandes que utiliza para dormir y los ojos sin desmaquillar. Se acaba de despertar. Con una mano se frota el lateral del muslo, donde supongo que se habrá llevado el golpe.

Abre y hace una mueca de beso con la boca. Al ver que no reacciono se preocupa instantáneamente.

—¿Carmen? ¿Se puede saber qué pasa? Es demasiado pronto para algún susto, tía.

Vuelvo a mirar la hora en mi móvil. Son las diez de la mañana. Luego recuerdo que está de vacaciones y que durante esos periodos mi amiga es como un oso hibernando.

—Déjame pasar, anda. Es importante.

—¿Qué pasa? No te veo muy contenta para haber tenido una noche movidita. ¿Se ha fugado con tu maleta otra vez?

—Inés, es serio.

Enseguida deja la puerta medio abierta para que pueda entrar y avanza diciendo:

—Vale, pero espera a que me beba al menos dos litros de café si quieres que esté en plenas facultades —rezonga y se adentra en la cocina.

La sigo, dispuesta a empezar mi discurso nervioso, pero cuando entro me encuentro con otro de los muchos factores que no había tenido en cuenta antes de presentarme aquí, y es que mi amiga no está sola: frente a la cafetera, sirviendo una taza a Inés, está Lorenzo, vestido únicamente con unos pantalones de chándal y el pelo revuelto. Nunca diría que Lorenzo es mi tipo, pero el chico está de muy buen ver. Miro de reojo a mi amiga mientras él le deja el café en el aparador de madera de la cocina, donde está sentada, y le da un beso en la frente.

A Inés se le cae la baba, y lo que no es la baba, también. Estoy por ir a por la fregona para secar el charco que se está formando en el suelo. Aunque quién podría culparla... Lorenzo se gira hacia mí. Cuando están juntos la estancia se ilumina con cien mil vatios.

—Buen día, Carmen. Te he escuchado decir que querías hablar con Inés. Yo ya me iba. Tengo la agenda colapsada de citas durante todo el día.

Lorenzo es fisioterapeuta. A juzgar por la sonrisa que tiene Inés en la cara desde ayer, me queda claro que, desde luego, tiene que ser bueno con las manos.

—Ni te preocupes. Ya siento yo haber interrumpido lo que sea que estuvierais haciendo. Debería haber avisado primero.

—¿Qué dices, tía? —se indigna Inés—. Eso que podrías haber interrumpido ya estaba finiquitado satisfactoriamente para cuando has llamado. Vamos, que ya hemos desayunado. Además, tú no interrumpes nunca. Si lo sé antes te invito a unirte.

Mi amiga me guiña un ojo y Lorenzo se ríe mientras se pone una camiseta de tirantes y yo no sé dónde meterme. Debería estar acostumbrada a las salidas de mi amiga, pero siempre consigue que me ponga roja. En cambio, a él parece encantarle.

Su nuevo ¿amigo? le da un beso en la boca a escasos centímetros de mi cara y se despide.

—Nos vemos luego, bolu.

Ella solo asiente a la vez que se muerde el labio y le mira el culo con descaro. Si fuera físicamente posible, tendría los ojos en forma de corazón y chispas en la entrepierna, siendo del todo gráfica. Sí que le ha dado fuerte, sí, aunque no estoy para hablar sobre eso.

Lorenzo se despide de mí dándome dos besos. Me siento un poco sucia después del morreo que le ha plantado a mi amiga.

Cuando oigo que se cierra la puerta del piso, corro a sentarme en la mesa frente a Inés.

—Por cierto, he visto las llaves encima de la mesa. Mi padre me llamó anoche para avisarme y me dijo que tuviste un encuentro en la librería… —Hace un movimiento insinuante con las cejas. Empieza a entonar una canción estúpida que cantábamos en el colegio: «Tariro, tariro, mujer y marido»—. Por la descripción que me dio diría que era Bruno. Sé una buena amiga y cuéntamelo todo con muchos detalles. ¿Qué pasó? ¿Hubo sexo? ¿No se suponía que tenía novia? ¿Hubo sexo? ¿Follasteis?

—Sí, sí que era él, sí…, pero no venía a hablar de eso, Inés.

—Uy, eso significa que o no fue memorable o que ha pasado algo gordo. —Se acerca a mí y me coge de las manos, preocupada.

—En la maleta tenía todos los diarios de mi abuela. La he abierto porque quería ordenar un poco y empezar a leerlos. Pero… no están.

—¿No están? ¿Cómo que no están? Joder, con el Brunito… Si al final sí que va a ser cleptómano.

—¡No están dentro de la maleta, Inés! Bruno me comentó que la abrió porque pensaba que era la suya y había acabado por romperse del todo, y es entonces cuando descubrió que era la mía.

—¿Y para qué querría él esos cuadernos viejos? No te ofendas, amiga, pero no dejan de ser los diarios de tu abuela, no los de David Bowie. —Inés niega con la cabeza—. Seguramente les echaría una ojeada por pura curiosidad y luego se le olvidaría volver a ponerlos en su sitio. Recuerda lo que hicimos nosotras con su maleta aquel día, que nos faltó fotografiar sus cosas y venderlas en Wallapop.

—Me huele mal todo esto, Inés.

—Esa es otra, que le gastaste medio bote de colonia —dice, intentando aligerar el ambiente, pero yo ya he entrado en bucle y lo sabe—. A ver, iría con prisa para verte y no se dio cuenta de que se los dejaba fuera. Que te los devuelva o tendremos que avisar a los federales, ir a su casa, echar la puerta abajo, comprobar si tiene novia o no, y un largo etcétera del que nos ocuparemos tú, Elena, si hace falta, y yo.

Sus planes surrealistas no me sirven de nada, pero adoro la cabeza de esta mujer.

—Tranquilízate. Envíale un mensaje contándole esto y que te los traiga. Tan fácil como eso. O se lo envío yo, que ya tengo práctica haciéndome pasar por ti, guapa —añade mientras me da dos toquecitos en las manos para que espabile.

Inés es la única que ha sabido lidiar con mis ataques de ansiedad, aparte de mi abuela. Sabe que a veces le doy demasiadas vueltas a las cosas, y ella es una experta simplificándolas.

—Deja, deja…, no hace falta.

Cojo el móvil y le dejo un mensaje siguiendo los consejos de mi amiga.

—Vale, y ahora —continúa mi amiga, frotándose las manos—, cuéntame lo de anoche.

Yo me río, recuperando el *mood* que tenía al levantarme, y me dispongo a confesárselo todo con más pelos que señales, pero antes de que pueda empezar ya ha vuelto a sacar el tema.

—QUE SI HUBO SEX… —Comienza a decir hasta que consigo taparle la boca.

El resto de la mañana ha consistido en Inés haciendo mímica sobre lo que le iba contando y apuntando bromas que se le iban ocurriendo en el bloc de notas del móvil para usarlas a conciencia en el viaje que haremos al pueblo.

Ha quedado con Lorenzo para comer sobre las tres y ya llega tarde; se tiene que duchar si no quiere aparecer en el restaurante como la loca de los gatos. Aunque, la verdad, creo que no importaría porque tiene esa habilidad innata de que todo le siente bien, incluso el no dormir.

—Carmencita, yo vivo sin presión pero con muchas ganas..., y así es como se gestan las grandes canciones, los mejores libros y, por supuesto, las citas inolvidables como la que se viene.

Sin duda, son tal para cual: desorganizados y orgullosos de serlo.

Termino de hablar con ella, le doy un abrazo de los que curan y me vuelvo a mi piso.

Miro el móvil y compruebo que Bruno no ha recibido mi mensaje. Lo habrá puesto en modo avión durante la reunión, aunque ya es la una del mediodía. La otra opción es que haya abandonado el país con mi tesoro más preciado pero, bah, tiene razón Inés, no son las memorias de la reina Isabel. Aunque para mí sean mucho más que eso.

Últimamente me enfrento muchas veces a lo que nunca antes: no saber qué hacer.

Y es como enfrentarte a una pared de mil metros.

Parece mentira, si yo estoy hecha de acciones, de personas y palabras.

No sé si es el cansancio o que cuando duele algo pues «cállate un rato, corazón, anda» y se sigue.

La mayoría de las veces no entiendes nada. Pero hay ratos

como anoche en que de pronto: «joder, hay una luz ahí» y es como si pudieras tocar un transformador de energía y salieras renovado. La muerte es una cosa que a base de fricción te demuestra que todo se erosiona, incluso estas palabras. Por eso los diarios son el bálsamo que me queda para soportar la paliza del olvido. Por eso mi abuela nunca me los enseñó y por eso no dejó que nadie lo leyera. Porque ahí está su historia, la mía. Lo que fue y lo que no, pero, sobre todo, de apoyarme en ellos depende lo que será.

Mientras miro la maleta deshecha, pienso que más que nuestro tiempo,
que en verdad no nos pertenece,
lo que no hay es luz que perder
a pesar de todas nuestras grietas.

20

Nada puede salir mal hoy.

Por primera vez en mucho tiempo siento que el pesimismo no es ni siquiera una opción.

Carmen debe de ser mi número siete, porque he reventado para bien la reunión.

—Muy buen trabajo, Bruno. Sigue así —me dice Ander.

Y a esto sabe el éxito: el jefe de la mayor constructora de este país dirigiéndote esa frase. Mi exposición ha sido la hostia. Raquel debería hacerme la ola, pero su ego hipertrofiado no se lo permitiría jamás.

Tanto esfuerzo se traduce en lo más deseado: una firmita y para casa. No puedo evitar sacar pecho, orgulloso delante de mi jefa, porque normalmente me exige más que al resto y esta es la manera perfecta de demostrar que, en efecto, soy su activo más competente.

Son casi las cuatro de la tarde, hemos hecho un pequeño parón para comer cuatro pinchos en el bar de abajo y hemos seguido discutiendo un rato más los pros y contras del proyecto. Aunque lo ideal es que no surjan, siempre viene bien escuchar los posibles problemas a los que nos enfrentamos. No es un terreno fácil, pero yo le veo potencial y esa es mi especialidad: meterme en jardines y salir con ellos edificados.

Hasta que todos se han quedado satisfechos con las soluciones que les hemos propuesto, no hemos salido de esa sala. No he mirado el reloj, pero calculo que habrán sido más de cinco horas y se me han hecho eternas. Justo al contrario que las cinco que pasé anoche con Carmen. La voz de mi cliente desmenuza mis pensamientos.

—Sé que eres perfectamente capaz de dirigir este proyecto y tengo muchas ganas de empezar a trabajar... contigo —se despide mientras me estrecha la mano con más delicadeza de lo habitual en estos casos.

—Muchas gracias, Ander. Ya verás cómo todo sale perfecto. No te arrepentirás de haber confiado en nosotros.

Oigo una especie de gruñido a mi espalda. Raquel espera unos pasos por detrás de mí para despedirse de él. Está claro que esas palabras no le han sentado demasiado bien. Sonrío más que satisfecho. Le jode que me haya llevado todo el mérito, pero no sé qué esperaba cuando he sido yo el que se ha encargado de absolutamente todo y ha conseguido sacar adelante un proyecto casi imposible desde antes de poner un pie en Donosti.

Terminan las despedidas, Ander me dice que estaremos en contacto, y empiezo a recoger mis cosas. Mi jornada ha terminado. O al menos eso pienso, porque mi jefa no parece estar por la labor de dejar que me marche, a pesar de que todo ha salido mucho mejor de lo previsto.

—Bruno, necesito que registres los resultados de las últimas pruebas del proyecto en la base de datos y que escribas un informe acerca de la reunión. Ah, y acuérdate de que el viernes tocará trabajar hasta tarde para poder presentarlo todo el lunes por la mañana temprano. Por si tienes que cancelar alguna cosilla. Nuestra prioridad, y te incluyo, es esta.

Yo la miro como si me hubiese dicho que me va a encerrar en una mazmorra con tres o cuatro dragones. Sabe a la perfección que tanto de los registros como de los informes se encarga Carlos. Y también sabe que tanto el viernes como el lunes los tengo libres por la boda de mi hermano. Está claro que intenta llevarme al límite. El comentario de Ander le ha jodido más de lo que pensaba. Conozco a Raquel desde hace años. Siempre tiene que marcar su territorio. Ella utiliza la bilis y la mala hostia en su discurso para dejar claro que siempre seré su subordinado, pero no lo pienso consentir.

—Eso es trabajo de tu secretario, no mío. —Encaro la conversación con seguridad. Hoy no me tumba ni un tráiler—. Yo ya he terminado por hoy, y supongo que querrás que tanto yo como el resto del equipo estemos descansados para poner en marcha el proyecto que acabamos de aprobar gracias al trabajo de todos. —Respiro varias veces e intento mantener la calma ante su cara agria—. Y recuerda tú que hace meses te dije, y te dejé por escrito, como solicitaste, que tanto el viernes como el lunes iba a tomármelos libres para poder ir a Logroño. Tengo la boda de mi hermano y, como comprenderás, no me la quiero perder. Creo que, aclarado esto y si me disculpas, me voy a mi casa. —Me dirijo a la salida con la americana del traje colgando de un dedo sobre la espalda, sin dejarle responder. No lo he sabido hacer mejor. La otra opción era quemar la impresora y tirar una silla.

Seguramente este comportamiento tendrá sus consecuencias, pero hoy me la pela. La reunión ha ido genial, al igual que la noche de ayer. Qué digo, lo de anoche fue incluso mejor. No estoy pillado, aunque decir eso me acojona porque todas esas veces en realidad estaba pilladísimo. Pero, vamos, que quiero repetir. Quiero volver a verla.

Antes de salir me cruzo con Carlos.

—Parece que alguien se libra de ser despedido, al menos esta semana —dice al tiempo que se acerca a la puerta justo en el momento en el que iba a salir.

—No me toques los cojones, Carlos —le suelto. Sí, me queda paciencia hoy, pero no se la voy a dedicar a este ser humano.

—Anda, mira, los modales como la maleta. Perdidos en combate.

Ya atravesando el quicio de la puerta me giro hacia él y le guiño un ojo desde la distancia.

—La maleta la recuperé. Ahora lo que estoy buscando es tu gracia.

Va cerrando la puerta mientras se ríe. Este imbécil siempre consigue ponerme de mala hostia, la que él tiene, pero me conformo con imaginarlo sin dientes. Por suerte no lo vuelvo a ver hasta la semana que viene.

En el ascensor, cojo el móvil y desactivo el modo avión, dispuesto a escribir un mensaje a Carmen. Veo entonces que se me ha adelantado.

Chica Maleta
Bruno, perdona, espero que la reunión bien

Oye, he abierto mi maleta y me falta una bolsa

No es la del embutido, antes de que preguntes

Había unos diarios dentro, y son importantes

Los tienes tú?

¡Joder! Ayer guardé todo en la bolsa, pero no la metí de nuevo en la maleta. ¡Soy subnormal! Seguro que piensa que soy un cotilla y un acosador. Le envío un mensaje, intentando arreglarlo de aquella manera.

Bruno
Carmen!!

> Acabo de salir de la reunión y leo ahora tu mensaje

> Hostia, sí, los tengo yo. Lo siento

> Voy a casa, los recojo y te los llevo adonde me digas

> Tendría que leerlos antes?

> Si son tan importantes igual es que contienen algún secreto estatal y me jubilo de una vendiéndolo…

Técnicamente no he mentido. He decidido no comentarle lo del atraco a su intimidad. No quiero que se piense que soy un gilipollas; aunque, en verdad, lo que he hecho es síntoma de ello y soy consciente. No debería haber abierto esos diarios, lo sé, pero si tengo que creer en el destino prefiero pensar que no he sido yo el primero en husmear en el equipaje del otro. Nervioso, me dirijo a la moto y me siento a horcajadas sobre ella, esperando su respuesta. Me alegro de escuchar el sonido de un WhatsApp tan rápido.

> Ok. Joder, qué susto

> No sabía que estaba intimando con un delincuente

> La próxima vez vigilaré mi cartera

> Y la próxima vez tiene que ser esta tarde

> Me los traes?

Suspiro aliviado. Menos mal, no parece enfadada. Está claro que hoy es mi día de suerte.

Veo el plan, pero subo la apuesta

Te recojo, dejamos los cuadernos en tu casa y salimos a cenar

No es pregunta

Me lo tomaré como un rescate, más que como una cita, así que accedo a lo que me pidas

Pero, por favor, no hagas daño a mis cuadernos

A las 8?

Besobeso

La hora es perfecta

Y diría que tú también lo eres, pero no quiero que me bloquees por moñas antes de tiempo

Nos vemos a las 8

Besobesobeso

Si no te he bloqueado ya con lo de los cuadernos, descuida, algo de romanticismo no te va a penalizar… mucho

Besobesobesobeso

(En esto sí que no pienso ceder)

Satisfecho con la respuesta y deseando que esos besos que me manda se materialicen, arranco la moto y vuelvo a casa.

El trayecto es corto y apenas tengo tiempo para pensar cómo voy a encarar mi cita de esta tarde. En verdad, lo agradezco.

«Nada puede salir mal hoy», me repito por segunda vez mientras sorteo el tráfico de Madrid. No debería pecar de inocente, pero el chute de adrenalina de anoche me lleva a creer que de verdad nada malo puede pasar.

Lo primero que hago cuando llego a casa es darme una ducha para despejarme después de estar todo el día metido en esa sala acristalada. Siento la cabeza embotada, y más tras el momento tenso con Raquel y su esbirro Carlos. Es como uno de esos perros que llevan algunas señoras mayores: la persigue allí adonde va y ladra a todo el que se le acerca. Me saca de quicio.

Me meto bajo el agua, algo más fría de lo habitual. Todo el estrés y el cansancio que me quedaban desaparecen por el desagüe. Tengo que ser espabilado y buscarme una coartada para lo de los cuadernos, se lo voy a confesar como pueda, porque no quiero empezar algo con mentiras, pero tampoco quiero sonar a enfermo mental. Luego la voy a invitar a cenar al Fuego, un asador argentino que está cerca de su casa y es un espectáculo. Ayer me dijo que nunca había estado.

A ese restaurante solía ir con Jimena. Me sorprende que la idea de volver ahí con alguien nuevo no me produzca ninguna pena. Y, hablando de ella, ayer recibí unos mensajes mientras estaba con Carmen. Los vi cuando llegué a casa a las cinco de la mañana, pero no quería que nada me amargara el subidón y abrirlos entonces iba a ser un poco raro.

Me siento en el borde de la cama con la toalla enganchada en la cadera y el pelo aún mojado, y le doy al *play*.

«Bruno, ¿qué? ¿Hablamos o no?». Jimena deja unos segundos de silencio en el audio como escogiendo el tono en el que va a seguir locutando. Finalmente se decanta por el *mood* conciliador. Menos mal, porque cuando quiere ir a malas, se le nota y mucho. «Joder, te siento superlejos. Llevamos una racha horrible y me da pánico pensar que nos hemos podido soltar del todo en algún momento. Sé que estás agobiado con tus cosas, tus proyectos y quizá, no sé, algo más... Te conozco bien. Llámame y hablamos. Somos adultos, ¿no?».

Ese lo envió a las 19.47. No creo que Jimena utilice este buen talante para hablar sobre lo nuestro sin un por qué. Tengo cinco notas de voz seguidas. La última es de las doce de la noche, y cada una es de una duración diferente, como si los hubiera enviado esperando una respuesta que por supuesto no llegó. Escucho la siguiente, enviada a las 21.00, con intriga.

«Bruno, sin que suene a reproche, me parece fatal que no me cojas el teléfono. ¿Qué tenemos, quince años?». Este tono sí que me recuerda más a ella. Y en qué quedamos: ¿somos adultos o adolescentes? Yo creo que juntos tenemos lo peor de los dos, la verdad. Sigo escuchando. «Como te prometí en su día, lo único que puedo garantizarte es sinceridad total. No nos hemos vuelto prioritarios y eso es algo que sale o no, pero se puede trabajar, joder. ¿Qué has hecho para mejorar lo nuestro en el último año? NA-DA. Me parece pésimo que después de lo que pasó el último día estés teniendo la inteligencia emocional de una gárgola. ¿Ni un mensaje? ¿NI UNA RESPUESTA? Pero tú ¿de qué v...?».

Paro el audio y bajo el móvil hasta apoyarlo en la cama. Esto se ha ido de madre. Tenía que haber controlado mis putos impulsos el otro día, porque en eso Jimena tiene razón. Es normal que esté confundida, porque ella no está acostumbrada a perder y porque, por supuesto, no se da cuenta de que en esta partida ya no hay nada que ganar. Escucho el último audio. Es lo que menos me apetece ahora mismo, pero no puedo aplazar más este momento.

«Igual no ha sido tan buena idea venir a casa una noche más para garantizarme al menos un par de respuestas, porque no estás… Soy una mujer ambiciosa y segura de sí misma, eso por descontado, así que no confío en la suerte. He venido a arreglarlo. Si quiero algo lo persigo, ya lo sabes. En lo laboral y en lo personal. Y ahora quiero respuestas. ¡YA!».

No, Jimena. No hay nada que arreglar. Este no es el camino ni para ti ni para mí. No siento nada por ti. Eso es lo que le empiezo a escribir, pero sé que se merece una conversación a la cara. ¿Por qué me cuesta tanto?

Tengo un montón de sentimientos encontrados, porque, joder, Jimena ha sido mi novia durante muchos años. Cada audio ha sido como una bofetada. Al final del último mensaje ha añadido unas líneas por escrito:

> **Jimena**
> Sabes cuál es el coste real de tu personalidad?

> Alguna vez te has parado a pensar qué es lo que piensa la gente que te orbita? No con la que compartes un rato

> Te hablo de otra realidad

> No puedo sentir amor por alguien así, la verdad

> Es que me esfuerzo y no me sale

> QUE TE JO-DAN!

Bueno, no puedo decir que no me lo esperaba, porque la conozco perfectamente, pero venga ya, ¿en serio? Mientras decido qué hacer, me pongo un pantalón de chándal y busco los diarios para dejarlos en la mesa de la entrada y que no se me vuelvan a olvidar. Quiero mandarle una foto a Carmen junto a mis disculpas y así ver si puedo adelantar la quedada.

Juraría que había dejado la bolsa a los pies de la cama, pero no la veo.

Me agacho y miro debajo de la cama, pero nada. Busco por toda la habitación e incluso dentro del armario. Rastreo cada palmo del piso. Miro los cajones, huecos e incluso en la despensa y NADA. Entretanto, un mal presentimiento empieza a formarse en mi cabeza como las nubes previas a una tormenta. Intento tranquilizarme pensando que han sido los audios de Jimena los que me han cambiado el *mood*.

No puede ser. No se han podido mover. Nadie se los ha llevado.

Nadie… salvo… Mi mente da vueltas como un tiovivo en el que las ideas salen disparadas. Cuando paso por la cocina para comprobar la entrada, veo algo que confirma mis sospechas o, al menos, parte de ellas: un *açai bowl* de esos de frambuesa a la mitad, en el que no reparé anoche ni esta mañana está sobre la barra de mármol. Recuerdo entonces que, cuando entré, no estaba echada la llave. Todo empieza a cuadrar y no me gusta nada. Cojo el móvil y vuelvo a escuchar uno de los audios.

«Igual no ha sido tan buena idea venir a casa una noche más para garantizarme al menos un par de respuestas porque no estás…». La voz de Jimena se me clava como una chincheta en un tímpano.

Si estuvo aquí anoche, esperándome… ¿Se ha llevado ella los putos cuadernos? No, no puede ser. O sí.

¡JIMENA!

Dejo todo lo que estoy haciendo y detengo la búsqueda, dispuesto a preguntarle de forma directa. Así que cojo el móvil sin titubear y la llamo. Tarda poco en contestar.

—¿Qué tal, Bruno? —dice más seca que de costumbre.

Contesta algo airada o incómoda. Repaso de nuevo y mentalmente el organigrama de mensajes que me ha mandado hasta ahora para no ser demasiado brusco desde el principio.

—¿Qué pasa? ¿Todo bien? —le respondo con ironía y muy enfadado.

—No, Bruno. La verdad es que no. Mira, no puedo hablar ahora —me responde ella con voz tensa y en un timbre más bajo del habitual.

—Jimena, perdona, acabo de escuchar tus audios. Estoy muy liado por un tema laboral, ya lo sabes. Además, no he pegado oj… —Igual esa no era la respuesta correcta para no provocar un conflicto con mi ex—. Pero tengo que preguntarte si has visto…

—Bruno, no me tienes que dar explicaciones de tu vida privada, y menos ahora, que no puedo atenderte. Para eso ya tuviste tiempo ayer —replica Jimena pensando justo lo contrario. Quiere colgar cuanto antes y aunque todo cuadre no la puedo acusar de haber robado nada sin tener pruebas, la verdad—. ¿Podemos hablar más tarde? Yo tampoco he pegado ojo, pero supongo que por motivos distintos a los tuyos —suelta.

Accedo. Me siento mal con toda esta situación.

—Vale —respondo no muy convencido—. ¿Me llamas o te llamo yo?

No puede evitar soltar la pullita.

—Te escribo o te aviso, pero de verdad, no como tú. ¿Vale? —Y cuelga sin más.

Jimena, como de costumbre, no usa el punto y final: cierra las frases con reproche y seguido.

21

Me miro en el espejo y compruebo que todo esté en su sitio: pelo, raya del ojo recta, vestido rojo sin arrugas ni manchas y sandalias bien atadas. Por encima me pondré una chupa de cuero «por si refresca». Hábitos de norteña que no se pierden con los años.

Apenas son las siete de la tarde y ya estoy lista. Estoy nerviosa, aunque no lo quiera ni lo vaya a reconocer. Voy y vuelvo por la casa como pollo sin cabeza. No estoy buscando nada en concreto; nada salvo a mí misma. Hace un rato ha llamado el repartidor de Amazon y, al oír el timbre, he saltado del sofá como si fuera olímpica. Olímpica en dar pena, porque he contestado con la ilusión de un niño la noche del 5 de enero, hasta que me ha respondido el pobre repartidor que si le podía abrir el portal.

No me reconozco ahora mismo.

¿Dónde quedó la Carmen infranqueable? Inés siempre lo cuenta; es una de sus anécdotas habituales. Dice que cuando salimos de fiesta trazo un perímetro imaginario a mi alrededor, una especie de campo de fuerza, y que no hay hombre en este planeta que consiga quebrantarlo. Ni acercarse, claro. No me interesa ligar, no sé. Menos en esas circunstancias: no puedo hablar con alguien si de fondo suena Bad Bunny al volumen de la radio de un geriátrico. También hay que tener en cuenta que Inés liga con hombres, mujeres y hasta con objetos inanimados. Partir de ese nivel o compararse con ella es salir siempre perdiendo.

Lo cierto es que me caigo bien. Me gusta mi forma de ser, de pensar, de sentir. No me pondría un monumento, pero he llegado a un buen punto de encuentro y convivencia conmigo misma. Aunque lo mío me ha costado, me gusta ser yo, pese a que haya días raros, y en eso tiene parte de culpa mi abuela. Bueno, como en casi todo lo bueno que me ha pasado.

Me acuerdo de que hace ya más de veinte años, un chaval del colegio me cambió por otra compañera para el baile dos días antes del festival de fin de curso porque decía que yo no sabía bailar. Era la época en la que todavía te enviaban cartas de olor, colores o un simple folio de los cuadernos de mates o inglés. Es decir, no había internet y, por tanto, ese era el mayor drama al que te podías enfrentar a esas edades.

De hecho, recuerdo perfectamente sentirme una idiota. «Carmen creo que mejor que no vailemos juntos». Mi cara y mi autoestima al leer ese par de líneas escritas con faltas de ortografía se estrellaron contra el suelo rojo del patio. Bendita adolescencia. No vuelvo para atrás ni para tomar impulso.

El caso es que mi abuela me recogió por sorpresa del colegio al día siguiente. Por la noche habíamos estado hablando sobre el tema y yo le había contado que me sentía mal porque el tal fulanito decía que yo bailaba como un pato. Cuando vino a buscarme, me montó en su coche con las ventanillas bajadas y la música a tope. Acto seguido empezó a hacer un casting imaginario entre los peatones.

«¿Ese de ahí bailará bien? No, no lo creo. A ver por ahí... ese chiquito. No, ese seguro que lo hace peor que tú. Mira ese, tiene andares de bailarín, pero le fallarán otras cosas...».

Estuvo así hasta que se me pasó el disgusto y luego volvimos juntas a casa. Se puso a bailar por la cocina mientras preparaba la cena. Me cogía de la mano y me giraba tres veces o más, hasta que perdíamos el equilibrio.

«Lo importante en esto y en todo, Carmen, no es saber bailar, sino cómo te lo pases durante el baile», me decía, y daba saltitos cortos como un conejo entre la maleza, haciendo como que sabía bailar ballet.

Yo me moría de la risa al tiempo que lloraba y me sorbía los mocos. Lo del baile se arregló igual que se arreglan los problemas sin importancia cuando eres niño y crees que tienen toda la del mundo: solo. No fue para tanto, ya ni me acuerdo de ese día y, sin embargo, la imagen de mi abuela haciéndome reír es un recuerdo que frecuento mucho.

Recordarlo de nuevo hoy me ayuda a tranquilizarme, así que me quito los tacones y me siento en el sillón orejero amarillo a leer mientras espero que sea la hora. Justo cuando estoy acomodándome, me suena el móvil. Es Elena.

Elena
Car, a ti que te gusta leer

Mira qué texto más bonito he encontrado en Instagram

Es justo de lo que hablábamos el otro día

Crees que el universo nos estará mandando una señal o con lo de la cosmóloga ya nos damos por servidas?

Sonriendo ante las palabras de mi amiga, hago clic en el enlace que me ha mandado, que me lleva a una historia de Instagram en la que hay una foto de un texto escrito a mano, seguido de una caja de preguntas:

«¿Alguien conoce a la autora de estos textos?».

Mi corazón salta como he saltado yo al oír el timbre hace

un rato, pero esta vez no es de ilusión. Es de vértigo. Los nervios se me quedan pegados al techo y me empieza a doler el estómago. Me suda el cuerpo.

Esa letra es la mía.

Ese texto es mío.

Ella es un cimiento. Una viga de carga. Un libro de respuestas al que recurrir ante los miedos. Esto es lo que he aprendido: abuela y miedo son factores inversos. Es ese brazo, corpóreo o no, al que asirse siempre. Es una respuesta infinita que se descifra con el tiempo y se padece con la ausencia. Una emoción lumínica que se enciende con su olor, sonido o recuerdo. Es la continuidad de mis facciones y hasta de algunas de mis dolencias. Mi abuela es una canción, una manía, un gesto, una palabra que no se me olvida. Es un árbol al que peregrinar y rezar. Es la carretera mental que siempre me devuelve a «casa».

Histérica, salgo de las historias para ver el perfil de la persona que lo ha compartido. «Jimena Vila Robledo. Medicina estética. Centro de estética Vila Robledo. Aunque el mundo te haya hecho así, todavía estás a tiempo de cambiar. Al menos, de cara. *Carpe diem*», reza su descripción de Instagram.

No me lo puedo creer.

Para confirmar mis sospechas, echo un vistazo a sus publicaciones. Lo último publicado son *reels* sobre los tratamientos de estética que realiza en su centro, el antes y después de gente con la cara llena de pinchazos. También hay bastantes fotos de ella con ropa de marca. La verdad es que es guapa, aunque yo ni siquiera me puedo fijar demasiado. Tiene la típica expresión de persona poco sufrida. Me siento electrocutada cada vez que veo su cara en las fotos.

Cuando deslizo un poco más abajo, noto que mi presión

arterial se eleva como si fuera aire que sale por el dispositivo de una olla exprés. Esa cara y, lo que es peor, ese cuerpo, me suenan. En una foto entre palmeras, con dos copas verdes en la mano y sentados en un columpio frente al mar, están Bruno y ella. El viaje a Cancún, no me digas más. Pues para decir que no se lo pasó bien, no tiene mala cara el desgraciado.

Me quedo paralizada en el sillón mirando la pantalla durante lo que me parecen horas. Por mi cabeza empiezan a pasar a gran velocidad toda clase de pensamientos que me cuesta un buen rato ordenar para que cobren algún sentido. Pienso en palabras, como de costumbre.

Vulnerable. Eso es lo primero que consigo desentrañar de ese barullo que hay en mi mente. Me siento vulnerable. Esas páginas son mi lugar seguro, el modo en el que dejo salir todo lo que siento, hasta lo más recóndito que a veces me cuesta admitir. Y ahora están en la página de una señora con más de medio millón de seguidores, a la vista de todo el mundo. Mi intimidad hecha pedazos.

Enfadada. Muy enfadada con Bruno. Él es el culpable, evidentemente, pero yo también tengo la culpa. Debería haber intuido que su relación con Jimena no había terminado. Y no sé qué es cierto y qué no de su discurso. Me siento sucia. En cualquiera de los casos, ha provocado que su novia quiera averiguar quién es la chica con la que él ha estado pasando el tiempo, y ha utilizado una herramienta un tanto peculiar para conseguirlo.

Indignada. ¿Cómo se atreve esta tía a exponer algo que a todas luces es privado? Tal vez, en lugar de esconderse tras una pantalla para averiguar la verdad, debería plantarse frente a él y pedirle explicaciones. Y lo peor es que ahora los textos de mi abuela están en poder de una mujer a la que no conozco, y mi única esperanza de llegar a ella es a través de su ¿ex?

Todo perfecto.

Ojalá pudiera llamarla. Ella siempre sabía qué palabras dedicarme. Una cosa es que te lleven al colegio y otra muy distinta que te aguanten el histrionismo. Y la «vela», el corazón roto, los éxitos. Y los no. Mi abuela siempre me decía que «PUEDES», aunque no pueda y estemos hablando de estudiar Ingeniería Aeronáutica o cocinar un cocido iraní con los pies.

Me enseñó a restarle importancia incluso a lo importante por si me confundo (lo habitual) y lo pierdo. El resultado de tal esfuerzo es esta persona de cuerpo largo que soy yo, que sonríe o llora, pero siempre sigue. Yo a mi abuela le debo todo y nunca me pidió que le devolviera nada.

Lo único que me pidió es que conservara a salvo todos sus textos.

Y le he fallado.

Estoy tan metida en este bucle que tardo en darme cuenta de que llevan un buen rato llamando al timbre. Miro la hora en la pantalla del móvil. Son las ocho menos cuarto.

Me levanto como un rayo, segura de que es él. Me va a oír. Cojo el telefonillo y contesto.

—¿Eres tú? —No digo ni su nombre.

—Sí, soy yo —contesta con un tono de voz serio. O ha entendido de qué humor estoy solo con la forma de preguntar o sabe que falta algo en su casa y que yo, más que explicaciones, espero recuperarlo.

—Sube YA —le ordeno escueta y sin rodeos. Pulso para abrir.

En lugar de esperarlo en el rellano, camino nerviosa por el piso en dirección a la cocina. Meto dos sobres de tila en el agua caliente. Los voy a necesitar.

Oigo que la puerta se cierra con suavidad y dice mi nombre. Salgo a su encuentro con el móvil en la mano como si fuera una placa de policía.

—¿Dónde están mis cuadernos, Bruno? —Lo que sale de

mi boca no son palabras; son balas, y veo cómo impactan contra su cara mientras cambia radicalmente de expresión.

Bruno se echa un paso hacia atrás con gesto triste.

—Perdona, Carm...

No le dejo terminar y todavía me estoy planteando por qué he permitido que entrara en esta casa.

—Los diarios de mi abuela, Bruno. Los que me ibas a traer después de sacarlos de mi maleta y desvalijarla a tu antojo.

Bruno tiene la decencia de sonrojarse. Al menos se siente avergonzado. Muy bien.

—Sobre eso...

—¿Sí...? —le pregunto sin darle tregua.

—No los tengo.

—No los tienes —repito. Bruno, los tiene todo el mundo porque están COLGADOS EN INTERNET.

—No... —Bruno mira al suelo. Sabe que la ha cagado.

—¿Y dónde están?

—...

—¡¿QUE DÓNDE ESTÁN?!

He perdido los papeles, nunca mejor dicho, y dudo que vuelva a encontrarlos. Era cuestión de tiempo que algo me hiciera explotar de esta manera y este chaval ha encontrado el pulsador de la bomba atómica. Mi talón de Aquiles. Mi grieta... Y ha metido el pie hasta el hueso. Bruno levanta los ojos y me mira por primera vez desde que ha empezado la discusión. Ve como una lágrima de rabia se escapa a mi control y se desliza por mi mejilla. Intenta abrazarme, pero no necesito su consuelo. Le tiendo el móvil de malos modos y mira los *stories* en los que su ex ha colgado mis textos.

—Los tiene Jimena, por lo que veo. —Niega con la cabeza sin parar y se apoya la mano en la frente—. Pero, tranquila, los voy a recuperar. Te lo prometo.

—¿Los vas a recuperar? Venga, no me jodas, Bruno, no

tendrías ni que haberlos perdido. Que me lo ha enviado mi mejor amiga, por el amor de Dios, que ni siquiera la sigue. No entiendes lo absolutamente mal que me siento. No sabes lo importantes que son para mí. Es todo lo que me queda de ella..., de mi abuela. Era mi promesa. Habla con Jimena lo que tengas que hablar, pero devuélvemelos hoy mismo o voy yo a buscarlos.

—Carmen, por si sirve de algo, lo que escribes es precioso —suelta, y veo como se arrepiente al segundo.

—¿Lo has leído? ¿En serio? Desde luego sois tal para cual, no respetáis nada. No sé por qué has roto con ella, si es que de verdad lo has hecho, porque lo siguiente es que os llevéis mis diarios PERSONALES a otro viaje paradisiaco.

Bruno se pone nervioso, se pasa ambas manos por el pelo y resopla.

—Entre Jimena y yo ya no queda nada. Es complicado...

—Sí, sí, debe de serlo, porque ella no lo entiende, blabla-blá. —Ya no tengo filtro—. Ya me lo has contado y creo que es otra de tus mentiras. Claro que no lo entiende, Bruno. Desde que nos conocemos no paras de decir que todo el mundo intenta manejarte, controlar tu vida y tomar decisiones que solo te corresponden a ti, pero, a la hora de la verdad, prefieres quedarte en tu zona de confort, desde la que no actúas, dejando que los demás sufran por tu puta irresponsabilidad emocional. —Veo cómo se encoge, pero yo ya voy embalada—. Es muy cómodo quejarte de que Jimena hace lo que quiere, entra en tu piso y no recoge sus cosas, pero ¿se lo has pedido? Si ni siquiera te has atrevido a cortar con ella y dejarle claros tus sentimientos. Es muy cómodo quejarte de que tu madre intenta controlarte cuando no te has enfrentado a ella, dejando que tu padre te cubra y hable por ti. Es muy cómodo quejarte de que tu hermano es el favorito cuando no quieres asumir que a ti te horrorizaría ser como él.

Un silencio pesado inunda el pasillo. Hay un elefante en la habitación y la atmósfera del momento se vuelve insoportable.

—Y lo peor... —termino en voz baja, mirándole a los ojos— es que yo confié en ti, y me has fallado no con lo que más importaba, sino con lo único que me importa. Enhorabuena, solo has necesitado dos días para decepcionarme.

No puedo evitar pensar que debería haber hecho caso a mis instintos. Pero me he equivocado. Otra vez. Bruno sigue quieto, con los brazos caídos a ambos lados del cuerpo, sin dejar de escrutar mi rostro, intentando descifrar si todo lo que he dicho lo siento de veras.

No dice nada.

—Por favor, cuando recuperes los diarios, dáselos a Lorenzo. Él se los dará a Inés. Yo no quiero volver a verte. Ahora vete.

Suspira. Intenta acercarse a mí, pero doy un paso atrás. Aprieta los puños, conteniendo lo que sea que haya en su interior ahora mismo. Al final, da media vuelta y sale por la puerta, cerrándola con suavidad.

Y yo me quedo sola.

Otra vez.

Me acuesto en la cama sin deshacerla y me pongo a llorar. Tenía otros planes para estas sábanas, la verdad. Lloro con fuerza para quitármelo de encima. Como si tuviera un cupo de lágrimas y ya. Me seco y aprieto los ojos como cortando la hemorragia.

Ordenándome parar, porque la culpa no es mía.

El teléfono suena.

Dejo la taza de tila en la mesilla que hay al lado de la cama. Ya se ha quedado fría. El libro está olvidado en una esquina. Descuelgo y enseguida me recibe una canción de reguetón a todo volumen. No me hace falta mirar quién me llama.

—¿Inés? —grito para que me oiga entre tanto barullo.

—¡Carmeeen! ¿Dónde estás, tía? Lorenzo me ha dicho... —El resto de sus palabras se pierden entre ruido y ritmos latinos.

—¡¿Qué?!

—... me ha dicho que... Bruno cenando... ¡Venid con nosotros! Esperando... un rato.

Por lo que logro descifrar, Bruno le ha debido decir a Lorenzo que si íbamos a cenar juntos al asador ese. Está claro que no ha actualizado la información.

—No te oigo bien y no estoy con Bruno, Inés.

—¡¿Qué?! Espera... salir.

La madre que la parió, con todos mis respetos. Espero a que salga del bar en el que está metida.

—Perdona, Car, no te oía. ¿Qué decías?

—Que no estoy con Bruno. Ha pasado algo y... no estoy con él. —Es lo único que puedo decir sin ponerme a llorar de rabia. Soy patética.

Por suerte, Inés me conoce como nadie. Soy una casa de cristal, diáfana y sin paredes, delante de mi amiga.

—Vale, Carmen, voy para allí. Le digo a Lorenzo que te has dejado las llaves y que me tengo que ir. Nos vemos en quince minutos.

—Inés, no... Además, no se lo cree nadie. No quiero que te vayas de tu cita por mí.

—Pues me invento que ha habido un incendio, que nos han invadido los rusos el piso. Yo qué sé, me invento algo. Voy para allí ahora mismo, ¿eh? NO TE MUEVAS —insiste mientras la música vuelve a sonar a través del móvil, y me cuelga.

Apenas diez minutos después, la puerta de mi casa se abre e Inés aparece en el salón con unos pantalones de cuero negros, un bodi naranja que le tapa lo justo y necesario para no provocar un escándalo público y sus inseparables zapatillas de salir de fiesta, que ya están para tirar a la basura.

—¿Carmen?

—No entiendo cómo puedes seguir llevando eso, de verdad —comento con una sonrisa llorosa, fiel a las palabras que siempre le digo cuando veo que se las pone.

Ella viene hacia mí y se sienta en el brazo del sillón, rodeándome los hombros.

—¿Qué coño ha pasado? —me pregunta preocupada.

Sé que está muy preocupada por mí y que piensa que no salgo de una para meterme en otra. A eso le sumamos que soy bastante calculadora en lo emocional y que simplemente no me involucro nunca, pero esta vez ha sido diferente.

—No sé qué es lo que te ha hecho, pero ese tipo es un sin más. Le das mil vueltas, pero solo hay un problema: tú nunca lo ves, Carmen —me reprende mi amiga con vehemencia, como si quisiera que abriera los ojos ante una verdad, según ella, aplastante. No me siento ni con fuerzas de explicárselo—. Es un cretino, un zafio, un comebolsas, un niñato más… Y ADEMÁS LLEVA MALLAS para ir en bici. Venga, hombre, no me jodas.

Reconozco que ahí me da un poco la risa, pero enseguida vuelvo a derrumbarme.

—Aunque reconozco que debe de ser listo para haber llamado tu atención de esta manera. No sé, Carmen. Tienes que empoderarte y dejar de lado ese carácter que a todo sí hasta que, de pronto, a todo no. —Esto último lo dice por lo de mi abuela este verano.

Inés empatiza rápido, porque cuando lo de su madre me consta que sintió un vacío sin igual. La diferencia es que ella, hasta en las situaciones más difíciles, le encuentra sentido a todo. Al contrario que a la mayoría de los humanos, a ella le flipa la sensación de levantarse. Sentir que estrena día y que todo puede pasar le hace seguir y seguir y seguir sin descanso.

Voy a contestarle cuando la puerta vuelve a abrirse y aparece Elena con un chándal y una bolsa de supermercado en la mano de la que empieza a sacar productos como si fuera el bolsillo de Doraemon.

—Sé que suena muy tópico, pero cualquier excusa es buena para comer stracciatella con sirope de pistacho —explica, y saca el bote y tres cucharas de plástico.

—Han llegado los refuerzos —dice Inés, que le hace un hueco y la abraza. Debe de haberla avisado mientras venía hacia aquí.

—También he traído chorizo. Con esa obsesión que tienes tú con el ibérico, hija mía, una ya no sabe cómo contratacar el drama: si con dulce o con salado.

Me río a la vez que se me saltan las lágrimas.

Es verdad que no siempre se pueden sortear los vientos en contra, pero viene muy bien tener a estas dos remando a mi favor. Elena saca todo lo que ha comprado y lo extiende sobre la mesa como si fuera una merendola de colegio.

—Ahora sí. ¿Un vino y nos lo cuentas?

Durante algo más de una hora no paro de hablar. Les cuento la historia de los diarios de mi abuela y que todos estos años los ha estado escribiendo y guardando para mí, que pensó en amortiguar nuestra despedida a través de ellos y que me hizo prometer al final que no se los dejaría leer a nadie. Al terminar mi relato Inés no puede evitar coronar la jornada con una de sus frases célebres.

—La vida es como un globo de esos de la feria: flota y brilla perfecta mientras estoy con vosotras, sin importar qué esté pasando ahí fuera.

Las tres estamos de un intenso insoportable. Acto seguido lo compensa con un:

—Espero que no vuelva a venir ningún gilipollas a esta casa a explotárnoslo.

22

—Jimena, ¡abre ahora mismo! —digo sin dejar de llamar al timbre del piso en el que se ha instalado. Pienso fundirlo, me da igual todo. No me puedo creer que esté perdiendo mi tiempo en arreglar una niñatada de las de mi ex. Me prometí que ni una más y aquí estoy de nuevo.

A pesar de lo que me ha dicho por teléfono, sé que está en casa, porque al comprobar Instagram para ver las historias que me ha enseñado Carmen, había una de hacía apenas diez minutos en la que empezaba con las cremas esas que se pone de noche y que promociona en su perfil.

En efecto, me abre en pijama de seda negro, con la cara brillante y algo parecido a un turbante cuyo nombre desconozco para retirarse el pelo de la cara.

—Mira quién se ha dignado aparecer —me suelta con tono irónico—. Cuánta prisa tienes ahora, ¿no?

—No me toques los huevos, Jimena —le respondo de malos modos mientras entro sin esperar a que me invite. Al fin y al cabo, ella hace lo mismo.

—Adelante, hombre, ponte cómodo. ¿Te sirvo algo de beber?

—¿Tienes algo sin gas y con cicuta? En lugar de llevarte lo que te dé la gana, deberías recoger tus cosas de casa, Jimena, que están cogiendo polvo y no es el Museo del Traje.

—Déjame que te recuerde que ese piso nos lo consiguió y reformó mi padre, Bruno. No es tuyo, cariño. Y otra cosita... Cuando empezamos no sabías ni conjuntar una bermuda. Ahora eres tu versión mejorada. Eres tu propio *upgrade* y eso es gracias a mí. De nada.

—¡Perfecto! Entonces recogeré mis putas bermudas de siempre y me iré yo. Todo para ti y tus tropecientos pares de zapatos.

—¿Qué te pasa ahora? No digas tonterías. Me vine unos días aquí porque entendía que quisieras un poco de espacio para aclararte las ideas, pero creo que ya hemos tenido suficiente. —Hace un gesto con la mano como restándole importancia al asunto. Creo que o no entiende la gravedad del asunto o se está haciendo la tonta, aunque de eso tenga más bien poco—. Tengo ganas de volver. Estoy harta de ir de un sitio a otro para vestirme cada día, porque me había traído lo justo para un par de días y..., fíjate, ya llevo diez días fuera de MI casa.

—¡Jimena! —la interrumpo, harto—. No es un descanso. No necesito espacio. No quiero seguir contigo. Lo nuestro está roto, y no quiero estar toda mi vida con estas idas y venidas, con tus berrinches, preguntándome todo el tiempo si puedo confiar en ti, porque sé que no debo hacerlo. Definitivamente. Se acabó. Y si no lo quieres asumir es tu problema, no el mío. Ahora dame los diarios.

Ella se limita a mirarme seria, con los brazos cruzados por debajo del pecho, la manicura perfecta apoyada sobre los antebrazos, tamborileando sobre su piel.

—¿Es por esa Carmen?

—No, Jimena. Es porque estoy harto de ti, de cómo me has tenido como una mascota de aquí para allá, ninguneándome durante tantos años, exponiéndome a tu ejército de seguidores, intentando demostrar que alguien puede quererte más allá de la pantalla. Estoy harto de tus selfis, de tus movidas en redes sociales, de tus cremas y empiezo a estar harto de mí por haber formado parte de eso. Quiero una vida real, no este *Show de Truman* en el que me has metido sin preguntas.

—Bruno…

—No. Ya está bien. No pienso aguantar ninguna más de tus movidas. Devuélveme los diarios, borra las historias de Instagram y desaparece de mi vida. Porque yo voy a desaparecer de la tuya. —Respiro hondo, intentando rebajar un poco el tono, pero me resulta casi imposible—. Es una decisión que tomé hace tiempo, pero pensé que podría aguantar, que no te merecías que te hiciera daño. Pero te has pasado de la raya —continúo mientras veo como se encoge ante mis palabras—. Pero también es culpa mía, por no haberte dejado las cosas claras desde el momento en el que me di cuenta de que ya no sentía nada cuando estaba contigo.

—¿Y lo del otro día? En la ducha…

—Lo que sentí en ese momento fue lujuria. Debería haberme refrenado, pero en la cama nos entendemos bien y quería repetir. Simplemente eso.

Obtengo el efecto deseado. Las lágrimas empiezan a correr por sus mejillas, mirándome sin poder creerse que le haya soltado todas esas burradas. Pero no siento ningún tipo de satisfacción. Solo un vacío que se extiende por mi interior, arrasando todo a su paso. Eso es justo lo que me impide hablar con ella, mi mayor miedo, hacerle daño.

Sentado en mi cama, doy gracias por haber decidido no ir a hablar con ella.

Sabiendo que en caliente puedo llegar a decir muchas gilipolleces y que podría haber pasado todo eso, he decidido volver a casa. Tengo que actuar bien, de forma racional, y no cagarla aún más de lo que ya lo he hecho con las dos. Jimena puede ser una persona superficial y caprichosa, pero no es mala. Simplemente, su familia nunca le ha negado nada ni nadie la ha rechazado en toda su vida: de pequeña era una monada rubia que derretía a todo aquel que pasaba unos pocos segundos con ella; en el instituto era la popular y, además, era brillante en los estudios. Todo el mundo quería ser su amigo y todo el mundo quería salir con ella; ya de adulta, el dinero, en concreto el de su padre, le abrió todas las puertas que quiso, como si tuviera una llave maestra. Tiene que ser difícil darse cuenta de que la realidad no es tan idílica como se la han pintado siempre.

Del mismo modo que es difícil darse cuenta de que no estás haciendo las cosas bien.

Carmen no ha tenido reparo en utilizar todo lo que le conté anoche, cuando me mostré vulnerable, para atacarme. Al fin y al cabo, aunque no lo haya dicho de la mejor forma y me hayan dolido sus palabras, tiene todo el derecho del mundo a gritarme y a reprocharme lo que quiera, aunque apenas nos conozcamos. Le ha bastado con un par de días para calarme, y no ha tenido ningún problema en echarme en cara todos mis supuestos defectos. Vamos, que la he cagado.

Nunca tomo ninguna decisión que pueda afectar a alguien que no sea únicamente yo. No tomé la decisión de irme de Logroño y estudiar una carrera diferente por miedo a que mis padres quedaran decepcionados conmigo, sino que mi padre la tomó por mí, matriculándome él mismo en la universidad a escondidas de mi madre y consiguiéndome una residencia en Madrid; no he tomado la decisión de enfrentarme a mi madre y decirle que soy feliz, que no la necesito y que la única chica que le ha gustado para mí ya no es mi pareja, y todo por miedo a que me rechace, a no ser el hijo que ella quería; no he asumido que nunca seré como mi hermano, no porque sea mejor, sino porque somos dos personas diferentes y punto. Y no he roto con Jimena porque no quería darme cuenta de que tal vez no soy capaz de mantener una relación con otra persona que no sea ella.

Es como cuando no quieres ir al médico porque no quieres salir de la consulta con un problema más: ya hay algo en tu interior que no funciona y lo sabes, pero no eres del todo consciente hasta que alguien te sienta en una silla y te dice que así vas mal.

Bueno, ahora que sé que voy mal, voy a intentar arreglarlo como pueda.

En mi cabeza se despliegan un montón de problemas que se conectan entre sí como si fuese el tablero criminal de una comisaría.

Lo primero es recuperar los diarios de Carmen. No puedo fallarle en esto. Tal vez no haya manera de arreglar este tinglado y tal vez no quiera volver a verme, pero desde luego no voy a ser el que termine de destruirla. Le devolveré lo que es suyo y pasaré a ser lo que nunca quise ser para ella: un capullo más en la lista de personas momentáneas que han pasado por su vida.

Lo segundo es arreglar las cosas con Jimena. Tiene que continuar su vida. Y esta vez, sin mí.

En ese momento me suena el móvil. Lo cojo sin saber bien a qué atenerme. Es Lorenzo por videollamada. Él es así. Necesita que nos veamos las caras para hablar, cosa que yo detesto. Compruebo la hora en el móvil: son las once de la noche. De repente lo recuerdo: le había prometido que tras llevar a Carmen a cenar con él y con Inés iríamos al bar de siempre. Donde Carmen y yo nos conocimos. Lo siento, tío, pero ha habido un pequeño cambio de planes.

Descuelgo.

—Loren, tío, ¿qué tal?

Veo a mi amigo en pantalón corto y sin camiseta. Lorenzo está despeinado y más moreno de lo habitual, como si le hubiera dado mucho el sol.

—¿Vienes de la playa? —No puedo evitar vacilar. Es un código ético entre mis amigos.

—Vengo del orto de la chota, boludo. ¿Me estás jodiendo? Inés me hizo llevarla a casa de Carmen para estar con ella y no me dio más explicaciones. Juraría que el que tenía que estar allí con ella eras tú. ¿Qué has hecho? Me cagaste la cita, que lo sepas.

Me río sin ganas con sus expresiones, aunque las tengo más que oídas ya.

—Pues eso, tío, que como bien dices, soy un boludo. A ti te he cagado la cita y yo la he cagado hasta el fondo, amigo.

Oigo el «chisss» de una cerveza.

—Espérate, cabrón. Me abro una y me lo cuentas.

A través de la pantalla del móvil veo como Lorenzo se mueve por su casa y deja el teléfono apoyado en una pared del salón, va a la cocina y vuelve con una Mahou.

Le resumo a mi amigo lo que ha pasado, y él me escucha sin interrumpir. Siempre espera a saber la historia completa antes de opinar. Es bastante resuelto, y no solo con las tías, sino también con los problemas. Lorenzo es pragmatismo puro y sin complicaciones: acción y solución, y normalmente ve las cosas bastante claras desde el principio.

—Bo, estás en el horno, desde luego. Pero por lo que me has contado no creo que sea algo tan difícil de arreglar. Está claro que para Carmen esos diarios son únicos. Le estalló la cabeza al enterarse de que los habías profanado. Te dije que mejor te centraras en la ropa interior. —Lorenzo sonríe muy fuerte, como para evidenciar que está de broma, y luego vuelve a ponerse serio en cosa de dos segundos—. Pero yo lo veo una pavada. Lo que a ella le importa es que sea tu ex quien tiene sus cosas, ha querido confiar en ti y ahora cree que la has engañado. Eso tiene peor arreglo.

—Vaya, no me esperaba este análisis de la mente femenina. Ya me pasarás el cursillo que has hecho para alcanzar este nivel… —le contesto para destensar un poco la llamada.

—Sos un nabo. Te recuerdo que yo ya me casé y me separé. Algo habré aprendido de tremendo quilombo. No se trata de sexos, bolu. Hay que ponerse en el lugar del otro y listo. De repente aparece una tipa, que tú aseguras que es tu ex, entra tan ancha en tu apartamento y se cree con todo el derecho del mundo a rebuscar entre tus cosas. Y no solo los encuentra, sino que se los lleva. Y lo publica en redes.

Bo, yo también estaría cabreado.

Si tiene razón, se dice y punto.

—Así que ya está. Arréglalo, tío. Me gustaría que todos fuéramos hermanos y conviviéramos en paz. Salvo con Inés, que prefiero que me dé guerra. Me quedé con toda la calentada en el cuerpo, flaco.

—Siento haberte estropeado la noche, por cierto.

—Na, está todo bien, no te preocupes.

—¿Todo bien con ella? —le digo para cambiar de tema, y también para prestarle un poco de atención. Tengo la sensación de que llevo una vida y media metido en mi propio mundo.

—Bo, a mí ya me volvió loco en el momento en el que la vi. Es increíble. Te juro que no he sentido esto con nadie, ni siquiera con Nadia.

Nadia es su exmujer. Lorenzo no cuenta mucho de su vida en Montevideo, pero sé que su divorcio fue la gota que colmó el vaso y no pudo seguir soportando vivir en esa ciudad, que a cada segundo se le hacía más pequeña y lo asfixiaba.

Con veinticinco años, lo dejó todo para escapar de eso y lo convirtió en su pasado. Confiando en que sería capaz de correr más rápido que todo lo que le hacía estar estancado, pegó el salto de varios miles de kilómetros hasta llegar a Madrid. Y a pesar de todo lo que ha vivido, es un Juan sin miedo: siempre dispuesto a sentir y a dejarse llevar.

Él dice que queda mucho mundo para seguir huyendo, yo creo que esta vez está más pillado de lo habitual.

—Me alegro de verte así, tío.

No puedo evitar sentir un poco de envidia sana por mi amigo, porque lo que cuenta es justo lo que me estaba pasando con Carmen hasta hace unas horas.

—Justo me preguntó por ti —me dice.

Se estaba poniendo profundo, pero esto nos saca completamente de la conversación sobre sus citas con ella. Se pega a la pantalla y navega por la pantalla para leerme una conversación de WhatsApp. Solo le veo un ojo y una ceja.

—«Lo siento por lo de hoy, Lou» —dice, leyendo los mensajes de Inés—. «Bruno se la ha liado a Carmen y me necesita». —Veo que se salta un par de mensajes, probablemente en los que, conociendo lo poco que conozco a Inés, se estará cagando en mi madre—. «Se está portando raro con mi amiga...». Acá le pregunté porque no entendí ni verga —añade, cortándose a sí mismo—. «Primero lo de la maleta y ahora dice que le faltan unos cuadernos...».

—Joder...

—Y por eso te llamo, porque, ¿viste?, me hice el boludo, pero esto me olía a mal —prosigue recuperando la postura original en la videollamada. Parece que todo el mundo se ha puesto de acuerdo para darme sermones. Sin embargo, respiro hondo e intento tranquilizarme. Sé que no es su intención, pero sus palabras me han dejado jodido.

—Lo voy a arreglar hoy mismo, Loren.

—Lo sé, bo. Vamo arriba. Buenas noches. Mantenme al día.

Decidido, cuelgo y abro la aplicación de WhatsApp. Entro

en el chat de Jimena y me pongo a escribir. No puedo aplazarlo más.

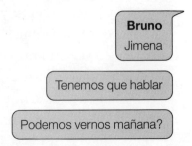

Agotado, me tumbo por fin en la cama y desconecto del móvil, recordándome que nunca jamás volveré a decir un «hoy nada puede salir mal». Empiezo a cerrar los ojos. Los pensamientos en mi cabeza son circulares: Jimena, documentos, maleta. Algunas palabras inconexas me vienen a la mente durante unos minutos como en una tormenta de arena: mamá, Ignacio, boda. Intento esquivarlas, pero me persiguen: Raquel, Donosti, cuaderno... Hasta que de pronto, Carmen, dejo, Carmen, de, Carmen, pensar, Carmen, durante, Carmen, al fin, Carmen, y me duermo.

Carmen, de hecho, es lo último en lo que pienso.

Me despierta el sonido del móvil a la mañana siguiente.

23

Inés cierra el maletero con un golpe seco.

—¡Aparcado! —exclama alzando los puños, como si fuera todo un logro haber aguantado al volante durante apenas una hora y media.

Aunque es cierto que todo el tramo del puerto de montaña se ha hecho un poco largo. Con tantas curvas, que ninguna de las tres se haya quejado o echado el desayuno por la ventanilla es la primera proeza memorable de este viaje.

—La cosmóloga estará orgullosa. —La siguiente en bajarse es Elena, que lleva unas gafas que le ocupan media cara y el pelo recogido con una pinza en mitad de la cabeza. Un traje blanco y fluido de lino que pega más con una escapada a Formentera que con el plan rural. Ella es así.

—Y Marta Ortega, también… —contesta Inés echando un vistazo al *look* de nuestra amiga—. Inditex no sabía que sus conjuntos playeros iban a llegar también al monte. —Señala justo un cartel en el que parece el nombre de pueblo—. *Pegerinos*, allá vamos —concluye satisfecha.

—Peguerinos, animal —contesta Elena mientras se recoloca el pantalón y comprueba si se le ha arrugado mucho.

El pueblo de nuestra amiga está en Ávila y colinda con Segovia y Madrid. Es un sitio tan precioso como pequeño.

Entre valles y bosques es casi imposible no desconectar; en sentido literal y figurado, porque es de esos sitios donde te sobra hasta el wifi. En su censo no hay más de doscientas personas durante todo el año. Los padres de Elena, ambos profesores jubilados, heredaron una casa de piedra con un jardín precioso y lo convirtieron en un oasis a poco más de una hora de Madrid.

Tiene piscina, hamacas y barbacoa. Justo las tres cosas que necesitamos para salir de nuestro letargo vital, si es que se puede llamar así al veredicto de la cosmóloga.

Las tres queremos resolver complejísimos problemas psicoafectivos en el transcurso de la escapada, pero de momento vamos a intentar desconectar.

Durante el viaje me he acomodado en la parte de atrás. Odio viajar de acompañante. Me pone nerviosa tener que indicar el camino, cambiar la música y ocuparme de las necesidades y gustos del conductor, que, en el caso de Inés, son muchos y muy variados. «Cógeme esto, sujeta aquello, esta canción... Buf». Elena hace genial ese papel, aunque hoy han discutido bastante por la forma en la que Inés se metía en las curvas. Digamos que tiene un estilo personal y, con la chorrada de que es de Madrid de toda la vida, se cree que controla cualquier carretera. Helen se ha pasado todo el trayecto agarrada con fuerza al asidero del techo pidiéndole precaución e Inés... Inés ha sido Inés una vez más.

—Señora, no se preocupe, que está todo controlado —vacilaba mientras cogía otra curva y subía la música tres puntos para molestar más a nuestra amiga.

Con ese percal he decidido desvincularme un poco como he podido y he cogido el móvil para escribir un rato.

Hay algo que no se puede fotografiar con la cámara de un móvil. Las estrellas. El lugar al que voy está lleno de ellas, y en el lugar donde crecí se aparecen. Se apagan las farolas y se rompe el saco que es el cielo. Las veo. Es como soplar migas de pan sobre un tablón negro. Aquí la noche es de frío y tiene olor a hoja verde. Soy como un niño bajo su sábana de puntos incandescentes. Así he crecido: dando besos, cenando a la carrera, contando los pasos entre casas, viendo a unas personas crecer y a otras achicarse. Fugaz. He sido feliz, siendo esa sensación la que asociaré siempre a la infancia remota. Por eso si vuelvo a casa —si vuelvo para volver a irme— me desoriento. Pierdo un poco el norte estando metida hasta las rodillas en él.

Entonces recuerdo cómo miraba arriba y me comía un poco el cielo.

Entraba en casa y le cogía la mano a mi abuela.

Me anclaba. Y se me pasaba. O pasaba yo.

No lo sé. Tampoco importa.

Al llegar hemos pasado primero por el supermercado del pueblo y hecho compra para aguantar durante el asedio de estos días. Inés es vegana; la única carne que come, lo dice ella y no yo, es la de sus ex. Desde que murió su madre cambió sus hábitos: dejó de fumar, pensó en su dieta… Supongo que fue su manera de redimirse. A mí me dio por la tristeza, y a ella, por el *detox*. Ambas opciones son válidas. La vida durante un duelo es algo compleja y nunca acabas de tener el control de tus propios sentimientos, hasta que un día te levantas y has domado a la fiera. Todavía hay días que me levanto extrañada, como si lo que pasó no fuera posible. Esa sensación de irrealidad no sé cuánto tiempo tarda en desaparecer, lo que sí sé es que tampoco me molesta. Todo lo que me recuerde a ella es bienvenido en este cerebro. Todo, salvo Bruno, claro.

Delante de nosotras se alza una bonita casa de piedra de dos plantas con un tejado oscuro y preparado para aguantar las grandes cantidades de nieve que pueden caer en esta zona. Los padres de Elena tienen otro piso en la costa levantina e intercambian residencias entre invierno y verano. Ahora están allí, por lo que no ha supuesto un problema que el trío lalalá —así nos llama su madre cuando nos ve— se instale en el chalet para que «nos despejemos un poco». Así se lo explicó mi amiga a su padre por teléfono antes de llegar, para preguntarle algunos datos del funcionamiento de la piscina y la alarma.

Entramos cargando con las bolsas y nuestro equipaje. Solo hemos traído una mochila cada una con lo necesario para un par de días, de jueves a viernes. Al fin y al cabo, aquí no hay mucho que hacer más allá de un salteado de rutas de montaña que salen del pueblo. Vale que tenemos a Inés, que te monta una fiesta con dos palitos, una oveja y una piedra, pero en principio la idea es una escapada tranquila. Más que una escapada loca, roza el plan del Imserso, pero, oye, hay que asumir nuestro momento. No estamos para «formentear» en las Baleares con la que llevamos encima.

Mañana por la mañana haremos una de las rutas que encontré buscando por internet, de hecho. El camino sigue la orilla de un río hasta el nacimiento de este. No es muy complicada, más que nada porque mis amigas son más de ciudad que el metro y no están acostumbradas a caminar por el monte. Solo espero que Inés no haya traído las zapatillas de «ir de fiesta», porque últimamente son sus «para todo» y piden clemencia ya. No quiero que haya accidentes. O peor aún, quejas continuadas que me provoquen ganas de ahogarlas en ese río.

Elena coloca las bolsas en la cocina y saca el tema de Inés y Lorenzo. La verdad es que, entre una cosa y otra, no le hemos preguntado lo suficiente.

—¿Qué tal con el catalogado como nuevo Dios latino oficial por encima incluso de los aztecas, querida? —suelta Elena mientras pone la fruta para el desayuno en un cesto.

—Eso… Que, para todo lo que preguntas, no nos cuentas nada —apostillo mirando fijamente a mi amiga con los ojos entrecerrados.

A Inés se le enciende una sonrisa en la cara, como un fueguito.

—Mucho mejor que bien, amigas.

—¿No te ha contado nada de su vida? No me fío de ese grupo y tengo mis motivos de peso. —Me acerco a Inés y le toco el hombro. No hemos vuelto a hablar de los diarios, pero es el tema principal a tratar durante el finde: lo que son y cómo recuperarlos si Bruno desaparece sin más noticias.

Inés nos cuenta algunas de sus conversaciones sin escatimar en datos privados. Tiene una facilidad pasmosa para airear su intimidad más profunda, la tía. Dice que en la última cita con Lorenzo ahondaron un poco más (en el *aftersex*, claro) sobre su infancia. Lorenzo creció en un barrio exclusivo de la capital uruguaya. Sus padres tienen tiendas que pertenecen a un imperio de licores y vinos del que se encarga su hermano mayor desde allí. De hecho, Bruno y él se conocieron en una cata. Él y su hermana pequeña están más desvinculados del negocio, pero también reciben los beneficios. La mediana de la familia es más tradicional y vive en una casa grande, cerca de los padres, con servicio, piscina, perro, dos coches y tres hijos.

—Vamos, que le dije que si su hermana mayor era un poco pija y no me entendía —cuenta Inés sin verle la gracia.

—La pija allí es otra cosa, Inés —interviene Elena, que hizo el Erasmus en Latinoamérica durante la carrera—. Y, además, el comentario es un poco ofensivo, ¿no? —Elena lleva mal esas etiquetas porque clarísimamente es la que lleva un estilo de vida más acorde con ese término.

—Que yo sepa —aclara Inés—, «pijo» significa que es exclusivo y de gente con pasta. Si está muy bien, yo que me alegro por ella… —Ella le resta importancia a su comentario.

—Para la próxima, se dice «cheto» —responde Elena.

—A ver, cari, el cheto aquí se come. —Inés levanta la bolsa de ganchitos que hemos comprado y se dispone a guardarla en el armario.

Nos reímos.

—Mejor no digas nada y listo —aclara Elena negando con la cabeza.

—Bésale y calla, sí, anda —concluyo yo, que le quito la bolsa, la abro y cojo un par.

—El otro día estuve en su casa —dice cambiando de tema.

—Te hemos pedido detalles y ahora me arrepiento. —Elena se tapa los oídos como para dar a entender que nos va a contar alguna aventurita.

—No es que vayamos rápido, que también… Y qué más da, si la vida son dos putos días. Pero quedamos ahí porque vive al lado.

—Pero ¿dónde vive exactamente? Al final nos vamos a saber las direcciones de todos —contesta Elena.

—Mira, mejor…, porque si es como su amigo y le da por robarte algo… —comento yo sin poder evitar soltar el zasca en alto.

—A seis minutos. En la calle Barco. El piso es como una caravana sin ruedas: en tan solo tres pasos parece que estás en otro sitio muy distinto porque tiene una terraza más grande que el estudio en sí. No sé cómo no cobra entrada y consumición. —Inés vacila con una media sonrisa pegada a la cara.

Nuestra amiga se recrea en el *house tour* virtual de su ligue.

—No tiene casi muebles: una cama *king size* presidiendo,

una mesita vieja, un armario empotrado, un sofá pequeño pegado a la pared como de adorno… —enumera.

—Uf, justo lo opuesto a ti, que tienes la casa como el almacén de un mayorista de menaje del hogar. La cosmóloga siempre dice que eso dice mucho de cada signo y yo creo que la decoración de tu cuarto dice más de ti que tu carta astral —apostilla Elena.

—La verdad es que le falta color. —Inés es la diosa del más es más: en la personalidad y en la decoración—. Y, sobre todo, le falto yo instalada dentro.

Las tres nos reímos y organizamos el plan para las próximas horas. Para esta noche hemos traído una bolsa extra con un par de botellas de vino cortesía del Años Luz y varias cosas de picar más propias de una cena de Navidad que de algo improvisado: gambas, jamón del bueno, un queso bien curado para nosotras y huevos duros rellenos de tofu para Inés. Aunque ella está más entusiasmada con el vino de su padre, y no me extraña. La encargada ha sido Elena, que, en un arrebato de adultez, se ha comprado un robot de cocina. Con lo que ha costado, además de minitartaletas de hojaldre rellenas de ensaladilla, también debería traer la receta para apañarle la vida y que esté al punto, la verdad.

Yo, en cambio, me he pasado toda la mañana pegada al móvil y haciendo un bizcocho *fake* para que podamos desayunar mañana. Ha sido complicado teniendo en cuenta que Inés revoloteaba a mi alrededor intentando meter el dedo en la masa y dándome mal las instrucciones y cantidades. Cualquier cosa antes que pasarme el día pensando en Bruno.

En Bruno y los diarios, más bien. Esa es la combinación ganadora; la que tengo atascada justo aquí, en este hueco debajo del pecho.

Mis amigas han traído bastante ropa, y yo, en cambio, me he traído la cafetera. Eso os ayuda a haceros una idea de cómo somos cada una fácilmente. Ocupa la última mochila que cargo en mi hombro izquierdo. Sin café por las mañanas esto acaba en guion de película de terror. Aunque tampoco está empezando como esperaba.

—¡Me pido la habitación con baño! —grita Inés mientras sube las escaleras a la carrera después de colocar la compra.

Elena la sigue diciendo algo muy bajito, no sé si citando alguna ley o algo similar. Le gusta tirar de oficio en todas las injusticias; sobre todo, las que se producen entre nosotras.

—Inés, desde un punto de vista técnico, debería echarse a suertes. Pero la grande me la quedo yo, que para eso es mi casa. —Oigo sus pisadas cuando llega a la planta de arriba.

Al cabo de diez minutos, las tres hemos terminado dejando nuestras cosas en la habitación que antes era la de los niños y nos miramos serias, delante de las tres camas individuales. No tenemos remedio, pero espero, al menos, que tengamos una solución para desconectar estos días.

La tarde avanza como cuando éramos niñas y llegaban las vacaciones de verano. La idea es disfrutar de no tener obligaciones, así que tomamos un poco el sol. Inés se echa una siesta en la tumbona y Elena ultima unas cosas en el ordenador. Las horas pasan lentas, pero cada minuto juntas y sin más planes que el de descansar es oro molido para nuestro cerebro.

—Me haría falta un masajito en los pies —replica Inés, que se despereza y se quita la baba de la boca mirando a Elena—. Deja ya esa pantalla o se te va a poner cara de pitufo con tanta luz azul. —Se retuerce y se vuelve a hacer un ovillo, de modo que nos planta el culo en la cara desde su tumbona.

Elena hace caso sin tener que insistir y aparta el portátil a un lado para estirarse.

—Pero si hasta aquí apenas llega el wifi —le digo al tiempo que me apoyo el libro que estoy leyendo abierto sobre el pecho, intentando averiguar qué hace.

—No, estaba repasando unos informes del tratamiento. —Cierra la tapa y se queda con una expresión algo triste.

Sé que siente como si el mundo se le viniera encima cada vez que se acuerda de lo de su reserva ovárica. Me incorporo en la tumbona para darle un abrazo.

—Mira, Elena, debemos preocuparnos solo de aquello que tenga solución y ocuparnos en exclusiva de la parte de todo eso que depende de nosotros. —Me siento una hipócrita, porque es justo lo que no estoy haciendo yo.

Como si nuestra vida se desvaneciera ante nuestros ojos y en un trance de relajación profunda, las dos contemplamos el cielo despejado de la sierra mientras Inés ronca moderadamente, como un bebé con vegetaciones.

Un par de horas más tarde, las tres estamos sentadas en el suelo alrededor de la gran mesa redonda de mármol que hay en el salón, frente al sofá. Hemos servido la comida en cuencos y platos de colores. Suena la *playlist* de Inés a volumen bajo a través del altavoz portátil y el vino está escanciado en las tazas infantiles que hemos encontrado en los armarios de la cocina.

Suena «Un bossa +», de Zoe Gotusso, cuando Inés dice:
—Venid. Os tengo que contar algo.

Siempre que empieza con esa frase, Elena y yo temblamos como si se hubiera declarado un incendio en cualquier vivienda colindante.

—No me digas que te vas a vivir con Lorenzo —suelta Elena entre risas, aunque no sé por qué a mí no me parece una idea tan descabellada siendo Inés y viendo cómo se ha enganchado al uruguayo.

Inés la mira seria y levanta una ceja. Elena se calla de golpe.

—¿Inés...?

—Obvio que no, boba —ríe Inés entonces—. Aunque no me importaría, porque tal y como se ha puesto el alquiler...

Elena suspira aliviada al comprobar que su amiga no está tan de amor hasta las cejas como para tomar decisiones irracionales.

—¿Qué pasa, Inés? —pregunto yo—. No necesito más sustitutos esta semana —aclaro.

—No quise decir nada porque no quería gafarlo, pero hace poco me presenté a una audición para un musical, aquí en Madrid. —Vaya, no me lo esperaba—. Y he pasado la primera parte del proceso de selección.

Elena y yo gritamos y nos abalanzamos sobre ella para abrazarla, mientras damos saltitos y hacemos sonidos como de equipo de fútbol.

—¡Joder, Inés, lo vas a petar! —digo.

—¿Me firmas un autógrafo en esta servilleta? Si fueras un activo empresarial te sacaría a Bolsa. —Elena y sus piropos de funcionaria de alta categoría.

—Pero cuéntanos más. ¿Qué musical es? ¿Qué más tienes que hacer? ¿Podemos ir a las audiciones a apoyarte?

Inés lleva ya muchos meses sin hacer pruebas de lo suyo. En la última que a la que se presentó hace un par de años, el tipo que se encargaba de la primera tanda de aspirantes la obligó a parar de cantar entre gritos, tapándose las orejas, y le dijo que se dedicara a hacerlo bajo la ducha, que ese era su sitio. Estuvo unas semanas un poco disgustada, porque, por mucho que a veces lo parezca, nuestra amiga no es un cíborg, pero enseguida remontó el vuelo. Elena y yo no estábamos dispuestas a que tirara por la borda tantos años de formación y trabajo duro, así que recopilamos todos los vídeos que teníamos en los que ella salía cantando o tocando la guitarra y los fuimos subiendo a YouTube. Como creadoras oficiales de su *fandom* sabemos que tiene un talento innato para esto. Es un don y le sale sin esfuerzo; tanto es así que a veces desprestigia lo que hace principalmente porque considera que es una cualidad que todo el mundo tiene. Cuando vio todos los comentarios pidiéndole más videos, Inés empezó a crecerse un poco más. Incluso se hizo TikTok e Instagram, sin ser nada de eso, y empezó a subir sus *covers*, canciones propias y hasta algún videopoema.

Pero alguna traza de esa crítica se atascó en su mente, porque no se había vuelto a presentar a un casting. Hasta ahora.

—¡Chicas, chicas! —nos corta—. Solo he pasado la primera fase. Queda mucho para cantar victoria y, si lo hago —el rostro se le ilumina; le hace ilusión de verdad—, tal vez sea uno pequeño. Qué sé yo…, de árbol en la obra de Navidad del cole.

—Ese puesto me pega a mí —respondo.

—Pero ¿a ti? —añade Elena—. Si eres el equivalente al alumbrado navideño de Vigo pero en persona.

—Vamos, Inés, es un primer paso, y eso es lo único que cuenta. —Le paso un brazo por los hombros y la acerco a mí porque sé que el rechazo en lo laboral es algo que, aunque no reconocerá nunca, le cuesta asumir.

Elena asiente, mostrándose de acuerdo conmigo.

—¿Se lo has contado a tu padre ya? —pregunta.

—No, aún no. No quiero que se lleve una decepción si no consigo el papel, y eso que siempre ha sido él el que me ha llevado a todas las audiciones. Quiero esperar un poco más a ver qué sucede.

Emilio siempre quiso ser profesor, pero la vida le llevó a ser taxista. Con su esfuerzo y falta de sueño, hizo los suyos y los de su hija realidad. Ha llevado a Inés una y mil veces a cientos de castings, y está empeñado en ayudarla a que lo consiga, cueste lo que cueste.

Inés siempre cuenta lo mismo. Su padre nunca le ha puesto una norma que la desviara del camino que quiso elegir. Solo le ha puesto algunos cortafuegos para que no se equivoque.

Todavía recuerdo el funeral de su madre: tenía unas bolsas grandes en los ojos. Como dos cojines. Su padre la agarraba fuerte estrechándole los hombros, diciéndole que estarían bien. Yo ya lo sabía porque con él nada puede ir mal. Es un tipo genuino, y mi amiga, un portento para el mundo de la canción.

—Inés, eres muy buena y cantas como los ángeles. Si no consigues un papel, no será por tu falta de talento, sino por la falta de gusto del mentecato con la inteligencia artística de un zapato que dirija el casting —aclaro, porque lo veo muy necesario.

—Que sí, chicas. —Se tensa y bebe de una taza con dibujos de Pokémon—. A estas alturas y en otro momento de mi vida, ya habría colgado una pancarta en Gran Vía diciendo que lo voy a conseguir y voy a actuar en uno de los musicales más *heavies* de esa misma calle, pero la última vez me pudo la emoción y luego, como casi siempre, la hostia fue directamente proporcional a la peli que me había montado.

—Nunca podrás decepcionar a las personas que te quieren. Eso es un *must have* de la vida —le digo e Inés levanta las cejas como absorbiendo el consejo por los ojos.

—Al que sí que se lo he contado es a… —prosigue.

—No —le contesto.

—Serás zorrón —suelta Elena.

—¡AL URUGUAYO! —decimos al unísono.

Elena se levanta, alza el vaso y lo choca con el mío mientras Inés sigue a lo suyo. Parece mucho más interesada en este tema que en cualquier audición, la verdad. Nunca la había visto así; más bien su estado habitual es la huida. Siempre ha tenido la sensación de que podía encontrar algo mejor y, aunque eso la ha llevado a ser un poco egoísta, lo cierto es que también la ha llevado al máximo rendimiento en todo. Esta vez, por como habla de Lorenzo, es diferente.

—Ese boludo y yo nos parecemos tanto que no sé si es algo bueno o una tragedia para la humanidad que nos hayamos encontrado, la verdad. —Inés se pone las manos en las mejillas, que, para sorpresa de todas, se están sonrojando—. Tiene unas manos enormes y fuertes, capaces de hacer maravillas en la rehabilitación de sus pacientes y en mi estado anímico en cuanto las pone de cintura para abajo. —Ya me extrañaba que no mencionara ese detalle.

Suspiro mientras cojo mi copa de vino y le doy un buen trago. Inés y yo hemos llegado a sentir lo mismo en unos pocos días, pero en mi caso no todo era tan bonito. He querido lanzarme al vacío a pesar de mis miedos, convencida de que esta vez podría intentarlo, podría conseguir que todo fuera distinto, y no he encontrado un final feliz, pero sí he tenido una colchoneta que me amortiguara la caída.

Inés y Elena me miran cuando se dan cuenta de que no he me he unido a ellas para cotillear más acerca de sus… habilidades.

—Mierda, Carmen, lo siento —empieza Inés, que se muestra arrepentida.

—No digas tonterías, tía. Me alegro mucho de que te esté yendo tan bien con Lorenzo, y me alegra también que nos cuentes cómo te sientes y lo feliz que estás —digo sonriendo y apoyándome a los pies del sofá que tengo detrás—. Que no me haya ido bien no es, y nunca será, un impedimento para que me alegre de que a ti te vaya de lujo. Además, lo que me jode realmente es que haya perdido los diarios. Lo conocí hace cuatro días, ¿estamos locas? Aunque haya sido intenso, es imposible que sienta algo por él.

—Carmen —interviene Elena—, cada una vive según sus propios tiempos. Hay gente que supera una ruptura en unas pocas semanas y otros que tardan años. De todos modos, cuando sientes una conexión tan inmediata con otra persona, creo que por lo que menos deberías preocuparte es porque sea «demasiado pronto». No es igual para todo el mundo, y si tú te sentías bien junto a él, si de verdad te sentías... pillada, ¿qué importa que hayan pasado meses u horas?

—¿Enamorada? No, no, no. —Niego con la cabeza para darle más énfasis mostrándome un poco enfadada con ella y sin poder disimularlo—. Como mucho podríamos decir que estaba ilusionada. Sí, eso. Nunca me he enamorado de nadie, como mucho me he sentido cómoda con Sebas, pero nada más. Nunca he sentido...

—¿Lo que sientes ahora? —apostilla Inés.

Yo la fulmino con la mirada como preguntándole sin palabras en qué equipo de la conversación está.

—Venga, Inés, tía. Me lo preguntas tú: la protagonista en la vida real de *Novia a la fuga*.

—Ya, Car, pero yo estoy reconociendo que algo ha cambiado esta vez. Y claro que tengo miedo de que se vaya todo a la mierda, pero lo disimulo con todo el mundo salvo con vosotras.

Inés se muestra mucho más vulnerable que de costumbre, así que decido abrirme un poco más.

—Lo que siento ahora es debido a que no estoy pasando por una buena época, y me he aferrado a la primera persona con la que he mantenido una conversación que no sea de ascensor ni del tiempo. Nada más. Solo ha sido un momento más, y viviré muchos otros, por suerte o por desgracia.

Como si la lista de reproducción fuera acorde con nuestra conversación, suena Jorja Smith, «Don't Watch Me Cry». Miro a Inés con sospecha. Seguro que estas canciones cortavenas no las ha elegido ella. Creo que es la lista premenstrual de Elena.

—Santo Dios, ¿quién ha elegido esta música?

—Eso, Elena, tía. Pon reguetón, que se nos hunde el barco.

Intento pedirle el móvil para cambiarla, pero nos ignora y le pregunta a Inés:

—¿Tú te acuerdas de la psicóloga esa de redes que siempre decía algo acerca de admitir las cosas?

—Ah, sí —contesta mientras me mira de reojo como esperando que no me moleste que ponga mis palabras en su boca—. La del vídeo ese que me pasaste que decía que el primer paso para recuperarnos era admitir lo que sentíamos.

—Esa. La tipa decía que si nos escondíamos detrás de nuestras propias mentiras y no aceptábamos lo que nos había ocurrido, nunca podríamos superarlo y seguir adelante.

—¿Qué queréis que os diga exactamente? —suelto cuando oigo mis propias palabras contra mí—. ¿Que desde que murió mi abuela he sentido que me limitaba a sobrevivir y punto? ¿Que Bruno ha sido la primera persona en meses que me ha hecho despertar? ¿Que estoy confusa porque en pocos días he sentido lo que no he sentido con nadie en años, cuando debería estar de duelo por perder a la persona más importante de mi vida? ¿Que estoy destrozada porque tengo la sensación de que nadie hace el esfuerzo de quedarse conmigo? ¿Que ahora mismo no tengo muy claro quién soy ni lo que quiero? ¿Queréis que os diga todo eso? Pues ya está, admitido. Os lo puedo dejar por escrito si lo consideráis más oportuno.

Mis amigas dejan sus tazas y se deslizan por el suelo hasta llegar a mí. Elena me pasa un brazo por los hombros y me acerca a ella, mientras Inés se recuesta en mi regazo y me abraza por la cintura. Todo el rollito *mindfulness* que traíamos esta mañana se va al garete en cuestión de segundos. Cierro los ojos con fuerza, reposando en el abrazo de Inés con Elena e intentando evitar que me deje llevar por el batiburrillo de emociones de la última semana. La imagen de mi vida AC (antes de la muerte de mi abuela Carmen) emerge como el iceberg del Titanic ante mí: de forma ineludible e irrevocable mi cerebro se choca de nuevo con ese montón de recuerdos.

Bruno me trasladó por un momento a mi vida antes de besar la lona y, cuando estaba cogiendo altura, me volví a caer. Imposible no fracturarse cuando se está algo tocado.

Inés disuelve lo emotivo del momento con una de las suyas:

—Oye, ¿sentís algo ya? De la cosmóloga.

—Sabes que esto no funciona así, ¿no? No es Hogwarts —contesta Elena.

—Yo lo que siento es que tengo los ojos hinchados —respondo secándome las mejillas con las mangas.

—Me veo en la obligación de explicaros que lo que Lucía nos trató de explicar es que, a través de la reflexión y el buen rollito, QUIZÁ y solo QUIZÁ logremos sacar algo en claro de nuestras vidas… —Carraspea y continúa—. Pero siento robaros la ilusión: no va a entrar un hombre con una maleta negra a llevarse nuestros males.

—No hables de maletas, ¿quieres? —Inés sube un poco el tono.

—Perdón. Sí, igual no es el mejor ejemplo —replica mi otra amiga.

—Sí, yo ya he tenido un hombre con maleta negra que vino a llevarse mis males y, de paso, mi tesoro más preciado. —Me río agotada.

—Claro, es que sigues sin hablar con él, ¿no?

—Pero ¿qué es exactamente lo que tengo que hablar con un tío que me ha mentido de forma reiterada, ha leído documentos personales, los ha sustraído y ahora no sabe dónde los ha dejado? —respondo casi gritando.

Inés me tranquiliza pasándome la mano por la espalda.

—Yo ahí veo más de quince delitos, Elena. Y estoy tirando a la baja. —Sonríe.

—Si fuera por ti estaba medio Madrid enchironado.

—Pues yo creo que tres añitos a la sombra sí se merece —digo yo, ya entregada a la noche de chicas con todo mi ser.

—Sí, a la sombra de los pinos, guapa. Si hubiera robado un coche... —Elena se toca el mentón como pensando de verdad si puede empapelarle por algo—, te lo miraba. De todas formas, ¿no os parece una historia muy rara?

Las ideas descabelladas son las favoritas de Inés, que no tarda en contestar.

—Hostia, podemos hacer que me ha robado el taxi. Lo escondemos, vamos a la policía...

—NO. —Mi voz y la de Elena se unen, y la miramos como si estuviésemos a punto de sacrificarla mediante un rito zulú.

El resto de la noche nos la pasamos recordando liadas grupales y planes fallidos que en la cabeza de Inés sonaban espectaculares. Somos generadoras de contenido vital; eso es innegable. Son las dos de la madrugada cuando decidimos acostarnos. Ellas han caído enseguida en trance total, pero yo me resisto. La cama me come, es demasiado pequeña y estoy nerviosa. Sé que no voy a poder dormir tranquila hasta que me relaje, así que me incorporo.

Oigo que Inés pronuncia palabras ininteligibles y que Elena respira fuerte con la boca abierta como una alcantarilla. No puedo evitar sentirme plena por tenerlas cerca, incluso aunque dormir con ellas implique soportar la sinfonía nocturna de cada una.

Decidida, cojo el móvil y abro la *app* de Notas.

Mi mente se sume en un mar de recuerdos y sensaciones, como si las olas de un tsunami me arrastraran hacia atrás en el tiempo mientras escribo.

Mi abuela Carmen cogió una vida que le iba pequeña y la engrandeció. Se despidió de todo lujo, conformismo y reconocimiento para estrenarse entera. Una vez me contó cómo había aprendido a leer y escribir casi sola. Escribiendo en grande las letras con un palo sobre la tierra de un campito que tenía su padre. Yo le contesté simplemente que me parecía muy valiente. Ahora tengo la certeza de no haberme equivocado de palabra ni de persona.

Cuando más la necesité apareció (sin pedírselo y tren mediante) en Madrid, con sus ochenta y pico años y un táper de torrijas por si hiciera falta. Por fortuna bastó con su abrazo.

Después se fue de vinos por el barrio. Lo que yo os diga: una genia.

Construirse de cero en lugar de acomodarse sobre sus ruinas es de genias.

Levantarse otra vez y sin ayuda cuando ya lo tenías reconstruido solo puede ser viable siendo mi abuela.

Espero haber aprendido de ti.

La voz en sueños de mi amiga Inés me pone de nuevo en contacto con la realidad.

Apago la luz del móvil como en un intento de apagar también mi cerebro y al final me duermo.

24

La puerta de mi piso se cierra sola tras de mí.

Arrastrando la mochila por el suelo, llego hasta el sofá y me dejo caer boca abajo, del todo agotada. Cierro los ojos y suspiro del gusto. Me la sopla estar manchando todo de barro a mi paso. Solo quiero descansar lo suficiente para que me deje de doler todo el cuerpo. Y luego volver a levantarme para matar a Inés.

Vale, es una tía resolutiva y tiene madera de líder, pero la orientación la tiene exactamente donde la puntualidad: en el culo. Qué gran idea la de que se ofrezca voluntaria para guiarnos por una ruta de montaña. ¿Qué podía salir mal? O, más bien, ¿qué podía salir bien? Pues, en efecto, lo que ha salido: nada. Era la única que tenía batería en el móvil, solo ella podía ir mirando por dónde íbamos. Los astros se alinearon para que eso sucediera, y Elena y yo nos hemos encontrado por la mañana con que los enchufes que habíamos utilizado no funcionaban. Si llego a saber la mañanita que nos esperaba hubiera metido los dedos en el que sí tenía corriente eléctrica y no me hubiera enfrentado a esta agonía.

—Inés, estoy casi segura de que por aquí no es —he insistido mientras intentaba esquivar las ramas que ella soltaba a su paso—. Joder, Elena, di algo, que tú eres de aquí y estamos caminando campo a través.

—Pero qué voy a ser de aquí, si soy de Zaragoza, Carmen, hija. —Mi amiga había decidido que el conjunto de pantalones cortos y sujetador deportivo que acostumbra a ponerse para ir al gimnasio era lo ideal para hacer una excursión así. A la media hora de caminata ya tenía el treinta por ciento del cuerpo arañado por los matorrales y se le transparentaba hasta el alma.

—Aquí pone que en diez metros giramos a la izquierda. —Inés ha consultado el móvil levantándolo un poco en busca de más cobertura.

—¿Te refieres a que giremos y saltemos por ese barranco, Inés, cariño? Porque ganas no me faltan —le he contestado.

Cuando llevábamos casi tres horas andando, he confirmado que efectivamente nos habíamos salido de la ruta, aunque es algo que sabía que iba a pasar antes de salir de casa. No era la que habíamos elegido esta mañana, de apenas seis kilómetros y con una pista ancha, sino que en cierto momento en el que me ha pillado con la guardia baja nos hemos desviado hacia otra que era mucho más difícil, pero no había manera de convencerlas de volver atrás.

—Para atrás ni para coger impulso —ha bromeado Inés.

—Inés, sabes que esa mierda de frase no sirve ni en sentido literal ni en el figurado, ¿no? —Me he empezado a desesperar.

—Carmen, relájate —ha dicho Elena al tiempo que mataba un bicho de un manotazo en la pierna—. Estas rutas están señalizadas. Son para el turista medio y las tres tenemos estudios, por lo que deduzco que sabemos leer —ha concluido confiada.

En ese momento nos he visto rodeadas de maleza y, a pocos metros, una señal pintada en un tronco advertía de que nos estábamos saliendo de la parte señalizada.

Me he acercado a Inés con la esperanza de chequear el mapa que estaba siguiendo, pero cuando me he asomado por encima de su hombro, sorpresa para nadie, mi amiga no estaba pendiente de ningún mapa.

—¡¿Se puede saber qué haces?! ¡Que no necesitamos un radar militar, solo un mapa!

Mi amiga ha pegado tal salto por el susto que se le ha caído el móvil y esta vez su fondo de pantalla de Chuck Norris no ha podido remediar que se rajara la pantalla. Ella es así y yo me he pasado con el tono, pero no he sabido controlarme.

—¿QUÉ QUIERES QUE HAGA AHORA? —ha gritado Inés—. ¿Busco un local de reparación de pantallas en mitad de un campo perdido —ha respirado y ha seguido con su subordinada— dentro una aldea perdida de Ávila llamada —se lo ha pensado dos segundos y ha dicho— PEGERINOS?

—Peguerinos —le ha corregido Elena desesperanzada y con la pinza en un moño y los brazos ensangrentados de tanto arañazo—. Esto está siendo peor que el Via Crucis. —Ha mirado al suelo con cara de estar a punto de llorar.

—Hablando de Jesucristo…, ya le puedes empezar a rezar, sí —ha contestado Inés sin perder el humor a pesar de las circunstancias.

—¡Inés, yo te mato! ¿Cómo se te ocurre? No estamos en un parque de aventuras. Esto es serio. Ahora estamos perdidas y no tenemos cómo volver. Por Dios, ¿qué coño estabas haciendo? ¿No te ha parecido necesario seguir el mapita?

—Carmen, para —ha dicho Elena, muy seria—. Vamos a intentar arreglarlo.

Inés ha aguantado el sermón y se ha colocado con docilidad detrás de mí. Gracias a Dios, me oriento bastante bien y he podido conducirlas de regreso a la pista principal, aunque eso nos ha llevado otras dos horas y media y varias caídas de culo por parte de Elena, que al final del trayecto parecía un animal apaleado.

He caminado con ellas a rastras hasta la casa, lo que nos ha supuesto otra hora, porque Inés ha decidido que no podía más y se ha tumbado directamente a descansar un rato a un lado del camino. Parecía un faquir, tan pancha, sobre las piedras. En una de estas salidas de guion por el campo se ha torcido un poco el pie porque, como era de esperar, había llevado sus zapatillas de salir de fiesta. El caso es que necesitaba hacer una parada y aunque creía que no era grave tendría que verle el pie un médico. No ha podido escribir a Lorenzo por lo de la pantalla del móvil, pero lo ha nombrado más de cinco veces.

Así que entre idas, venidas y *pit stop* mediante, hemos llegado a la casa casi a las cuatro de la tarde, muertas de hambre y de sed, al borde del colapso vital. Tras comernos las sobras de ayer —ninguna tenía ganas de cocinar nada decente—, mis amigas han decidido que estaban hartas de intentar conectar con la naturaleza, han echado por tierra la teoría de la cosmóloga y han recogido todas sus cosas para volverse a su verdadero hogar: Madrid. La gran ciudad, con sus carreteras asfaltadas, sus atascos y sus quinientos bares por metro cuadrado, nos parece el edén ahora mismo.

—A partir de hoy solo quiero árboles y arbustos controlados en parques y macetas —ha dicho Inés mientras encendía el coche.

—A la próxima nos vamos al Levante, caris. —Elena ha echado la llave y nos hemos marchado sin mirar atrás, literalmente.

Cuando ya estábamos subiendo al taxi de Inés para volvernos, Elena ha recuperado la cobertura y le ha llegado un mensaje. No ha podido contener la emoción. Había recibido un email de la clínica de fertilidad. Esta vez el tratamiento ha funcionado y no va a tener que pincharse las banderillas hormonales, como las llama ella, más veces. Inés, a la pata coja con el pie todavía dolorido, Elena emocionada y yo nos hemos abrazado, juntando la cabeza y sonriendo.

Después la hemos dejado en casa y le he enviado un mensaje para comprobar que no se hubiera quedado a mitad de camino de su piso. A la pobre le temblaban hasta las piernas cuando ha salido del taxi. Su respuesta ha sido una peineta representada por el emoji de WhatsApp, seguida de un selfi apoyada en la almohada con los ojos cerrados.

Está a salvo y mucho mejor anímicamente. Seguro que esta experiencia nos ayuda a relativizar mucho nuestros problemas. Es lo que tiene terminar siendo casi rescatadas por la UME.

Inés y yo hemos quedado en darnos una ducha y ver una película juntas en su piso. La verdad es que no sé por qué le he dicho que sí, cuando lo más seguro es que acabemos dormidas en los primeros diez minutos después de la expedición de esta mañana. Pero no quiero pasar el fin de semana sin nada que hacer, y está claro que ella tampoco quiere dejarme sola.

Entro en el piso de mi amiga en pijama y descompuesta, peinándome el pelo húmedo con los dedos para comprobar que no tengo más nudos. De camino al salón, me entretengo mirando las fotos que tiene colgadas en el pasillo.

—¿Carmen? —Pienso que me llama, pero está respondiendo a quien le habla al otro lado de la línea. Pongo la oreja mientras me acerco al salón—. Sí, está aquí, acaba de llegar —dice cuando me ve entrar—. Eh, sí, claro, pero ¿por qué...? Ay, papá, no te hagas el misterioso, que no te pega nada. Dime qué pasa, hombre, que me estás poniendo nerviosa. ¿En serio? —Se ríe—. Vale, pues oye, aquí estamos, te esperamos,

Emily. Un beso, chao, hasta ahora. —Cuelga y se dirige a mí—. Era mi padre, dice que en cuanto cierre la cafetería se viene, que nos va a traer algo de picar, porque de vino ya nos hemos puesto finas este finde, y que tiene algo más para ti.

Miro el reloj. Son las ocho y media de la tarde, así que no tardará mucho.

—¿Para mí? —Lo único que se me ocurre es que el día que estuve allí me dejara algo, pero es poco probable.

—No me lo ha querido decir, pero sonaba un poco altera-do. Ya sabes que la interpretación y el disimulo no son lo suyo. —Se encoge de hombros y saca el labio inferior hacia fuera como un niño—. ¿No fuiste el otro día, el día ese de... —se calla para no cagarla—, a ayudarlo con algunos pedidos? Igual es por eso, no lo sé. Vamos, elige peli y lado del sofá, que preparo la pizza. Lleva piña, pimiento y tofu, te lo digo por-que luego no quiero quejas sobre que te oculto información. —Se aleja hacia la cocina.

—Creo que mejor si lo hacemos al revés. Yo me encargo de la cena y busca tú algo en la tele, porfa. —Conozco los puntos débiles de mi mejor amiga y su plato estrella es la tor-tilla de guisantes. La última vez que la preparó para un grupo, acabamos todos en la farmacia comprando sales estomaca-les—. Además —continúo cuando veo que pone los ojos en blanco al asomarse por el quicio de la puerta—, yo no sé si voy a aguantar la película entera sin dormirme, así que elige tú la que te apetezca.

Cuando levanto la vista del móvil después de hacer el pe-dido miro la pantalla y ya está preparada la película en Net-flix. El título, *Crudo*, me da mala onda, que se confirma cuan-do recuerdo que ya me habló de ella como una de las que tenía en pendientes. Genial, tal vez tendría que haber especificado que no más «terror» después de la excursión de esta mañana. Sabe que odio las películas de miedo. En cambio, ella las disfruta como si fueran títulos de Disney. Joder, y lo peor es que con esa musiquita de tensión no voy a poder dormirme.

Apenas ha empezado la parte en la que me toca taparme la cara con un cojín y aguantar en apnea para no cagarme de miedo cuando suena el timbre. Corro a abrir, sintiéndome bendecida por perderme aunque sea unos segundos de esa tortura para mi sistema nervioso. Inés se queda en el sofá porque aún siente un poco de dolor en el tobillo.

Emilio está en la puerta, con un tarro de cristal lleno de galletas en la mano y la mochila que lleva a todas partes colgando de un asa como si fuera un adolescente de camino al instituto. Sonrío de forma automática al verlo, me lanzo a sus brazos y él me da besos en el pelo, todavía húmedo.

—¡Qué rapidez, por Dios! Nunca me han abierto en tan poco tiempo en esta casa. ¿Estaba Inés intentando torturarte de alguna forma? —dice en cuanto le suelto y le dejo pasar.

—Ha vuelto a elegir una película de miedo, Emilio. Llevo media hora deseando que se acabe esta atrocidad mientras tu hija se ríe de la escenita. La gente que guioniza esas cosas necesita terapia urgente —afirmo rotunda cuando pasamos al salón.

—Pues ya sabes, hija, monta un gabinete. Seguro que, en cuanto hablen un poco contigo, se darán cuenta de la falta que les hacías.

—A mí me dan más miedo los que van de cuerdos: esos son peores. Mira Woody Allen… Parecía entrañable y ZAS —suelta Inés, que se incorpora para saludar a su padre y dejarle un hueco entre ambas.

—Inés, ¿qué ha pasado? —Su padre le mira el vendaje casero que se ha puesto en el pie.

—Ah, nada, papá. Me he resbalado en Peguerinos, nada grave.

—¿Por qué no me has dicho nada?

—¿Qué iba a mejorar que te lo dijera o preocuparte? Que yo sepa lo que has tenido toda la vida es un taxi, no un helicóptero para venir al rescate.

—A ver, hija, siéntate. Ponlo en alto. Ahora te traigo un poco de hielo. Habrá que ir al hospital para confirmar que no tienes nada roto. —Su padre se muestra preocupado.

—No, a ver... Tengo un amigo... que es fisioterapeuta y ya me está ayudando con esto. Él dice que es un esguince leve y que necesito un poco de reposo y ya está.

—Como si fuese fácil dejarte a ti sentadita en alguna parte. —Emilio va y vuelve de la cocina con un trapo con hielo y algunas pomadas que empieza a aplicarle en el pie.

Mi amiga ya está mirando el bote de galletas que ha traído su padre como si fueran los brazos del mismísimo Lorenzo. Está salivando, y eso que se ha metido un paquete entero de humus entre pecho y espalda en menos de quince minutos. Es un pozo sin fondo.

—La gente que come como si le fueran a quitar el plato en diez segundos también está incluida en la propuesta de terapia, Inés —digo vacilándola.

Ella me saca la lengua y le arrebata a su padre el tarro, que abraza contra su pecho y promete que nunca lo dejará marchar, al menos hasta que tenga que volver a rellenarlo. Estoy segura de que entonces se lo entregará encantada a su progenitor.

—Por cierto, Carmen —dice Emilio tras chasquear la lengua. Seguro que está valorando seriamente la idea de llevarla a terapia—, el chico del otro día...

No le da tiempo a continuar, porque Inés le interrumpe con la boca llena.

—¿Uno que estaba bueno? —Mastica sin parar mientras su padre le sacude las migas.

—Ay, hija mía. No tengo la capacidad de hacer esos juicios

como tú. El chico alto de rizos con el que te quedaste en el bar —prosigue Emilio.

Inés contrataca.

—Se quedó hasta tarde, además… —La sonrisa maligna se le escapa, pero no sigue para que no me dé un ictus.

—Yo les di permiso —zanja Emilio antes de pronunciar las palabras mágicas—. Vino ayer y me pidió que te devolviera esto. —Emilio alcanza la mochila que había dejado en el suelo y saca una bolsa de tela que me resulta demasiado familiar.

La cojo y la apoyo sobre mis piernas comprobando con manos sudorosas que tanto los diarios como mi libreta están ahí.

—No sé qué habrá pasado, hija, pero el chico parecía bastante apurado. Estoy seguro de que ha sido él el que ha cometido algún error, no tú, por supuesto —se apresura a añadir cuando acusa el codazo que su hija le propina en las costillas—, pero tal vez deberías hablar con él para decirle que ya los has recuperado. ¡Ay! ¡Inés, ya vale! —Emilio se gira hacia su hija, frotándose la zona dolorida por ese segundo codazo que he notado hasta yo.

Ambos se enzarzan en una discusión en voz baja, como si así no pudiera oírlos, aunque esté sentada a su lado en un sofá de dos plazas.

Ignorándolos, cojo un cuaderno al azar y huelo sus hojas. Es increíble el apego físico que tengo a estos diarios. Me dan seguridad. Los percibo como algo absolutamente mágico. Como si teniéndolos estuviera protegida de todo. Igual que cuando tenía a mi abuela cerca. Repaso algunas páginas con el índice, siguiendo el trazo curvo de las letras de mi abuela. Encuentro un apartado en el que habla de mi infancia: mi primer día de colegio, lo que me daba miedo de pequeña, qué me regaló por mi quinto cumpleaños. Está todo registrado al milímetro. Cierro el diario con suavidad. Creo que no es momento para empezar a leer.

Soy de cristal para Inés. Mi amiga puede ver cómo me siento con una facilidad prodigiosa. Es como si mi piel cambiase de color ante sus ojos dependiendo de mi estado anímico.

—Papá, Carmen se estaba quedando sobada en el sofá porque esta mañana hemos tenido un pequeñito percance en la montaña del que no te he informado todavía. ¿Por qué no te quedas conmigo a cenar y te lo cuento? ¡No te lo vas a creer!

Emilio no es tonto y sabe a la perfección que algo pasa, incluso podría ser que lo sepa mejor que yo, a juzgar por cómo nos trató el otro día en el Años Luz, pero decide seguirle la corriente a su hija, a la vez que yo les sonrío a ambos en señal de agradecimiento.

—Venga, me quedo un rato, que mañana no madrugo. Pero no cocinas, ¿no?

—Pero ¿qué os pasa a todos con mi habilidad a los fogones? Ni que tuviera que llamar a los bomberos cada vez que enciendo la vitro —protesta ella—. Para vuestra tranquilidad, la he encendido dos veces desde que vivo sola en esta casa.

—Vamos, cariño —se excusa su padre y me guiña el ojo—, entre tus múltiples y valiosos talentos no está el de mezclar sabores. Y tú, cielo, descansa. Ya me encargo yo de este espécimen extraño que tienes como amiga.

Yo sonrío y me despido de ambos con un abrazo. Me dirijo hacia la puerta mientras escucho cómo ambos discuten en broma sobre si Inés come cartón o no, y mi pecho se hincha de gratitud. No hay nada mejor que observar a los que queremos sin que se den cuenta y experimentar orgullo. Es lo que me pasa con estos dos. Tengo mucha suerte de tenerlos en mi vida.

Entro en casa y voy directa a la habitación. Me siento en el borde de la cama con la bolsa de nuevo sobre mi regazo. Ahora que estoy sola, intento leer un poco, pero vuelvo a ver la letra y noto que me deshago. Me siento como un bebé: cansada físicamente y con muchas ganas de dormir en paz por primera vez esta semana. Estos diarios son la prueba tangible de algo que todavía no he terminado de asumir y tenerlos cerca me calma, pero a la vez me revoluciona de forma interna. Soy la primera en leerlos. Bueno, después de Bruno, supongo. Me siento como un anónimo que descubre una reliquia que resulta ser un tesoro universal. Esa fue la condición que me puso cuando aún era pequeña y los vi por primera vez: «Cuando yo ya no esté, serán tuyos, Carmen. Déjame conservar durante un poco más de tiempo el misterio. No podemos conocer del todo a una persona, la vida entonces no tendría ninguna gracia».

Vuelvo a cerrar el diario. Me levanto de nuevo y me dirijo a la estantería de mi habitación, una más pequeña que la del salón donde guardo mis libros «de emergencia», los que me han marcado de alguna manera, los que he subrayado y releído más de cinco veces. Los que han dejado huella en mi vida. Justo al lado del último de Rosa Montero, coloco los cuadernos en la balda de arriba según la fecha en la que fueron escritos, hasta que en la bolsa solo queda mi libreta.

La cojo y miro las letras de mi nombre mientras me vuelvo a tumbar en la cama. Esta me la regaló mi abuela hace cosa de un año. La encontró en un puesto de antigüedades y le recordaba a la primera que había tenido ella. Siempre he escrito, aunque de forma diferente a la suya. Ella charlaba, contaba sus experiencias, y yo siempre he sabido entender lo que sentía a través de las palabras. Siempre me decía que era la mejor forma de alinear nuestra mente y nuestro corazón: «Aquí dentro se puede formar un buen lío, Carmen. Y lo importante no es que se haga, sino encontrar la manera de deshacerlo».

Experimento una mezcla de emociones que pivotan entre el enfado, la curiosidad, el alivio y la ira. Entretanto y al otro lado de la balanza pesan también las ganas que tengo de volver a ver a Bruno. Han aparecido de la nada y de nuevo a raíz del encuentro con Emilio. Según lo que cuenta él, se le veía arrepentido.

Igual soy una estúpida, pero prefiero seguir creyendo en que la gente mala no existe y simplemente hay gente que se equivoca y hace las cosas mal o bien no sabe hacerlas mejor.

Ojeo la libreta, pasando varias páginas al mismo tiempo, hasta que algo hace que se quede abierta por una página concreta. Es un trozo de papel doblado en vertical. Echo un vistazo a lo que escribí justo ahí hace pocas semanas.

> *Yo creo que encontrar a tu persona es un jodido milagro.*
> *Algo que, en efecto, puede cambiar tu vida a mucho mejor:*
> *puedes pasar de sobrevivir a supervivir.*
> *La sensación es como si pudieras perder el control controlándote.*
> *Como si pudieras saltar dos mil metros en caída libre y sentirte a la vez protegido.*
> *El tiempo empieza a pasar como la luz.*
> *Un año luminoso, los años luz, pueden*
> *durar tres o cuatro días e importar más que mil décadas.*
> *Todo lo que pasa veloz lo hace por lo feliz.*
> *Y tú simplemente disfrutas del viaje,*
> *con cara de tonto,*
> *mientras de fondo, aislada de cualquier ruido, suena altísima tu canción favorita.*

Aunque está claro quién ha señalado este fragmento, mis ojos se fijan en la nota suelta que he encontrado en esta página. La abro y es justo entonces cuando entiendo por qué lo ha hecho. Desdoblo el papel con cuidado.

Entonces descubro tres líneas escritas a mano en las que columpiarme. En las que podría quedarme a vivir.

Encontrarte sí que ha sido un jodido milagro.
Mi primer año luz ha durado tres días, Carmen.
Gracias por enseñarme que se puede supervivir.

25

—¿Estás nervioso o qué, ababol?

—¿No debería preguntarte eso yo a ti, enano? —Sonrío mientras repaso los pliegues del esmoquin que llevo puesto frente al espejo. La corbata aún está colgada en una percha al lado de la puerta del armario. Me acerco para cogerla.

Esta tarde es la boda de Guillermo y Mario, es decir, mi hermano y su novio desde hace cinco años. Se conocieron en la empresa familiar. Mario también es enólogo y estaba más que bien considerado por el equipo directivo, es decir, por mi familia, ya antes de que surgiera el amor. Así que todo el mundo está encantado de que sea el elegido para entrar en la familia. La verdad es que hacen una dupla espectacular y son muy conocidos en el mundillo del vino. Cuando se ponen creativos, entre aromas y matices de esos que al resto les suenan a idioma marciano, sus cabezas no tienen límite. Yo no sabía que un vino podía tener toques de membrillo y amapola, por ejemplo, hasta que me lo dijo Mario después de probar uno de la última cosecha de nuestros viñedos. De hecho, son varios los reconocimientos que tienen en casa, son «las narices» de España, aunque el que más ansían es este, el de marido y marido.

—¡Viva la novia! —Se oye a través de la puerta entreabierta y proveniente del salón. Ese debe de ser mi tío Juan. El hermano de mi madre. Una torrija de kilo pero, bueno, es de la familia y no nos queda más remedio que aguantarle.

Ya van llegando algunos invitados. Los más cercanos se han quedado a comer en casa antes del evento. Mis padres han alquilado una finca, El Granero, muy exclusiva y conocida en la ciudad. Está a unos diez kilómetros de nuestra casa y rodeada de nuestros viñedos. Desde este punto exacto, hay un mirador en altura desde el que se ve un meandro del río Ebro. El atardecer ahí es indescriptible y por estas fechas las hojas de las vides explotan en diez mil colores. La boda será en ese precioso jardín, y el banquete, en una carpa enorme que han colocado justo al lado.

Yo soy el padrino de la ceremonia, así que Guillermo debería estar, al menos, un poco más nervioso que yo, pero siempre ha tenido esa capacidad de disimular sentimientos y euforias a la perfección. Con gesto desenfadado me da una palmada en la espalda y hace un comentario con el que deja caer que una fiesta con varios cientos de invitados es algo rutinario.

—¿Por qué debería estar nervioso? Esto es un mero trámite, hermanito. Un piscolabis con autobuses. Una reunión casi de trabajo. El amor no lo crea un concejal el día que lo firmas, pero es más divertido celebrarlo que pagar el convite —dice—. Además, mamá huele el miedo y no quiero que me dé la chapa con frases motivadoras en un día tan señalado. —Nos reímos escuchándola hacer ruidos y dar órdenes al servicio por el hueco de la escalera—. Lleva toda la mañana cacareando por la casa. Va, vuelve, gira. Sube cosas, las baja —añade.

De pronto entra en la habitación como para comprobar que seguimos vivos. Sin mediar palabra y con los rulos todavía puestos, sale haciendo caso omiso de nuestras miradas de estupefacción.

—¿Todo bien, mamá? —le pregunto con media sonrisa que ni me devuelve desde el otro lado de la puerta.

—Ay, qué susto, hijo… —Se fija más detenidamente en mí—. Y qué pelos… ¿No te podías haber cortado esas greñas un poco?

—Mamá, fui ayer a la peluquería y estoy sin peinar. Tranquila, tiene arreglo —le contesto esperando ansioso su contestación de desdén.

—Sí, a ti todo te parece que tiene arreglo hasta que deja de tenerlo —responde ella desde la ironía. Un recurso que controla a la perfección.

Agita las manos mientras va haciendo listas cortas de tareas pendientes en voz baja por el pasillo. «Flores, música, mesas». Para un segundo, le da un sorbo a una tila y continúa.

«Ceremonia, fotógrafo, coche». Anda sin rumbo fijo.

«Catering, invitados, regalo». Así hasta que llega a la palabra maldita: «discurso». Y me mira.

Sé que tiene que salir muy bien, lo que en el idioma de mi madre se traduce en PERFECTO. Pocas veces algo que haya hecho yo ha recibido ese adjetivo de su boca. Hago una bolita con mis nervios y me la trago escupiendo un:

—No te preocupes, todo saldrá a tu estilo, perfecto. Ya lo verás —antes de que pueda contestar.

Ha seguido el ritual habitual: el pelo en su sitio, el maquillaje en su justa medida y la manicura de las ocasiones especiales.

—Mercedes. —Alguien la llama y se esfuma escaleras abajo mientras sujeta un cigarrillo encendido por la casa. Hace más de trece años que dejó de fumar, pero la ocasión de hoy lo justifica. Se casa su hijo y, de los dos que tiene, le ha tocado al favorito. Es decir, al que no soy yo.

Mi hermano Guillermo es todo lo que una madre como la mía desearía: digno heredero de sus tierras, aprendiz incansable del mundo del vino, con un gusto estético envidiable, sobre todo para mí, que si me preguntas por un tipo de marrón en lugar de chocolate, por ejemplo, te diría marrón... ¿perro?

—Nada puede fallar o lo que fallarán serán sus constantes vitales. —Guillermo se ríe, pero yo no tanto.

—En eso tengo que discrepar, William. Esta mujer es un junco —respondo automáticamente, haciendo que mi hermano suelte una carcajada de las que salen del estómago, que se intensifica al ver mi cara de incredulidad por su risa. Sí está nervioso, sí.

Me quedo unos segundos mirando por la ventana. Estamos en nuestro cuarto de niños y desde aquí puedo ver a mi padre agachado al lado de la piscina. No sé si está comprobando la temperatura del agua o es que se le ha caído algo.

Santiago. Por azar o por genética mi carácter empasta mucho mejor con su jovialidad que con la agonía perenne de mi madre. Mi padre se gira y me pilla observándolo. Sonríe y me saluda desde abajo.

—Pero tú sí que estás un poco ido, Bruno. ¿Va todo bien? —me pregunta mientras se empieza a poner los gemelos.

Me acerco a ayudar a mi hermano y asiento, dubitativo. Con él siempre he podido ser sincero, pero no quiero molestarlo con mis problemas. Al menos, no hoy. Este es su día, y él y su futuro marido deben de ser los protagonistas.

—Sí, claro. Va todo bien, tío. —Si alguno de los dos se tenía que quedar con los nervios previos a esta boda ese soy yo, por lo que parece, y eso que no me caso. Y luego está lo del discurso. «Menudo marrón», pienso—. Menudo privilegio —digo disimulando como puedo que estoy acojonado.

Cómo de especial será esta boda para mi madre que nos ha hecho venir a todos: los abuelos que quedan, los tíos carnales, primeros y segundos, y toda la colección de primos. En total, más de quinientos invitados. Sin embargo, mientras pienso en que debería imprimir el discurso y revisarlo para minimizar las posibilidades de error, mi cabeza vuelve a la mañana de ayer.

Jimena me abrió la puerta de su piso. Iba vestida informal para pasar la mañana en casa, pero, aun así, estaba muy guapa, la verdad. Dijo que iba a teletrabajar todo el día. A estas alturas ya no sé qué es verdad y qué no de todo lo que dice. El caso es que me invitó a pasar y almorzar con ella. Me tomé un café y rechacé la tostada. En esa tesitura y después de lo de los diarios, lo que menos tenía era hambre, y lo que más, un cabreo como la catedral de Burgos: precioso, sí, pero también muy grande.

Nos sentamos en la barra de la cocina.

—Tú dirás —me dijo con una sonrisa conciliadora.

—Jimena, te debo una disculpa. Siento no haber contestado tus mensajes a tiempo. Pensé que era mejor un cara a cara, pero me equivoqué. Lo siento —empecé en un tono pausado y bajo. No me podía arriesgar a tener una tremenda con Jimena antes de la boda de mi hermano y, además, el momento estaba siendo bastante incómodo de por sí.

—No te preocupes, Bruno —dice mientras cruza los brazos y mira su plato encima de la barra. Puedo ver sus dedos recogiendo los codos. Se ha mordido todas las uñas—. Entiendo que necesitabas tiempo y espacio, y…

—Déjame terminar, por favor —la interrumpí, colocando una mano sobre la suya—. He venido porque quiero hacerlo bien, Jimena.

Tragué saliva y empecé a hablar con la misma sensación que si estuviera saltando al vacío desde un quinto piso.

—Sé que para ti la de la semana pasada solo fue una discusión más de las muchas que hemos tenido, pero para mí ha sido algo determinante. Mi cabeza ha hecho clic y me he dado cuenta de muchas cosas que estaba evitando pensar hasta ahora.

Jimena me miró como sabiendo lo que iba a decir. Es una mujer brillante y cala a la gente muy rápido. En parte agradecí que no la pillara tan de sorpresa.

—¿Qué estabas queriendo evitar, Bruno? —Lanzó esa pregunta como una daga mientras su gesto cada vez estaba más serio.

—Pensar en si todavía nos queremos —contesté sin miramientos.

—¿Y bien? —Jimena clavó sus ojos en los míos y frunció mucho el ceño.

—Creo que ya no te quiero. Al menos no de la forma en la que debería quererte para estar contigo.

Retiró las manos del plato todavía lleno de migas y empezó a retorcerlas a la vez que se mordía el labio, pero no dejé que eso me desconcentrara.

—Has traicionado mi confianza a un nivel que me parece irreversible. Todos los intentos de retomar lo nuestro a partir de ahora solo nos harían más daño a los dos.

—Sé que hice mal intentando imponértelo, pero ya habíamos hablado de ese tema, Bruno. Sabías que yo quería tener hijos ya. No era un secreto. No sé qué te escandaliza tanto, la verdad. Y menos después de tantos años de relación. —Dejó abierta la respuesta, aunque antes de que pudiera intervenir continuó—: Estos días me he sentido como una mierda, verdaderamente angustiada, hasta el punto de que he empezado a obsesionarme con la posibilidad de que te hubiera perdido. De que lo nuestro se hubiera desintegrado. Cuando encontré estos textos en casa, me di cuenta de que hace tiempo que nos perdimos el uno al otro. No quiero volver a sentirme así, ni siquiera por ti —me dijo con los ojos brillantes.

Asentí con un nudo en la garganta.

—Siento que no me mereces, Bruno. —Jimena se empoderó a medida que me hablaba e iba añadiendo dosis de rabia a sus contestaciones—. Dudo mucho de que puedas encontrar a alguien como yo. A alguien que te quiera de manera incondicional y, sobre todo, alguien que quiera tener una familia con los tiempos que corren —sentenció.

Qué difícil es romper con alguien. Casi que preferiría que me hubiese dejado ella para no tener esta sensación de duda constante y evitarme el arrepentimiento.

—Te los he dejado en la entrada —me dijo—. Aunque no creo que hayas escrito tú nada de eso.

—Deduzco que hablas de los diarios que cogiste sin permiso. —Necesitaba que supiera que a mí todo esto también me estaba afectando.

—Sí, creo que el hecho de que los tenga yo te habrá dado bastantes problemas. —Lo dijo con malicia, pero me pareció lógico, dada la situación.

«Alguno, sí», pensé, pero opté por callarme.

—Ya me dirás cuándo te vas del piso. La verdad es que le he cogido cariño a este y, por otra parte, no creo que me venga bien estar en un lugar donde hemos compartido tantos años, así que no hay mucha prisa.

Intenté decir algo más, pero lo cierto es que no pude. Jimena hizo un gesto con la mano invitándome a salir y se giró para perderse en su cuarto esperando a que saliera. El aire hizo que el portazo sonara más que nunca. Fue la banda sonora perfecta de nuestra despedida.

En ese momento me di cuenta: la iba a echar de menos siempre, pero Jimena ya no era la persona con la que yo había estado. Las rupturas nos transforman hasta volvernos auténticos desconocidos. Las personas que quisimos se ven igual que entonces, pero se convierten en alguien con otros matices; alguien que ya no utilizará diminutivos cariñosos contigo o que no te devolverá esa llamada urgente cuando solo le quede un uno por ciento de batería. Desconocerse es un mundo e implica muchas veces que todo en el nuestro cambie radicalmente.

—Chicos, ¿cómo vais? ¡Aún no te has vestido! Guillermo, por Dios, se hará tarde.

Mi madre vuelve a entrar un rato después, pero esta vez lo ha hecho como una tromba de agua fría. Tiene un plan: meternos prisa, y no parará hasta conseguirlo a juzgar por sus palabras.

—Mamá, por Dios, apenas son las dos de la tarde y acabamos de comer. Déjame reposar un rato y ahora me visto. Tranquila, la boda no empieza hasta que yo llegue. Es a las siete de la tarde.

—Guillermo, ¿no pretenderás echarte una siesta el día de tu boda? —Uy, mal asunto. Miro a mi hermano y me santiguo—. Aún hay que hacerte las fotos con tu hermano, con nosotros y con el resto de la familia. Ya ha llegado tu tío Juan y enseguida llega la tía Alicia con Paco y los niños. Tienes que recibir a los invitados. No es mi problema si te sientes lleno, te he dicho que era mejor picar algo ligero en lugar de la olla de macarrones con chorizo que os habéis comido entre los dos. —Me lanza una mirada acusadora, como si yo tuviera la culpa de que mi hermano no le hubiera hecho caso. Suspiro—. Y en cuanto a ti —«Ahí viene»—, deberías preocuparte más porque todo salga bien, no como tu padre, que seguro que está pajareando por alguna parte de la casa. Y, por el amor de Dios, explícame por qué no ha venido Jimena contigo.

Si le cuento ahora que hemos roto, le da una apoplejía, así que prefiero mentirle.

—Ya te lo he dicho, mamá, ha surgido un problema en la clínica y se ha tenido que quedar en Madrid para intentar solucionarlo y no retrasar las agendas. No me ha quedado muy claro qué es lo que ha sucedido —digo haciéndome el tonto, como si no pudiera entender la gran complejidad del trabajo de Jimena que tanto admira mi madre—, pero te manda disculpas y besos.

—Bueno, la llamaré el lunes para ver cómo ha ido todo. Es un cielo de niña, así que no la cagues con ella —sentencia mi progenitora.

Mi hermano carraspea más nervioso por la ocultación de información que por su inminente unión matrimonial.

No tengo intención de avisar a Jimena acerca de la posible llamada, básicamente porque mi plan es confesarlo todo el lunes por la mañana y huir por patas. Sé que debo enfrentarme a ella en algún momento, pero tengo claro que no será este fin de semana. Poco a poco.

En ese momento mi padre entra en escena, con la camisa del traje remangada y el pantalón sin abrochar. En parte me alegro, porque ahora tengo claro que la furia de mi madre tiene un nuevo objetivo y no soy yo. Discusión en tres..., dos..., uno...

—¡Mira quién se ha dignado aparecer! —le grita mi madre—. Que nos hayamos separado no te exime de tu responsabilidad con nuestros hijos, Santiago. Deberías estar con ellos, asegurándote de que todo va bien, que se saben atar los zapatos y afeitarse la barba, ya sabes. Así yo podría dedicarme a otras cosas.

Cuando mi padre volvió del Camino de Santiago, mi madre puso el grito en el cielo ante la idea de hacer público un divorcio, y le pidió que siguieran juntos. Ahí quedó claro que ella tampoco quería a mi padre, sino que a lo que en realidad tenía miedo era al qué dirán. Reacondicionaron la casa familiar: un chalet de tres plantas con garaje y bastantes metros de jardín, de manera que la parte de arriba, con una habitación enorme y bien iluminada que antes había servido como cuarto de juegos para mi hermano y para mí, pasó a ser un apartamento abierto totalmente equipado para mi padre. El resto de la casa es de la señora Mercedes, que no se corta un pelo a la hora de organizar saraos con sus amigas, mañana, tarde y noche. Mi madre no le ha perdonado la decisión que tomó, aunque él se haya adaptado por completo a sus peticiones.

—En realidad, he estado con los del servicio de catering mientras tú te encargabas de comprobar que la decoración estaba perfecta. Sobre todo la de tu tocado. Ahora venía a controlar a estos dos, que, por cierto, me parece que son lo bastante mayorcitos para apañárselas solos durante unas horas. No creo que tenga que repasar la barba ni al novio ni al padrino…, pero, si me lo piden, yo siempre voy a estar aquí para mis hijos —contesta mi padre con un sarcasmo magistral. Es un capo.

—Mamá, relájate, por favor —interviene Guille. Es el único que a día de hoy es capaz de tranquilizar a mi madre. A veces—. Todo está perfecto, has hecho un gran trabajo y te estoy muy agradecido. Te prometo que, en cuanto salgáis por la puerta, termino de vestirme. ¿Por qué no vas a buscar al fotógrafo?

Mi padre y yo aprovechamos ese momento para salir a hurtadillas. Ya en el jardín, improvisamos un paseo. Como buen niño de provincia, me doy cuenta del precio que pago por vivir la vida que elegí y estar lejos de los míos. Los ratos como este para mí son mejores que el oro.

A mi padre, Santi, siempre le ha gustado llevarnos a mi hermano y a mí a través de los viñedos para que veamos la labor y, de paso, hablar con nosotros sobre los temas importantes. Es un hombre de campo, aunque su estilo de vida sea alto, su sitio está ahí, entre la tierra batida y las hojas verdes de los viñedos que heredó de su padre. Generación tras generación han conseguido sacar adelante un negocio boyante. Al principio se vendían los excedentes a la orilla de un camino de tierra que pasa cerca de aquí. Fue el propio abuelo de mi padre, Toño, el que lo hacía. Ahora esta empresa es una de las más sólidas de la zona. Exportan a más de treinta países y no paran de crecer. Por eso mi padre buscaba a alguien que siguiera su legado. Con Guillermo funcionó, pero conmigo... conmigo no tanto.

—Mira, ¿ves el color de la hoja? Este año tendremos una buena cosecha. Gracias a Dios, hemos podido superar el calor del verano con pocos daños en las plantas —comenta mientras levanta un racimo—. En general la gente no sabe que la calidad de lo que luego se bebe depende mucho del clima y si estuviera aquí tu hermano te diría que también su sabor.

Mi padre y yo caminamos subiendo una cuesta que hay al final de una hilera de cepas que define el final de esta finca. Justo desde ahí hay unas vistas preciosas de las cepas centenarias que tiene plantadas. Me ha traído aquí desde que tengo seis años. Cuando era pequeño mi padre levantaba a mi hermano en brazos y a mí me parecían Mufasa y Simba. No ha cambiado mucho el argumento del cuento en ese sentido porque Guillermo ha recogido el guante y la tijera de mi familia paterna con mucho gusto.

—¿Qué tal ha ido la vendimia, entonces? —le pregunto interesándome por algo que sé que a él le apasiona. Estas fechas son un momento crucial en el ciclo de producción del vino.

—Bien, hijo. Empezamos hace quince días —habla mientras hace un repaso por los racimos que acaban de recolectar, que están en una barca de madera de roble, sobre nuestras barricas, apoyados.

Durante las semanas de recolección, los vendimiadores seleccionan cuidadosamente los racimos maduros y los cortan con tijeras o cuchillos.

—La fecha de vendimia se decide en función del tipo de uva y el grado de madurez deseado, ya lo sabes. —Me da un par de uvas que él mismo despalilla para que las pruebe—. Fede, el viticultor, está ahora con los análisis de azúcar, acidez y polifenoles para que, basándose en eso, tu hermano pueda trabajar.

Mi padre se mantuvo al margen de nuestras decisiones, sobre todo de las laborales. A él le hubiese encantado que me subiera a la barrica a pisar los racimos de uvas desde los quince, pero cuando vio que yo no tenía intención se limitó a respetar mi elección y animarme en mi camino. Le dio, con su actitud, una clase magistral de comportamiento a mi madre, que estuvo más de tres años taladrándome con la idea de que iba a ser un desgraciado toda mi vida por dedicarme a analizar terrenos y no a ganar dinero con ellos.

Me doy cuenta de todo lo que disfruto al oírle hablar, contándome sus experiencias y viendo el mimo con el que trata su oficio.

—La verdad es que la boda nos ha hecho retrasarnos un poco, pero... —Creo que él no es muy partícipe de ningún show. Mi padre es de carácter afable y discreto. Al contrario que mi madre—. Empezaremos con el prensado en las próximas semanas.

Mi padre se gira y, dándose un golpe suave con las palmas en el pantalón, me observa.

—¿Qué tal te va todo, Bruno? —Sus ojos, ligeramente rasgados y arrugados, me tocan la fibra sensible. Tiene una mirada tan de verdad, es tan auténtico, que me vuelvo un niño cuando estoy con él cerca. Estoy muy orgulloso de que sea mi padre.

—Bien, bien, papá. Empiezo con un proyecto muy importante en Donosti. No sé si te lo dijo mamá. Hemos firmado con Ander, el de la constructora de Bilbao. Tiene muy buena pinta. Esto puede llamar a otros muchos proyectos. —Noto en la voz que estoy intentando convencerle de que lo mío también es importante.

—Sí, algo me dijo tu madre de que subiste al norte y no avisaste. No aprendes, ¿eh, Brunito? —Su sonrisa bonachona pero pícara le transforma la cara y ahora el que se vuelve un niño es él.

—No tuve ni tiempo de llamar. Además, tuvimos unos líos personales con Jimena. —Creo que a él sí me apetece contárselo.

—No te preocupes, hijo. Si yo pudiera, tampoco vendría mucho este año —dice, riéndose, sorteando los temas personales como puede—. Lo del divorcio está siendo complicado, aunque parece que ahora ya estamos llegando a un punto intermedio. Pero estate orgulloso, Bruno, lo que dices tiene buena pinta. Sé el esfuerzo que te ha costado llegar hasta aquí.

Mi padre me pasa un brazo por los hombros. Guillermo y yo hemos heredado su altura y sus manos. Mi madre también es alta, pero, aun así, apenas nos llega a la altura del pecho; aunque eso nunca le ha supuesto un problema a la mujer para ponernos en nuestro sitio, la verdad.

—Nunca te he preguntado, pero ¿por qué tomaste la decisión de separarte? —suelto, aprovechando que se ha generado un momento de intimidad entre él y yo, y que cada vez que surge los atesoro como oro en paño.

Mi padre se apoya en un palo que sobresale entre el alambre y la cepa que tenemos delante.

—En la vida se puede ser cualquier cosa, incluso topógrafo... —Qué cabrón. Me río—. Pero nunca un cobarde. La vida cambia y los sentimientos también —dice mientras me palmea la espalda—. Yo tuve la opción de seguir igual que los últimos años, pero creo que ese camino era el fácil, no el mejor. Ni para tu madre, ni para vosotros, ni para mí.

Cuando se empieza una relación, sabes que existe un riesgo muy alto de que se termine, y eso es lo que me ha pasado a mí con Jimena, aunque todavía no se lo he contado.

—Sé que piensas que tu madre se porta fatal, pero es solo cuando está estresada o preocupada por algo. La convivencia en general no es mala, y seguimos hablando como amigos. Nos tenemos cariño, aunque aún nos duela. El movimiento genera más movimiento, Bruno. Y ahí está la suerte. No te quedes nunca con la sensación de que no has luchado todo lo necesario por lo que querías, porque eso pasa una factura terrible a la larga. Y tampoco te quedes acomodado en algo que ya no te hace mejor persona solo porque es lo que hay que hacer.

Me siento totalmente identificado con sus palabras y miro al suelo.

—Ahora tenéis esas chorrocientas cosas en el móvil para conocer gente. —Quita hierro al asunto—. Tu hermano quiere hacerme una y ya le he dicho que en mis tiempos bastaba con ir un viernes a la discoteca... ¡Y SIN MÓVILES! —Se ríe.

—Por eso la gente no se separaba, ¿no? Porque ponte tú a encontrar otra oportunidad de ligar.

Nos abrazamos y reímos mientras se genera un momento de silencio para nada incómodo.

En este segundo pienso en Carmen. Todavía no sé si Emilio le entregó la bolsa que me devolvió Jimena. No es que espere recibir ningún mensaje suyo, la verdad. La cagada fue estratosférica, pero también parecía imposible confundir dos veces la misma maleta, ¿no?

Seguro que habrá pensado que soy un pringado, que espero arreglar las cosas con tres frases plagiadas de su propio texto, pero estoy dispuesto a asumir que esta no vez no voy a esconder lo que siento, aunque eso se lleve por delante mi orgullo de macho herido.

—Y ahora, dime la verdad. ¿Qué ha pasado con Jimena?

Aunque no me esperaba la pregunta, no pensé que fuera a salir de mi padre hablar de este tema.

—Hemos roto. Bueno, más bien he roto yo. Llevábamos ya muchos meses discutiendo, y la última fue la gota que colmó el vaso. Es simplemente que me di cuenta de que ya no la quería. —Trago saliva—. Sé que me conviene y que cuando estábamos bien todo iba genial... Mamá ya se había hecho a la idea y tal...

—Te conviene hacer lo que te parezca, Bruno, y más en esto. —Mi padre se pone serio—. Y más en esto. Eres joven, la vida ha cambiado. Ya no estáis obligados a casaros con veinte años como en nuestra época. —Se calla unos segundos antes de seguir—. Yo creo que no tenías nada que ver con Jimena, Bruno. Era cuestión de tiempo. —Me encojo ante sus palabras, pero continua—: No digo que no sea una chica decente, pero tú necesitas algo más profundo. Siempre has sido un chico sensible, acostumbrado a guardarte las cosas para ti solo, hasta el punto de que tu madre y yo pensábamos que en cualquier momento implosionarías a la vuelta del colegio. Sientes demasiado, hijo, y con una chica así, vivirías en la superficie. Equivócate todo lo que puedas. Es la única forma de aprender lo que se busca y lo que no —declara mientras me abraza. Me dice al oído—: Y sí, mejor no se lo cuentes a tu madre todavía, anda. Cuando lo hagas, ten antes preparado un plan de escape. Lo vas a necesitar.

Me río alto y le devuelvo el abrazo. Nos parecemos más de lo que pensamos.

Mi padre y yo nos quedamos mirando nuestra casa desde la distancia en silencio, disfrutando de cada segundo juntos como si no supiéramos, y es que no lo sabemos, cuándo será la próxima vez que subamos esta cuesta juntos.

26

—Creo que voy a potar la tostada de esta mañana y hasta la tarta de la primera comunión —dice Inés, que mira el móvil y abre unos centímetros la ventanilla desde el asiento del acompañante.

—Pero si no estás comulgada —respondo mientras me inclino hacia el lado contrario en una curva demasiado cerrada. Me sujeto con fuerza al agarradero de la puerta trasera del taxi, que conduce Lorenzo, pero, aun así, el propio peso de mi cuerpo actúa por inercia en cada curva.

El uruguayo no conduce mal. Al menos las primeras tres horas de viaje han sido más tranquilitas. Luego Inés le ha señalado la hora en el salpicadero y metido la prisa en el cuerpo, y ahora vamos «a toda hostia», que se dice en mi tierra.

—Sí que vais a ser tal para cual, Inés —digo con la vista al frente para evitar marearme.

Estamos pasando por el puerto de Piqueras, la parte que conecta Soria con la comunidad de La Rioja. Un grupo de montañas se alzan como gigantes ante nuestros ojos curiosos, poniendo a prueba nuestras digestiones.

El paisaje cambia rápidamente a medida que vamos ascendiendo por las carreteras más que sinuosas de esta zona de montaña. El cielo azul se extiende sobre la sierra de Cameros.

—Joder, no entiendo cómo no han rodado aquí una puta película de Vin Diesel con tanta curva. *Too fast, Too Nacional-111* —suelta Inés, que levanta las manos aprovechando cada curva para soltar un «ueeeh».

—Mejor llegar tarde que no llegar —repongo en alto—. Sé que soy yo la que os ha metido en este embolado, pero no me gustaría que nadie muriera en el intento de satisfacer mis deseos. —Cierro muy fuerte los ojos.

Me abanico con unos pocos folios que he cogido de casa, intentando darme algo de aire y rezando porque esta aventura llegue a buen puerto y no terminemos estampados contra la valla quitamiedos de la carretera. La verdad es que, cuando me he levantado esta mañana, no me esperaba para nada esta sucesión de hechos surrealistas, pero dado lo acontecido esta semana voy a empezar a creer en la magia.

Hoy me he despertado con una sensación extraña en el pecho que no se ha calmado en toda la mañana. «Agobio existencial», lo llamaba mi abuela. Una mezcla de ansiedad y nervios, que no he sabido interpretar ahora que ya he recuperado mis cuadernos.

Igual el estrés de esta semana me ha pasado factura y, ahora que me sentía más o menos en paz, mi cuerpo no sabía sobrellevarlo y ha petado. No lo sé. Me he puesto a limpiar la casa de arriba abajo: no es mi plan favorito, pero algo productivo tenía que hacer con esa bola de angustia.

Después de reorganizar la casa por primera vez desde mi vuelta de Donosti, me he sentado un segundo en el sillón que tengo al lado de la estantería cuando me he dado cuenta de que me quedaba barrer el salón y mirar qué tesoros ocultos en forma de pelusa escondían los bajos de mi mueble preferido de esta casa. He movido el sofá para colocarlo de nuevo en su sitio y, como si no pudiese completar ninguna aventura esta semana sin percances, he pisado algo descalza. Un listado que parece no tener fin de barbaridades ha salido de mi boca como si fuera un pompero. Cuando me he agachado para recoger el objeto diabólico, he descubierto un *pendrive* rojo que no me sonaba de nada. Seguro que era de Elena, siempre lleva mil de estos en el bolso. Creo que utiliza uno para cada caso, aunque me ha extrañado que no lo hubiera echado en falta, siendo tan organizada.

Muerta de curiosidad por si se trataba de un caso por asesinato, he abierto mi portátil y lo he conectado al puerto USB. Esto me ha recordado, salvando las distancias, a lo que hizo Bruno con los textos de la abuela. La verdad es que no es tan fácil contener la curiosidad, aunque yo solo estoy en primero de «salseo». Son mis amigas las que saben trazar una cronología de vida consultando solo los etiquetados de una cuenta de Instagram.

Mientras esperaba a que se cargara, he pensado que igual es delito cotillear documentos que seguramente eran superconfidenciales, y ya lo que me faltaba. Pero cuando he visto el nombre con el que han nombrado al pendrive, ese miedo hacia mi amiga se ha evaporado de golpe y el nudo en mi pecho se ha hecho más complejo y fuerte, como si tuviera una corbata ajustada al cuello que no me dejara respirar: BRUNO MENA MENDIETA.

A la mierda, él ha leído mis cosas sin tener eso en cuenta. Sin pensarlo mucho y siendo un poco hipócrita, he abierto la carpeta. Dentro había otras con referencias a su trabajo: PROYECTO ONDARRETA, PROYECTO TAMAR, MEDICIONES… Me ha llamado la atención una en la que ponía simplemente DISCURSO. He hecho clic en el documento que ponía «Discurso boda definitivo_sí_definitivo_seguro» y me he puesto a leer.

Buenas tardes a todos:

Permitidme comenzar este discurso de boda de una manera sencilla y directa, como suele ser mi estilo. Soy Bruno, el hermano de Guillermo, y hoy tengo el honor de dirigirme a todos vosotros como miembro de la familia, pero, sobre todo, como padrino en esta unión de «narices»: Mario y Guillermo. (RISAS. COMO NO SE RÍAN ME MUERO).

En primer lugar, quiero agradeceros a todos la asistencia en épocas llenas de trabajo para el sector. Supongo que habrá más de uno que se acaba de bajar el cesto del hombro, como quien dice.

Esa parte la tiene en rojo. Supongo que se estará pensando si decirla o no.

En estos viñedos tan pintorescos que nos rodean, os agradezco el esfuerzo que hacéis viniendo hasta aquí para honrar a mi familia con vuestra presencia y para celebrar el amor y la felicidad que Mario y Guillermo han encontrado el uno en el otro.

En estos viñedos, que simbolizan la belleza de la naturaleza y la transformación del tiempo, os invito a reflexionar sobre la importancia de cultivar el amor y cuidar de él como se cuidan las vides. Al igual que las uvas crecen y maduran para convertirse en un vino de calidad, su amor ha crecido y se ha fortalecido con el tiempo y ahora es un reserva de la mejor calidad, como el de las bodegas Mena Mendieta.

¡Salud!
Gracias a todos por vuestra atención.

Joder, es mucho peor de lo que me imaginaba.

Me he reído sin poder evitarlo, porque estaba muy claro que estaba más bien limitado con la palabra, pero, sobre todo, porque es bastante disfuncional a la hora de expresar sus sentimientos. Básicamente el discurso es un panfleto de publicidad de la viña, pero añadiendo los nombres de los novios. Me ha provocado ternura, pero si yo fuera su hermano lo fusilaría con la mirada desde el minuto dos.

Entonces he caído en la cuenta de lo que dijo. «Menos mal que al fin tengo esa papelera con ruedas. Necesito unos documentos para el discurso, que están guardados en un *pendrive*: unas fotos que hay que proyectar, los mensajes clave y luego mi aportación, claro, que no puedo hablar de macroeconomía en una boda».

Bruno no tenía el discurso. Porque lo tenía yo.

Sin pensarlo mucho, he cruzado el rellano y he llamado al timbre de Inés como una loca. Inés tiene las llaves de mi piso, pero siempre se olvida de hacerme una copia de las suyas. Cualquier día pasará algo grave y tendré que echar la puerta abajo.

Mi amiga me ha abierto cojeando y con cara malhumorada.

—Carmen, tienes que dejar de hacer eso. Con que le des un par de veces ya te oigo. Me pone muy nerviosa...

Se ha tomado un sedante para el dolor y está más ida que venida.

—Necesito que me lleves a Logroño —le he soltado de golpe cuando entraba en el piso.

—Perdona, ¿qué?

—Que necesito que me lleves a Logroño.

—Ya, sí. O sea, shock. Necesitas que te lleve a Logroño... Porqueee... —Mi amiga no entendía nada.

—Bruno no tiene discurso, y su madre le va a cortar una parte que tú consideras indispensable en la fisionomía del hombre en rodajitas si no dice nada decente.

—¿Bruno? ¿Discurso? Estás delirando como un anciano

con infección de orina. —Inés ha descubierto que a las personas mayores con problemas en la vejiga se les va la castaña y ahora lo usa todo el rato como ejemplo.

—A ver, ¿me dejas pasar y te cuento? —Inés ha cedido y ha cojeado hasta tumbarse en el sofá y taparse la cara.

Me disponía a explicarle la historia cuando Lorenzo ha aparecido en el salón semidesnudo. En ese momento he entendido por qué mi amiga me estaba vetando a medias la entrada.

—Hola, Carmen. Estaba ayudando a tu amiga con la trompada del tobillo. Y sin cobrarle, ¿eh?

Ambos se dan un beso en mi cara que resulta de lo más empalagoso que he visto en la historia de mi amiga. Ya veo que le está pagando en carnes, sí. El uruguayo le da un mordisco en el hombro antes de seguir hablando.

—Te he escuchado hablar de algo del casamiento del hermano de Bruno —ha confirmado con su locución habitual—. Es tremendo quilombo esa boda, boluda. —Me ha ayudado a explicar lo que por alguna razón yo no podía—. Bruno es padrino y tiene que dar un discurso en nombre de toda la familia delante de más de quinientos invitados. Va a salir en la prensa. La típica cosa que lo hacés mal y la prensa te caga a puteadas —aclara—. Bruno estuvo meses alterado con eso. ¿Y decís que no lo tiene? —me ha preguntado aumentando el *hype* sobre el evento de mi amiga, que se sienta en su regazo.

Sin mediar palabra lo he sacado del bolsillo y se lo he mostrado como si fuera un mineral raro.

—Chica, pues mándale un correo con el archivo y ya está —me ha dicho Inés, práctica como ella sola. Mi amiga enfatiza todavía más su vacile—. No te lo vas a creer, pero existe una cosa llamada correo electrónico y otra llamada «ser un poquito inoportuna».

He negado con la cabeza jugando con el *pendrive*.

—Inés, sos un nabo —ha soltado Lorenzo de repente.

—Perdona, ¿qué? —Creo que Inés ha entendido que eso era un insulto, pero no ha podido mantenerse seria—. ¿Un nabo en tu país es otra cosa? No puedo con esta barrera idiomática. Aquí el nabo, como los chetos, se comen, Lorenzo.

—Es difícil pillarla en una.

—Tan romántica como siempre, amiga —he dicho yo—. Es que… A ver cómo decirlo finamente… El discurso es una porquería tremenda.

—Pero aún tiene tiempo de cambiarlo, no te preocupes, Carmen. Si quedan quince días todavía y Bruno es bastante resuelto. Yo estoy invitado, de hecho. No sé si me valdrá el traje. Hace años que no me lo pongo. —Se ha girado hacia Inés y le ha dado un pico mientras comía del plato que estaba sobre la mesa en el que había algo parecido a tortitas con dulce de leche—. ¿Querés un poco de panqueque? —Me ha ofrecido—. Está recién traído de Uruguay.

He mirado a Lorenzo con preocupación y le he hecho un gesto para que dejase el plato.

—Es hoy, Lorenzo. —He apretado el *pendrive* con la mano izquierda sonriendo, incómoda por su reacción.

—¡¿QUÉ?! NO, NO, NO… —Se ha levantado de un salto y se ha llevado las manos a la cabeza—. Pero hoy… hoy no es 25 de septiembre, ¿no? —Su angustia se ha amplificado—. Por eso me llamó Bruno doce veces esta mañana. Estaba dormido, boluda. Estaba… Me corto un huevo. Me reolvidé.

Inés ha mediado en el asunto para rebajar la tensión.

—¿Es importante o imprescindible que vayas? —Le ha mirado fijamente.

—Inés, es más que vital que llegue. Bruno, me va a moler a palos —ha contestado.

—Venga, vestíos. Os llevo yo —nos ha dicho a los dos mientras se incorporaba como podía con el pie levantado.

Al segundo ha saltado Lorenzo.

—¿Que llevás vos qué? Si tenés un pie chueco y un pedo verde a inflamatorios, amor.

—Llegamos antes andando, AMOR —he añadido yo con ironía. Antes de pasar a casa de mi amiga he consultado autobuses y trenes y nada. Yo no sé conducir, así que lo tenemos complicado.

Lorenzo ha negado con la cabeza, decidido.

—Yo os llevo, tranquila. ¿Me prestás el auto?

Inés y yo nos hemos quedado bloqueadas y nos hemos mirado dubitativas. La verdad es que todo eso me había puesto un poco nerviosa y he estado a punto de recular, pero ya teníamos la coartada perfecta. Lorenzo tenía que ir sí o sí y yo debería haber sabido que Inés nunca se niega a nada, y menos a un viaje.

—Bueno… Pues que nos vamos de boda. Y yo con estos pelos… —ha dicho mientras se señalaba el moño deshecho, y he visto cómo la emoción empezaba a recorrerla—. ¡Vamos, vamos, vamos! Operación Wine Not en marcha. —No sé cómo es capaz de inventarse esos nombres casi sin pensarlo. Sería buena publicista—. Lorenzo, ¿a qué hora es la ceremonia? —ha preguntado con tono de sargento.

—¡A las siete, mi señora! ¡El discurso se dará después de la boda, en torno a las siete y media de la tarde! —le ha contestado Lorenzo, cuadrándose como si estuviera a sus órdenes.

Es que son tal para cual.

—¡De acuerdo! ¡Carmen! Ve a casa y vístete. Pilla lo más elegante que tengas, porque me vas a tener que dejar algo o tendré que hacer nuestra entrada triunfal en vaqueros. ¡Lorenzo! ¿Qué pasa contigo?

—Tengo un par de mudas en la casa familiar de Bruno, puedo cambiarme allí.

—Perfecto. Son las dos. Nos vemos en media hora en el

rellano. Tenemos casi cuatro horas hasta Logroño, pero si somos rápidos reducimos a tres.

Inés me ha empujado hasta mi casa literalmente y me ha dejado de nuevo sola para que me arreglase un poco.

Ahora, mientras temo por mi vida en un asiento trasero, con unos tacones de infarto y rezando para que el sudor no termine con mi maquillaje, me pregunto si todo esto no será una locura.

—Es una locura —me responde Inés desde el asiento del acompañante. He debido decirlo en voz alta—. Pero es una locura guay, de esas que crees que no vas a hacer en la vida, como saltar en paracaídas o comerte un grillo frito en un puesto callejero de Vietnam.

Yo asiento, nada decidida con la comparativa de mi amiga. Elena tampoco lo tenía muy claro cuando la he llamado después de subir al coche. No me he atrevido a hacerlo antes, porque sabía que, si hablaba con ella cuando aún podía echarme atrás, me echaría atrás.

—Carmen, no me digas que te has dejado llevar por un plan sin fisuras de los de Inés, que son los que más fisuras tienen del mundo —me ha recriminado.

—En realidad ha sido Lorenzo el que tenía que ir sí o sí y se ha emocionado más de la cuenta. Le habríamos hundido si no llegamos a decir que sí —le he replicado. Aunque en verdad estaba tratando de convencerme a mí misma.

—No sé, Carmen... ¿Después de cómo te has sentido esta semana? No entiendo nada.

—Sinceramente, quiero ver adónde nos lleva, solo eso.

—Ya te lo digo yo sin que hagas el experimento: al matadero directa. ¿Y su novia?

—Elena, estamos ya de camino —ha contestado Inés hacia el manos libres del taxi—. ¿Crees que es un buen tema para hablar ahora? ¿La bajo en una gasolinera vestida como para una gala del MET y que se busque un BlaBlaCar?

Elena ha reculado un poco ante el toque de atención de mi amiga.

—Por favor, avisadme cuando lleguéis y mantenedme al día de todo lo que ocurra. Espero que, ya que os vais a colar en una boda, al menos paguéis el plato. ¡Que os conozco!

—Tranquila, solo hay un cincuenta por ciento de posibilidades de que nos quedemos. Si la cosa sale mal, nos iremos al McDonald's en tu honor. Qué hambre —ha dicho mi amiga, quedándose tan ancha.

—¡Inés! —ha gritado Elena en respuesta—. Carmen, sabes que estoy contigo hagas lo que hagas y aunque no esté de acuerdo. Lorenzo, siento mucho que tengas que aguantarlas, de verdad.

—Pero si no he dicho nada que no sea cierto. Solo digo que…

—Déjalo, nena, de verdad. —Lorenzo le ha puesto una mano en la pierna y, así de fácil, mi amiga se ha callado, mirándole con cara de no haber roto nunca un plato.

Flipo.

—En fin, Elena, te vamos contando, guapi.

—Chaaaaaaaaaaaaao —hemos dicho las tres simultáneamente mientras Lorenzo se reía. Seguro que parecemos unas pardillas desde fuera, pero nosotras disfrutamos de nuestros códigos de amigas.

—Estamos a punto de llegar —anuncia Lorenzo un par de horas más tarde—. En diez minutos nos desviamos hacia el camino que lleva a la propiedad, y quedarán entonces unos diez más hasta la casa.

Miro la hora en el móvil. Son las seis y media de la tarde y acabamos de entrar en Logroño. Vamos a llegar muy justos de tiempo, aunque Lorenzo ha pisado el acelerador como si estuviéramos en una carrera de Fórmula 1. Atravesamos la ciudad poniendo rumbo a la dirección que Bruno le ha pasado a Lorenzo. Antes de ponerlo más nervioso ha decidido no comentarle lo de su pequeño despiste y dejarle un mensaje sin matices en el que le indicaba que ya estaba de camino. Bruno no ha contestado, así que debe de estar liadísimo. Lo que es raro es que no se haya dado cuenta ya de lo del *pendrive*.

Miro por la ventana mientras bordeamos el río Ebro. A pesar de que siempre he vivido cerca, nunca la he visitado y me sorprende lo preciosa que luce la ciudad desde este punto y entre puentes. Hemos sido previsores y hemos cogido un poco de ropa más, salvo Lorenzo, que tirará del armario de su amigo, para pasar allí el resto del fin de semana. Inés ha reservado una habitación en un hostal muy céntrico por si acaso.

«Todo lo que se hace por amor no siempre vale la pena, Carmen, pero sí la experiencia», me decía mi abuela. «Los errores nos hacen llorar, pero con eso nos regamos, ya lo sabes, Carmen…, hasta que crezcan de nuevo las flores».

Como tantas otras veces, cojo el móvil y escribo. De fondo Inés y Lorenzo discuten acerca de qué desvío es el que deben coger.

En este año marciano,
en el que me volví de corcho
para dejarme flotar.
Me quité de encima los nudos como el que se espanta una avispa.
Me monté un faro improvisado. Subirse en él cuando el hoy te llegue hasta el cuello.

Construirlo con las piedras que son estos cien miedos.
En este año marciano,
de personas que nos suceden
y nombres que se nos pasan,
entre tanto codo y afecto digital,
el mundo ya no gira,
derrapa.
Y todo lo importante
es darle importancia:
El sol se va,
y aquí seguimos.

Y nos quedan fuerzas.
Para seguir remando.

27

Enfilo las mismas escaleras que he bajado esta mañana, ya calzado con mis zapatos negros y embutido en un chaqué de corte clásico. Llevo el pelo engominado, una corbata negra. Voy elegante pero básico. La chica encargada de la organización va dando órdenes a los del catering y al servicio. «Deja eso» o «Pon eso allí». También se oye: «Esas pashminas bordadas son para las invitadas». Señal de que todo empieza.

El trayecto en coche ha sido rápido y menos de media hora después me encuentro de pie al lado de mi hermano durante la ceremonia, rezando porque suceda algo que me salve de la muerte lenta y agónica que me espera a manos de mi progenitora cuando se entere de que no tengo discurso. He pensado en improvisar, pero sé que solo conseguiré empeorar la situación, y eso es lo último que quiero.

Los invitados, sentados, asisten emocionados a la boda. Un mar de trajes, tacones, vestidos de gasa, con vuelo y satén inundan la estancia.

¿Dónde puede estar? Joder, justo había escrito algo que creo que quedaba lo bastante empresarial para complacer a todos, aunque la verdad es que después de leer los diarios de Carmen me vine abajo. Lo mío no son las palabras, sino los números, y ahora mismo me siento un cero a la izquierda.

He buscado el *pendrive* por todas partes, estoy seguro de que no lo he sacado de la maleta en ningún momento. Esto me pasa por no enviármelo al e-mail. Terminé de perfilarlo el finde del viaje a Donosti y ya no he vuelto a tenerlo delante. Desde entonces han cambiado tantas cosas. Sin novia, sin piso y sin futuro. Si lo hago mal hoy, mi madre me desgracia.

Es mi fin.

—Bruno... —Guillermo me da un pequeño codazo para que vuelva a la realidad—. Bruno, dame el anillo. ¿Qué te pasa?

Genial, encima soy incapaz de disfrutar de la ceremonia porque estoy encerrado en mi cabeza. Rebusco por todas partes ante las risitas mal disimuladas de algunos invitados, y al final lo encuentro en el bolsillo de la chaqueta del esmoquin. Noto la mirada de mi madre taladrándome.

—Toma. Lo siento —susurro.

Mi hermano se limita a ponerme una mano en el hombro y apretarlo con cariño al tiempo que recoge el anillo de mi palma. Se gira hacia Mario, que nos mira confidente. Recuerdo las palabras de mi hermano unas horas antes, pero ahora sí noto que está algo nervioso. Guille le pone el anillo, prometiéndole que siempre estarán juntos pase lo que pase, y justo en ese momento el cielo estalla en colores y las viñas se iluminan. Mi madre ha contratado fuegos artificiales y disfruta de cada petardo mientras mi padre se preocupa por si los restos alterarán en algo el suelo de las viñas.

Aplaudimos cuando sellan el compromiso con un beso que los invitados ovacionan cuando Guille inclina a Mario hacia atrás. Todo ha quedado de película romántica. Soy el primero al que abraza cuando todo termina, y lo aprieto con fuerza. No sé por qué se me ocurre esto ahora, pero estoy tremendamente orgulloso de él, del hombre en el que se ha convertido, pero sobre todo de lo mucho que he aprendido creciendo mano a mano con él en este mismo sitio.

Lo malo de las bodas es que a veces despiertan una parte de nuestra conciencia que nos dice que tú no quieres a quien tienes al lado como se quieren los que se están casando. Eso es justo lo que estamos sintiendo los presentes. La boda está siendo muy emotiva y, aunque no somos muy de llorar ninguno de los dos, nos estamos conteniendo. Supongo que el éxito de una fiesta en la que se celebra el amor es ese: que la gente no quiera conformarse con sentir algo que no sea justo eso que tiene delante. Que los invitados digan: ojalá poder llegar a sentir algo así por alguien.

«Ya lo has hecho, chaval, pero la cagaste».

Sacudo la cabeza y me centro en lo importante. El discurso. Veo con el corazón acelerado como la pareja corre por el pasillo que dejan los invitados, que les tiran arroz, y suena una canción de Mumford and Sons que le pasé a mi hermano cuando me pidió ayuda para esta parte de la ceremonia. En poco menos de media hora, todo el mundo estará colocándose en los asientos asignados y esperando a que entren los novios de nuevo, y entonces será mi turno.

—Bruno, ¿estás bien? Te noto agobiado —me dice mi padre mientras esperamos sentados a la mesa de los novios.

No paro de pasarme las manos por el pelo y de intentar aflojarme un poco la corbata. Tengo calor. Siento que me ahogo. Esto va a salir muy muy mal.

—Será por tener que dar el discurso, Santi. No se lo habrá preparado lo suficiente, porque, si no, no entiendo a santo de qué vienen tantos nervios… —responde mi madre por mí y cuando ve que mi estado empeora afloja su tono—. Bruno, hijo, tranquilízate. Estoy segura de que lo harás bien y, si no, lees el papel. Nadie te ha pedido que seas Matías Prats.

Que mi madre diga eso, cuando lo normal es que me presione para que no cometa ningún error, solo me pone más nervioso. Sabía que no iba a poder cumplir con sus expectativas. Soy un desastre.

—Mamá, yo... Verás...

Mi padre en ese momento me toca el hombro y me señala la entrada de la carpa. Para mi sorpresa, Lorenzo está entrando, buscándome con la mirada, hasta que al final me encuentra y me hace gestos para que salga con él.

—¿No le dijiste que había que usar traje, Bruno? —me pregunta mi madre, que se ha fijado en que el uruguayo va vestido de paisano todavía—. ¿Y cómo viene vestido así? Dile que luego me busque un momentito.

Mi madre adora a Lorenzo. Pero dejará de hacerlo como no se quite la camisa de manga corta con piñas que lleva puesta.

—Voy a hablar con él. —Me levanto, agradecido por el cable que me echa mi amigo sin saberlo. Necesito urgentemente tener un momento para aclararme las ideas.

Cruzo la carpa y le doy un abrazo.

—Tío, ¿qué haces aquí? Mi madre te va a matar por aparecer vestido de festivalero.

—Si te cuento lo que ha pasado, Bruno... Ahora pasaré por la casa y me cambiaré, pero eso no es lo importante. Ven conmigo —dice, y me empuja hacia la salida, llevándome hacia un lado de la carpa.

—No puedo entretenerme, mi hermano está a punto de entrar y yo...

—No tienes discurso, ¿no?

—¿Cómo...?

Pero mis palabras se caen al suelo como si fueran bolas de plomo cuando veo quién ha venido con mi amigo.

—Hola, Bruno.

Carmen está delante de mí, con un vestido largo azul claro con flores bordadas que la hace aún más preciosa. O al menos a mis ojos. Tiene una luz especial en la cara. No me puedo creer que esté aquí, mirándome con una sonrisa confidente que consigue que me derrita.

—Carmen, yo…

En ese momento oigo que los recién casados hacen su aparición dentro de la carpa. Han cambiado un poco el orden de la ceremonia y van a tener su primer baile como maridos ahora, y a continuación yo daré el discurso que será la guinda del pastel de la ceremonia. Lo que no saben es que en vez de una guinda va a ser más bien una fruta escarchada. Es decir, lo que estropea el postre.

—Tengo que irme, lo siento —digo, sin poderla dejar de mirar y con arrepentimiento—. ¿Podemos hablar luego? Por favor.

—Claro, pero espera un segundo —me dice, y me tiende un par de folios escritos a mano y mi *pendrive*—. Te he escrito esto. Estaba en mi casa y bueno, por eso estoy aquí. Encontré tu nota y quería traértelo.

No puedo hacer otra cosa que abrazarla. Mis labios se entretienen un momento de más en su oreja antes de apartarme.

—Gracias, de verdad. —Le cojo la mano con fuerza, con la canción que han pedido los novios de fondo todavía.

Entro de nuevo en la carpa con una actitud totalmente distinta y justo a tiempo para ver el baile de la pareja. La canción es perfecta para ellos, y no puedo evitar quedarme mirándolos, embobado, mientras me dirijo con disimulo a mi asiento.

Joder, es como si me hubieran inflado con helio. Ver a Carmen y a Lorenzo me ha dado justo lo que necesitaba para terminar con esto de una vez y hacerlo bien.

—¿Dónde estabas? —me reprocha mi madre entre susurros.

—Solucionando un problemita de última hora y diciéndole a Lorenzo que puede coger lo que quiera de mi armario. Tranquila, mamá, todo saldrá bien —digo mientras veo como Carmen entra acompañada de Inés, que cojea un poco.

Las dos se quedan a un lado de la entrada. Inés me sonríe y me saluda con la mano, al tiempo que me guiña un ojo de forma exagerada. Carmen le da un codazo para que se comporte. La amiga de Carmen va vestida con un traje de chaqueta y pantalón lila, y lleva unas gafas de sol oscuras.

El baile termina y ambos se dirigen a sus lugares acompañados por los aplausos de los invitados. Mientras ellos se sientan, yo me pongo de pie y carraspeo a la espera de que se haga el silencio. Despliego el discurso que me ha dado Carmen y me dispongo a leer, pero me quedo paralizado: no es el mío.

Alzo la vista y la busco, y ella me levanta los dos pulgares. Armándome de valor y confiando en que no me la haya jugado, respiro hondo y empiezo a leer sus palabras:

—«Voy a ser muy breve, porque no acostumbro a hacer esto. No siempre soy capaz de hablar de corazón. O lo que es lo mismo: mi corazón no siempre encuentra el camino hasta mi boca, entre tanto órgano matón como es el cerebro, por ejemplo, que habla más que un político en campaña».

Una gran carcajada recorre las primeras filas. Me refuerza ver a Carmen observándome desde el fondo. Uno de los concejales invitados para oficiar la boda asiente mientras los demás le miran entre sonrisas.

—«Para que os hagáis a la idea de cómo me siento, en este momento me bombea tan fuerte el corazón que no dudaría en sacármelo y rifarlo entre los aquí presentes, pero creo que de souvenir vais a preferir la botella de vino cortesía de Bodegas Mena Mendieta y no mis vísceras. Además, mi madre me mataría. ¿A quién se le ocurre manchar la alfombra de la boda de tu hermano? La sangre sale fatal, ya sabéis». —La miro. Le ha caído bien la broma, porque sonríe—. «El día de hoy es una excepción en sí y para eso tengo preparada justo aquí, en la punta de la lengua, toda la honestidad del mundo. Y no lo es porque esté emocionado y algo nervioso hablando delante de más de quinientas personas. Es porque es mi manera de saldar deudas con quien se casa: mi hermano pequeño. Vengo a reconocer, queridos desconocidos, algo que he entendido gracias a él y solo he tardado en reconocerlo más de treinta años: resulta que para celebrar el amor no se necesitan menús de diez platos o trajes exclusivos. No son necesarios tampoco los tacones imposibles de las invitadas, los fracs, los fotógrafos equipados hasta las cejas, ramos de siemprevivas o discursos con epítetos en cada párrafo. No requiere ceremonias complejas ni un himno específico. Basta con que dos se quieran todo y otros tantos que quieran mucho a los primeros». —Hago una pausa, intentando descifrar la letra de Carmen. ¿Cadera? No, no puede ser... ¡Cadena!—. «Y en esa cadena de celebrarse, de quererse y ya, te vuelves a dar cuenta: resulta que lo más valioso que tenemos es lo que menos cuesta.

»Decir que esto es una boda me sabe a poco. Tampoco sabría qué matices ni aromas asociar a esta celebración porque los expertos son ellos, pero sí sabría distinguir algo que se respira aquí desde el minuto uno y no, no es el vino, que os conozco. Mario y Guillermo maridan, nunca mejor dicho, con el amor. Aman lo que hacen, lo que son, lo que tienen y, sobre todo, se aman entre ellos. Y ese es el ingrediente de la cosecha que es la vida: cuando el amor germina y nos protege, nos ensalza. Nos hace florecer. A los aquí presentes, Mario y Guillermo, nos está pasando lo mismo. Ojalá no tener que marcharnos nunca de un día tan bonito y que esta fiesta sea como vuestro amor: para siempre. Gracias».

Mi hermano pequeño se levanta y me abraza, emocionado con mi discurso.

—A mí no me engañas, hermano —me dice al oído—. Tú no has escrito esto ni de broma. ¿A quién has contratado? ¿A Jabois?

Yo me río. Estaba claro que él me iba a pillar, pero he quedado genial ante la multitud, así que no pienso quejarme.

—Luego te presento a mi «Jabois», sí —respondo mientras le palmeo la espalda.

Guille se aparta a la vez que enarca las cejas, pero Mario también quiere abrazarme y le deja paso. Luego es el turno de mi madre.

—Reconozco que tenía mis dudas, Bruno, pero has estado soberbio —me dice por primera vez en su vida—. Ya me lo pasarás, que lo quiero enviar al grupo de amigas para presumir de hijo.

Me sorprende con su iniciativa. Me propina una cachetada en el culo que me recuerda a cuando era niño y me daba miedo hacer algo. Mi madre siempre me obligó a dar un paso al frente delante del miedo y eso tengo que agradecérselo.

Mi padre se limita a pasarme de nuevo un brazo por los hombros y se ríe al ver mi cara de sorpresa ante las palabras de mi madre. Está claro que Carmen es capaz de hacer reír y llorar al personal a través de las palabras, y solo en un párrafo. Nos levantamos y da comienzo el cóctel. Yo solo quiero ir a buscarla, pero las distintas filas de invitados no me dejan avanzar.

De fondo suena música en directo y el ambiente se distiende, y yo me disculpo y vuelvo a acercarme a la salida, donde Carmen sigue acompañada por su amiga y Lorenzo, que ya se ha puesto un traje que no recordaba que tuviera. Saludo cariñosamente a los tres.

—¿Qué te ha pasado, Inés? —pregunto al verla con una muleta.

—No, ¿qué te ha pasado a ti, que de pronto te has comido a Garcilaso de la Vega?

Todos nos reímos.

—Boludo, estuviste rebién. La única pega del traje es tu cara… —Mi amigo me vacila y yo hasta lo agradezco después del momento de máxima tensión que he pasado esta mañana. Veo que han dejado aparcado un taxi en la entrada y le hago un gesto a un chico de la organización para que lo aparque correctamente antes de que lo vea la señora Mercedes.

—Lo has hecho bie… —Es el turno de Carmen, pero no la dejo hablar.

—¿Vienes conmigo? —le pregunto, deslizando mi mano sobre la suya.

Ella asiente.

—Ya me he encargado de que os sienten en una mesa, Lorenzo. Os he puesto con mi primo Claudio. Ahora vendrán a buscaros.

—Genial, bo. No te preocupes y vete, andá y recordá: no seas nabo esta vez —dice mi amigo

—No entiendo nada de lo que dices a veces, boludo —contesto de cachondeo, guiñándole un ojo a Inés.

Tiro suavemente de Carmen para que me acompañe fuera.

—Me has salvado la vida. —La miro, y ella se sonroja—. Por segunda vez en lo que va de semana. —No sé si ha entendido el doble sentido, pero lo tiene.

Ambos salimos de la carpa y nos dirigimos al invernadero que mandó construir mi madre para sus mil tipos de flores. Le abro la puerta y ella pasa, y noto como sus ojos se mueven rápido recorriendo ese jardín enjaulado.

La veo ahí en medio, con ese vestido, y siento que me fallan un poco las piernas.

Cuando se vuelve hacia mí, ahí parada, me doy cuenta de que no estoy dispuesto a renunciar a ella.

—Lo siento de nuevo, Carmen. —Carraspeo, intentando

mantener la compostura. Eso no es en absoluto lo que quería decir, aunque lo diga en serio—. Gracias por haber venido hasta aquí, por haberme traído el discurso, y también por escribir algo decente. Sé que no te gusta que la gente lea tus escritos sin tu permiso. Eso me ha quedado más que claro. —Nos reímos—. Ahora mi familia cree que tengo algún tipo de potencial como escritor y a lo mejor ya no les importa tanto lo de que sea topógrafo, ya sabes.

—Bueno, si llega ese momento, y si me lo pides amablemente, tal vez considere la opción de ayudarte, porque lo vas a necesitar —me dice con una sonrisa pícara mientras con los dedos acaricia los pétalos de una rosa.

Yo me río, pero cuando vuelvo a mirarla soy consciente de que no puedo perder esta oportunidad. Otra vez.

—Me comporté como un cobarde al no atreverme a enfrentarme a Jimena, a mi madre, a lo que los demás esperan de mí. Y lo que más me jode es que tú hayas salido perjudicada. Y, aun así, has venido hasta aquí. —Respiro hondo—. No sé si eso significa algo, pero, Dios, espero que sí —termino con la mano en el pecho, como si pudiera contener de alguna forma a mi corazón desbocado.

Ella me acaricia la mejilla, en un gesto rápido de ternura, porque nota que estoy nervioso.

—Si he venido hasta aquí es porque efectivamente significa algo. O quiero que signifiquemos algo, sí.

No dejo que diga nada más y la beso.

Siento que el resto del mundo desaparece mientras nosotros estamos conectados en un momento exacto en el que el tiempo parece explotar y cientos de miles de partículas brillantes orbitan a nuestro alrededor.

Los gritos de la gente se oyen como si fuera la banda sonora de un momento feliz. Un momento que transita tranquilo y rápido entre el movimiento de nuestras bocas, como si fuera un lenguaje desconocido, hasta que Carmen se detiene un segundo y dice:

—Justo aquí comienza…

Deja abierta la frase para ver si yo la completo de forma correcta.

—Un nuevo año luz.

Epílogo

Un año después

Dice Laura Ferrero que si alguna vez os sentís solos, congelados o en medio de la oscuridad, solo es cuestión de mirar alrededor:

Pequeñas luces rojas saldrán a vuestro encuentro.

Eso justo es lo que siento, fuegos pequeños. Aguante, resistencia, paciencia. Son los sentimientos que explotan entre tanta incertidumbre y la iluminan. Son el recuerdo también de quien me enseñó a cosecharlos, que me emociona y me hace sentir que soy su bengala cósmica.

Que puedo llegar hasta ella.

A pesar de los mil y un peros de este año que (gracias y adiós) ya pasó, sigo pensando cada día que vivir es la mejor cosa.

Le doy a la tecla de intro y miro el reloj en la pantalla de mi portátil. Son las siete de la mañana. Por la ventana del salón ya empiezan a entrar los sonidos de la ciudad mientras se despierta. Me estiro, tratando de recobrar algo de movilidad en brazos y piernas. Llevo horas leyendo sobre leído y corrigiendo detalles, y estoy entumecida sobre la silla.

No sé tampoco qué es lo que siento ahora mismo. Escribir este libro me ha dejado seca y con una sensación que transita entre la euforia por cumplir un sueño y el pánico total a que cobre vida y salga a este mundo, donde, como un hijo, tendrá que defenderse.

No lo hago por mí. Lo hago por mí y por mi abuela. Estaba buscando una foto suya para ponerla en la contraportada; en parte es la coautora de estos textos, pero no hay fotos de ella de joven. No guardó ni una. No se hizo. Las que le hicieron se quemaron.

No lo lamentó después. Carmen, la mujer sin autorretratos. Es un nombre que pesa. Compensado. Finito. Infinito también. Se murió mayor y lo hizo derrapando. Le quedaba un cuerpo marchito que no arrancaba, una mirada azul perla que todavía recuerdo, un carácter que no puedo describir con palabras. Escribo y la honro por quien fue: una mujer sin más pretensiones que las ganas de vivir. Fuerte, firme, serena. A veces sola, siempre erguida. Sonriente.

La recuerdo así: pequeña, especial, poco complaciente y me sonrío porque me produce calma saber que lo único que ella necesitó para dar sentido a casi cien años de vida es ser libre.

¿Lo soy yo?

Sonrío a la pantalla como escudo de defensa, ataque, refugio y actitud.

Me levanto para abrir la persiana y abro la puerta del balcón, dejando que el aire fresco de primera hora del día agilice el ambiente de mi casa. Una taza de café aparece en escena, bailando ante mis ojos. La persona que la sujeta me abraza por detrás.

—Toma, creo que con uno no va a ser suficiente.

Me giro y le abrazo a la altura de la cintura. Él agacha la cabeza y me da un beso corto en los labios.

—¿Has terminado la novela o te has ido de fiesta? —refunfuña.

Me mira sorprendido al leer las últimas tres líneas. Su sonrisa es una gemela de la mía. Le doy un sorbo al café, que me sabe a gloria.

—Voy a darme una ducha rápida, a ver si así consigo espabilarme, y me voy corriendo. He quedado con Elena en que la acompañaría a la primera ecografía, y la cita es a las nueve. —Me levanto de la silla y desde la esquina digo—: Recuerda que hemos quedado para comer con Inés y Lorenzo en el Años Luz. Voy directa, ¿vale? Cuidado con las raciones de Emilio, que va a sacar comida para trescientos y su hija no sabe ponerle freno. Desde que trabaja en el musical no tiene tiempo ni para cocinar. Aunque creo que eso es una buena noticia para todos.

Si esto fuera un reguetón diría que el año pasado me dejó caer pero este me levantó. Como no lo es, gracias a Dios, diré que estos últimos trescientos sesenta y cinco días han sido como cuando llamas a la Administración y te encuentras a alguien superamable al otro lado de la línea: toda una sorpresa.

Me ha traído un montón de cosas que no podría resumir porque no encuentro la mejor manera de hacerlo. Además, la mejor emoción del mundo es la gratitud, y no se abrevia: se siente, se disfruta y se comparte. Y yo lo sigo haciendo todos los días con mis recíprocos.

Los años veloces son tan rápidos por lo felices. El mío ha sido un suspiro de tres letras que termina como empieza este texto:

(Lleno de)

Luz.

Si guardaba sus audios, los tíquets de los sitios a los que iba con él, las fotos estúpidas que nos hacíamos en el ascensor, era porque sentía que se estaba despidiendo. Las rupturas se sienten como las tormentas en las rodillas de los viejos.

De a poquitos se disolvió lo nuestro o, mejor dicho, «lo suyo y lo mío», porque esa conjunción en vez de copulativa se volvió transoceánica.

Nos separaban kilómetros a tres palmos de sofá, pero esa distancia me sirvió para encontrarme.

El amor se iba despegando como se sueltan los dibujos que están pegados a la pared con un celo. Hay veces que ese trocito de adhesivo ya no pega y, por mucho que te empeñes en recolocarlo, siempre acabas frente al mismo problema.

Se cae hasta que llega un día en el que no, ya no quieres volver a levantarlo.

Estar vivo tiene lo mismo de decir «hola» que de redimirse ante un adiós.

Sin embargo, los adioses, como si la propia palabra entendiera de morfología y quisiera parecerse, son odiosos.

Sí, hacen falta, pero también hacen la pena, la erigen, la sustentan.

Lo que no sé es si la merecen.

Agradecimientos

Me he pasado casi todos los veranos de mi infancia en el mismo sitio. Una ventana grande de naturaleza en la que viven apenas quinientas personas. Un lugar como un platillo que se despierta sobre el valle de un río y está escoltado por piedras como esfinges. Allí he crecido como las flores: libre y sin pretensiones. También allí empecé a leer y a escribir propulsada seguramente por varias tormentas de verano. El año pasado volví allí para pensar en esta historia.

Gracias a P. por aquella tarde y, sobre todo, por aquella llamada, que fue la única que descolgué el día que se rompió el suelo.

Gracias a A. por la lectura exprés, y perdón por tantos suspensivos.

A I., por el anticiclón de emergencia que es ser su amiga, a D. por la velocidad y a N. por el cursillo vital de valentía.

Gracias a todas mis personas, a mi familia, por darme tanto sin querer que os devuelva nada.